PLAY!

플레이!

PLAY!

'찐' 사춘기들의 못 말리는 인생 야구 분투기

류희주 지음

생각학교

“계절은 단 두 가지뿐이다. 겨울과 야구.”

–빌 비크–

오프닝

야구는 나의 힘

내가 정신병원에 근무한다고 하면 사람들의 반응은 대부분 한 가지다.

"무섭지 않으세요?"

솔직히 말해서 만성 환자들이 대부분인 정신병원은 무섭다는 말이 전혀 어울리지 않는다. 오히려 권태롭다고나 할까. 너무 평화롭다고나 할까. 어느 날 내가 일하는 병원으로 친구가 찾아왔다. 환자복을 입고 삼삼오오 산책하는 무리를 보면서 친구가 한 말.

"여기가 천국이 아닐까. 행복도 불행도 없는 곳이 천국이라면 말이야."

친구의 말도 무리는 아니다. 경적소리 하나 들리지 않는 조용한 병원. 무표정한 얼굴로 유유자적 걷고 있는 환자들. 매일 매일 비슷한 일상들. 이곳에서 생활하는 나의 하루 역시 어찌 보면 단조롭기 그지없다. 환자에게 하는 질문은 항상 비슷하다. "식사는요?" "잠은요?" "기분은요?"

환자들은 "잘한다"고 하고, "잘 잔다"고 하고, "괜찮다"고 한다. 이건 뭐 짜고 치는 고스톱도 아니고. 인턴 때나 레지던트 1년차 때와 비교해서 평화로워진 이 생활이 처음에는 나도 고마웠다. 하지만 시간이 갈수록 점점 더 매너리즘에 빠졌다. 이 무렵 이런 내가 유일하게 기다리는 시각은 6시 반. 바로 프로야구가 시작하는 시간이다.

◆ ◆ ◆

야구가 시작하기 전부터 이미 오늘 각 팀의 선발 체크는 끝내뒀다. 가장 먼저 하는 일은 우리 팀과 상대 팀 선발의 방어율 비교다. 내가 응원하는 팀 외에 타 구장 선발도 체크한다. 그리고 예상해본다. 자, 오늘의 승리 팀은. 이제 시즌을 시작한 지 겨우 몇 달. 어느 팀도 1강이라고 이야기할 수 없다. 그 말은 내가 응원하던 팀도 가을야구를 할 가능성이 어느 때보다 높다는 뜻. 언론은 벌써 '유광점퍼'가 어쩌고저쩌고 하면서 설레발을 친다. '유광점퍼'는 내가 응원하는 팀의 보온 점퍼로, 포스트 시즌에 진출해서 가을야구를 해야만 입을 수 있다.

야구를 보기 시작하면 나는 갑자기 활기를 띤다. 일과를 마치고 야구 중계방송을 보기 위해 텔레비전 앞에 앉기 때문이다. 요즘 최대 관심사는 1번 타자인 리드오프. 야구를 제대로 보기 전까지는 4번 타자가 가장 중요하다고 생각했다. 물론 거포 4번 타자는 매우 중요하다. 그런데 요즘 야구 판을 돌아보니 팀마다 1번 타자 문제로 골머리를 앓고 있다.

야구를 보다 보니 주변에는 야구를 좋아하는 사람이 참 많았다. 사진을 찍는 김 작가는 초등학생 시절부터 MBC 청룡의 팬이었다는 골수 야구팬. 응원하는 팀은 당연히 청룡의 후신 LG 트윈스다.

'LG는 거포 부재도 문제지만 아, 정말 1번 타자가 너무 애매해요. 그렇죠, 선생님.'

김 작가의 문자 메시지. 김 작가는 야근을 하면서 몰래몰래 문자 방송을 보는 것이 틀림없다. 그가 옆에 있다면 방송 중인 야구 해설을 들을 필요도 없다. 타율, 타점은 기본이고 주요 선수의 트레이드 기록, 출신 고교 정도까지는 줄줄 나온다. 팀의 감독이고 해설자다.

다행히 오늘 경기는 내가 응원하는 팀이 탄탄한 불펜을 내세워 신승했다. 오늘밤은 잘 잘 수 있을 것 같다. 이렇게 기분 좋게 이긴 날에는 정규방송만으로 성에 차지 않는다. 정규방송을 마치고 곧바로 '베이스볼 투나잇' 같은 하이라이트 프로그램을 본다. 아직 경기가 끝나지 않은 구장의 소식은 하이라이트 프로그램 중간에 듣기도 한다.

낮에는 의사, 밤에는 야구인. 오늘 꿈에는 나도 저런 체인지업을 한 번이라도 던져볼 수 있었으면…. 그런 바람을 품으며 잠이 든다.

◆ ◆ ◆

따르르릉. 요란한 전화벨 소리에 잠을 깬다. 젊은 서울 여자의 말투. 낯설다. 간호사는 아닌데.

"안녕하세요. 선생님. 저희는 서울에 있는 출판사입니다. 출간을 제안드리고 싶어요. 야구 좋아하시죠?"

아침부터 웬 뚱딴지같은 소리람. 야구를 좋아하는 것은 맞지만. 출판사 담당자는 말이 빠르지는 않지만 조곤조곤 할 말을 다하는 스타일이다.

"네, 그런데…."

"요즘도 야구 경기 자주 보시겠네요."

가까운 친구 외에는 잘 모르는 일인데, 어쨌든 사실이다.

"그렇죠. 경기도 보고 하이라이트까지 챙겨보죠. 그런데 무슨 일로…?"

"네. 선생님, 청소년을 대상으로 강의한 경험도 있으시죠?"

나에 대해 모르는 게 없다. 무슨 말을 하려고 저럴까. 그제야 그는 자신의 패를 내보인다.

"아까 말씀드린 대로 저희는 출판사입니다. 저희가 흥미로운 콘텐츠를 하나 발견했어요. 서울동대문경찰서에서 중학교 남학생들을 상대로 야구 프로그램을 기획했습니다. 야구 훈련은 전직 프로야구 선수들이 맡아주시기로 했고요. 이 프로그램의 한 축으로 학생들의 변화를 관찰하고 기록하고, 또 때로는 상담도 하실 분을 찾던 중 선생님이 적임자시더라고요. 상담이야 전문이시고, 무엇보다 야구를 좋아하시니까요."

청산유수였다. 출구가 없다. 노웨이 아웃. 이미 상대는 나에 대해 모든 것을 조사하고 제안을 해왔다. 영화 『대부』에 이런 대사가 나온다. "거절할 수 없는 제안을 하지."

출판사의 제안은 내가 거절할 수 없는 제안이다. 점점 나른해져가는 병원생활, 무기력한 환자들. 유일한 출구는 야구를 보는 것. 때때로 하는 청소년 강의는 또한 나에게 즐거운 활력 같은 것을 주었다. 거기에는 젊음만이 줄 수 있는 신선한 자극이 있었다. 숨 막히는 학교생활과 공부 스트레스가 짓눌러도 아이들에게는 생명력 같은 것이 꿈틀댔다. 어쩌면 야구, 젊음 이 두 단어야말로 지금의 나에게 가장 필요한 자극이었다.

"네… 제안은 흥미로운 것 같은데요…."

내가 호의적인 반응을 보이자 출판사 담당자는 바로 내가 할 일의 구체적인 내용을 풀어놓기 시작한다.

"선생님께서 좋아하실 줄 알았어요. 그런데 선생님. 아직 확정된 것은 아니지만 기획이 진행되면 최소한 한 달에 두 번은 주말마다 서울로 올라오셔야 하는데 괜찮으시겠어요?"

헉. 한 달에 두 번. 주말마다. 적지 않은 횟수다. 서울에서 내가 있는 부곡까지의 거리는 약 350킬로미터. 차를 타고 이동할 때 대략 네 시간 넘게 걸리는 장거리다. 한 번 모여서 연습하고 경기하고 상담까지 한다면, 적어도 1박 2일은 꼬박 걸리는 시간이다.

사실 시간보다 더 마음에 걸리는 것은 내 건강이다. 그 정도의 이동거리라면 경기장에서 휠체어를 타고 움직여야 한다. 신나게 야구를 하는 도중에 내가 휠체어를 타고 나타나면 아이들이 어떤 생각을 할까. 괜히 마음이 위축된다. 게다가 휠체어를 타고 나타나서 "너희의 생각과 고민을 듣고 싶어"라고 말한다면 아이들은 얼마나 생뚱맞게 느낄까. 물론 "나는 정신과의사고, 그런 일은 많이 하는 일이야"라고 말할 수도 있겠지만. 휠체어를 타고 그라운드에 나가는 일은 아무래도 용기가 필요한 일이었다. 나는 그렇게 용감한 사람이 못 된다.

"잘 아시다시피 제가 몸이 좀 불편해요. 아이들이 어떻게 받아들일지 잘 모르겠네요."

눈앞에 그라운드가 펼쳐진다. 때로는 터질 듯한 에너지가 끓어 넘치지만 때로는 수만 명의 숨소리조차 들리지 않는 긴장감이 흐르는 그곳. 가고 싶다. 하지만 다시 한 번 발목을 잡는 내 아픈 발목. 의대를 들어오고 나서부터 겪었던 일이 주마등처럼 지나간다.

◆ ◆ ◆

나는 휠체어를 타고 인턴을 했다. 병원 인턴이라는 게 원래 병원의 온갖 잡일을 하는 대표적인 3D다. 사고로 다리를 다쳐 내가 걸을 수 있는 시간은 30분 정도. 휠체어의 도움 없이 인턴 일을 하기는 불가능했다. 병원 측의 배려로 휠체어를 타고 인턴을 마쳤다. 가운을 입고 휠체어를 탄 채 밤낮없이 병원을 누비는 의사는 눈에 띌 수밖에 없었다. 불편한 시선도 있었고, 격려도 있었다. 다행히 인턴을 무사히 마치고 정신과 레지던트가 되었다.

레지던트로 일한 병원은 '부곡하와이'라는, 초등학생 때 이후로는 한 번도 들어보지 못한 오래된 온천 휴양지 옆에 자리해 있다. 난생 처음 하는 시골생활. 모든 것이 낯설었다. 게다가 레지던트 1년차 때는 일주일에 몇 번씩 밤샘 당직을 해야 했다. 일을 마치고 잠이 들라치면 들어오는 알코올 환자, 마약 환자들. 제대로 대화도 안 되는 사람들에게 때로는 이런저런 민감한 질문을 해야 하던 때도 부지기수. 환자보다 보호자에게 더 화가 날 때도 있었다. '고생도 안 해본 젊은 여자인 네가 뭘 알아?' 하는 투로 위협적으로 말하면, 솔직히 두렵기도 했다.

동료 의사 한 명은 칼을 들고 들어온 보호자에게 위협을 당하기도 했다. 병원 직원들이 빨리 출동해서 다치지는 않았지만, 그 후 한동안 의사들은 혹시나 하는 두려움을 갖게 되었다. 나 역시 마찬가지였다. 몸 안에 칼이라도 지녔으면 어떻게 하지, 하는 걱정. 다행히 말로 상처 입은 일은 있어도 몸이 다치는 일은 없었다. 어쨌든 정신없었던 1년차 생활이었다.

시골생활도 2년, 3년이 넘어가니 슬슬 적응이 되었다. 아니, 적응이 되었다는 말보다 지겨워지기 시작했다는 말이 더 정확할까. 사건, 사고라고는 전혀 일어나지 않는 시골, 평화롭고 조용한 병원. 내가 근무하는 병원의 환자 대부분은 예전에 정신분열병이라고 불리던 '조현병調絃病' 환자다. 조현병의 증상은 크게 양성증상과 음성증상으로 나뉜다. 양성증상은 우리가 흔히 아는 환각과 망상이다. '실제로 있지 않은데' 있다고 착각하는 것이 환각이다. 조현병의 경우는 환각 중에도 환청이 흔하다. 자신에게 말을 걸기도 한다.

"이리 와. 나랑 놀자."

말을 거는 사람이 있으니 환자는 대답을 한다.

"싫어. 지금 나는 밥 먹을 거야."

혼자 중얼거리는 것으로 보이겠지만 실제로 환자는 스스로에게 대답을 한 상황. 사실 이 경우는 양호한 편이다. 환청이 심하면 한 사람의 머릿속에서 여러 명이 말을 하기도 한다.

"너 아까부터 왜 계속 저쪽만 보는 거야?"

"내가 언제."

"저쪽에 뭐 숨겨둔 거 아니야?"

"생사람 잡지 마. 너야말로 수상한데?"

한 사람의 머릿속에서 세 명의 목소리가 대화를 한다. 복수 환청이라고나 할까.

망상은 '실제로 있는데' 어떤 과정으로 인해 사고에 왜곡이 생긴 경우다. 가장 흔한 망상은 피해망상. 옆으로 차가 사이렌을 울리며 지나간다. 나를 잡으러 오는 것이다. 피해망상이 심하면 모든 기준을 자신이 해를 입는 것으로 해석한다.

"식사하세요."

"왜. 밥에 독 타서 다 독살하려고?"

"아니, 그게 아니라요. 식사하셔야지요. 병원에 들어오셨으니까요."

"병원에서 나를 환자로 본 다음 가둬두려고 하는 거잖아. 독살하려고."

이쯤 되면 답이 없다. 어떤 말을 해도 해석은 피해를 입는 쪽으로 하니까.

드라마나 영화에서 만나는 조현병 환자들은 이처럼 환각이나 망상이 지배적이다. 드라마틱하게 이야기를 구성하기 좋기 때문이다. 하지만 사실 조현병은 속성상 병이 진행될수록 양성증상보다는 음성증상이 지배적이다. 음성증상은 겉으로 보기에는 친구가 말한 것처럼 '천국의 사람들'처럼 보인다. 양성증상이 아파서 피가 철철 나는 형국이라면 음성증상은 속부터 깊게 곪은 것과 같다고나 할까. 사실은 음성증상이 더 만성적이고, 낫지 않는다.

음성증상은 크게 4무無라고 말한다. 무감동, 무쾌감, 무논리, 무의욕이다. 우리말로 무논리라고 옮기지만, 사실 무논리는 어휘가 빈곤해진 상태를 말한다. 전형적인 음성증상 환자들은 표정도 없다. 의욕, 쾌감, 감동이 없으니 표정이 있을 리 없다.

"오늘 식사하셨어요?"

"네."

"식사하시고 뭐하실 거예요?"

"…."

"기분 안 좋은 일 있으세요."

"몰라요."

"괜찮으세요?"

"네."

"퇴원하고 싶으세요?"

"네…."

"언제쯤요?"

"몰라요…."

IQ가 떨어지는 게 아니다. 정말 음성증상이 심해지면 의욕이 없고, 쾌감도 느끼지 않는 지경에 이른다. 서로 싸움도 없다. 당연하다. 사실 싸움도 의욕이 있어야 할 게 아닌가. 환자가 별 망상과 환각도 없고, 일상생활을 잘하는 것 같아서 재활활동을 권해본다. 이제 상태가 좀 좋아지신 것 같으니 간단하게 만들기도 해보고, 운동도 해보는 게 어때요, 라고. 환자는 좋아진 게 아니다. 양성증상에서 음성증상으로 넘어갔을 뿐. 대답은 '몰라요' 내지는 '아니오'인 경우가 많다. 의사의 입장에서는 환각을 없애는 것보다 의욕을 심는 게 훨씬 어렵다.

그리고 점점 이 생활이 익숙해지니 나도 음성증상의 환자와 비슷해져갔다. 매일 같은 답을 하는 환자들. 거기에는 나처럼 매일 같은 질문을 하는 의사가 있었다. 어쩌면 이렇게 평화롭고 조용하게 나도 미쳐버릴지 모른다는 생각이 들 때도 있었다. 돌파구가 절실했다. 이런 때 출판사에서 '거절할 수 없는 제안'이 온 것이다. 하고 싶은데…. 다시 한 번 아픈 몸 때문에 망설이는 나. 괜히 또 마음고생만 하는 게 아닐까 싶어 겁도 난다.

"아무래도 운동장에 뛰어노는 애들한테 제 모습이 부담스럽지 않을까 걱정이 되네요."

나의 얄팍한 자존심은 아이들 핑계를 대고 있다. 출판사 담당자는 만만치 않다. 생글생글 웃으며 말하면서도 강단이 있다.

"그러니까 애들한테 더 좋지 않을까요. 각기 다양한 사연을 가진 학생들이 참여하거든요. 선생님도 이런 아픔이 있는데 너희들을 만나기 위해 멀리서 온다. 이러면 우리 친구들도 더 좋아할 것 같은데요."

요컨대 나의 편견이라는 것이다. 아이들이 몸이 불편한 사람을 좋아하지 않을 것이라는 것은. 문득 강의 때 만났던 고등학생들이 생각난다. 아무도 휠체어에 앉아 있는 나에게 왜 그러냐고 묻지 않았다. 처음에는 그런 모습이 조금 의아했다. 하지만 강의라는 이름으로 한 시간 동안 신나게 놀고 나니 아이들의 심정이 이해가 갔다. 아픈 과거는 물을 필요가 없었다. 강의가 끝나면 어떤 아이들은 부탁하지 않아도 휠체어를 밀어주었다. 머쓱해하는 것은 오히려 내 쪽이었다. 아이들은 유연했다. 항상 내 생각보다 훨씬 더.

게다가 야구라니. 프로야구 선수가 와서 가르치다니. 텔레비전과 구장에서만 보던 그들을 만날 수 있다니. 평소 궁금하던 사실들이 물밀 듯이 머리를 스쳐 지나간다. 야구에 대한 수많은 이야기들도 떠오른다. "구속을 시속 10킬로미터만 올릴 수 있다면 영혼이라도 팔겠다"는 투수의 심정은 어떤 것일까. 타격 부진이 계속되는 경우에는 어떻게 타격 페이스를 끌어올릴까. 프로가 보는 올해의 4강 후보는 누구?

더 이상 망설일 이유가 없다. 머리로는 할 수 있을까 의심하지만 마음은 이미 그라운드에 가 있다. 집에서 출발해서 집으로 들어오는 그 멋진 경기. 나를 희생해서 우리 팀을 이기게 할 수 있는 룰이 있는 희생의 경기. 번트, 병살타, 홈런… 수많은 작전과 득점 방법이 있는 다양성의 경기.

누군가 나에게 묻는다.

"아프지 않다면 가장 하고 싶은 일이 무엇입니까."

나는 1초도 망설이지 않는다. 내 대답은 항상 같다.

"딱 한 번만이라도 그라운드에 서보고 싶어요. 포지션은 투수. 선발도 좋지만 저는 박빙 상황에 올라가는 마무리가 되고 싶어요. 지옥에서라도 데려온다는 좌완 파이어볼러가 제 모습이에요. 주종은 슬라이더와 직구죠. 타석에 어떤 괴물 타자가 나타나도 저는 제 공을 던집니다. 몸 쪽 승부를 즐기지요. 자, 9회 말 투 아웃. 투 스트라이크 원 볼 카운트. 결정구는 역시 몸 속 깊숙이 들어가는 직구예요. 묵직한 공. 타자의 방망이가 헛돌지요. 헛스윙 삼진. 기뻐하는 포수와 더그아웃이 보입니다. 하지만 저는 우리 팀의 마무리. 더그아웃에 혼자 들어가기 전까지는 웃지 않습니다."

세이브 하나를 추가한다. 머릿속으로 지나가는 영상들, 환호들….

"선생님, 그럼 다음주에 서울에서 뵙겠습니다."

출판사 담당자의 추상같은 마무리 멘트에 정신이 번쩍 든다.

"아! 네, 알겠습니다. 걱정 마세요. 저는 이미 그라운드에 가 있거든요."

"하하, 그러실 줄 알았어요. 선생님은 절대 승부를 피하시지 않잖아요."

그렇다. 재미있는 승부가 들어왔다. 상대는 나보다 스무 살 이상은 어린 대한민국의 피 끓는 청소년들. 어른만큼 커버린 자신의 몸이 한편으로는 자랑스럽지만 다른 한편으로는 부담스러운 아이들. 어떤 승부가 될지는 아무도 모른다. 왜냐하면 야구는 '끝날 때까지 끝난 게 아니므로.' 9회 말 투 아웃 이후에도 승부의 추가 바뀔 수 있는 게 야구이므로. 자, 이제 경기가 시작되었다. 1회 초는 아이들의 선공이다.

푸르미르 야구단 선수입장

• 1군 •

박 감독

프로야구 마무리 투수 출신. 훤칠한 키, 모델도 울고 갈 탄탄한 몸매, 강렬한 눈빛, 날렵한 외모의 소유자다. 마무리 투수답게 말수가 적고 표정이 없어 카리스마가 '쩐다.' 항상 푸르미르야구단 선수들보다 30분 먼저 운동장에 나타나는 성실함까지 무기로 장착했다. 동료 선수들에게 운동화를 받아와 아이들에게 선물한 일은 박 감독의 또 다른 매력을 보여주는 사건이다.

주장 승현

박 감독의 '상남자' 캐릭터를 좋아하는 자존심 강한 아이다. 말로는 누구에게도 지지 않는 화려한 언변의 소유자로, 포지션은 주로 유격수와 중견수. 빠른 발과 영리한 플레이가 돋보이고 상황 판단이 빠르다. 첫 연습 때 혼자만 검은 장갑을 끼고 올 정도로 무대에서 주목받는 것을 즐기는 체질로 쇼맨십도 좋다. 다른 팀과의 사소한 다툼은 혼자 해결하고 팀원들에게는 알리지 않을 정도로 리더십도 있다.

좌완 투수 승운

체구는 크지 않지만 몸을 활용해 공을 던질 줄 안다. 최고 구속은 시속 97킬로미터. 자타공인 우등생이지만 '성적으로 아무도 차별받지 않는 공평한 세상'을 간절하게 바란다. 속이 깊어서 주변 사람들이 걱정할 일은 절대 만들지 않는다. 그로 인해 내면에 부담이 크다. 자신만의 탈출구가 절실하던 시점에 푸르미르야구단을 만난다.

우완 투수 유주

프로야구 선수 뺨칠 정도로 체격 조건이 좋다. 덩치만 보면 제법 고집이 있을 것 같은데 성격은 유순하고 착하다. 무슨 말이든 '좋아요'로 끝맺는, 불만을 찾아볼 수 없는 아이이다. 큰 키와 긴 팔로 내리꽂는 직구가 위력적이다.

포수 진영

경기 내내 불편한 자세로 쪼그려 앉아 공을 받아야 하지만 싫은 내색을 하지 않는다. 과묵하고 성실한 성격 덕에 안정감이 돋보인다. 자신의 위치와 장단점을 잘 안다. 연습이건 시합이건 조용히 자신의 역할을 묵묵히 한다. 어려서부터 기계를 좋아해서 대학 진학보다 기술을 배워 성공하고 싶어 하지만 남모르게 공부 스트레스를 앓고 있다.

1루수 채정

푸르미르야구단의 거포. 오랑우탄이라는 별명처

럼 덩치는 크지만 작은 눈과 동그란 얼굴 덕분에 외모가 퍽 귀엽다. 친구들에게 인기가 많은 쾌남. 말수가 많은 편은 아니지만 성격이 밝아 분위기 메이커 역할을 은근히 한다. 서울대학교 진학이 꿈이었지만 초등학교 5학년 때 좌절되었다. 하지만 지금도 그의 꿈은 여전히 '서울대'다.

2루수 서진

푸르미르야구단의 단신 3인방(진오, 명광, 서진) 중 하나. 전라남도 광주에서 살다가 서울로 전학왔다. 좋아하는 야구팀은 기아 타이거즈이고, 안치홍 선수를 좋아한다. 이론만 보면 푸르미르야구단에서 손에 꼽을 야구박사인데 정작 공을 두려워한다. 박 감독에게 특훈을 받은 뒤 수비 기량이 눈에 띄게 늘어 2루수 주전을 꿰찬다.

2루수 명광

푸르미르야구단의 단신 3인방(서진, 진오, 명광) 중 하나. 새터민 1학년이지만 실제 나이는 16살이다. 어린 나이에 감당하기 벅찬 일을 겪어 웃지 않을 때는 주눅이 들어 보이지만, 웃을 때는 누구보다 순하고 귀엽다. 의사가 되고 싶지만 야구도 좋아해 두 꿈 사이에서 고민한다. 야구 초보자였는데 훈련하는 동안 기량이 많이 는다.

외야수 영훈

사람들이 모인 곳에 가장 먼저 입을 여는 수다쟁

이. 입도 빠르고 발도 빠르다. 도루를 즐기고 잘한다. 승부욕이 발동하면 몸을 아끼지 않는 허슬 플레이도 한다. 다른 팀과 시합할 때는 주로 리드오프로 나와 출루, 도루를 과감하게 해 상대 팀의 혼을 쏙 빼놓는다. 시끄럽고 부산스럽지만 결코 미워할 수 없는 푸르미르야구단 부동의 1번 타자다.

외야수 연우

곰을 닮은 외모의 두산 베어스 팬. 외야수를 주로 맡는다. 타격 재능이 있으며 차분하고 안정감이 있다.

• 2군 •

이 경정

경찰대학 출신의 엘리트 여성경찰. '애들이 싫다'는 말을 습관적으로 하지만 애들을 위해 할 수 있는 일을 만들려는 책임감 강한 프로다. 푸르미르야구단의 최초 기획자이자 팀명도 직접 생각해냈다. 하얀 피부 너머로 보이는 눈빛이 날카롭다. 전형적인 외유내강형. 부드럽고 조용하게 말하지만 추진력과 강단이 있다.

박 경사

태양중학교를 전담하는 스쿨폴리스. 사람 좋은 인상과 통통한 체구 때문에 엄한 경찰이라기보다 푸근한 옆집 아저씨 같다. 지각하지 마라, 인사 잘해라, 어른 먼저 챙겨라… 잔소리가 많지만 푸르미르야구단 사이에서는 '형'으로 통할 정도로 편안하고 친근하다. 푸르미르야구단 내부 총감독으로 아이들을 이끈다. 동대문경찰서야구단에서도 감독이다. 야구할 때만큼은 누구보다 진지한, 진정한 야구인이다.

허 경장

미소년 같은 외모 덕분에 특히 여학생 사이에 인기가 많은 스쿨폴리스다. 새 학기가 시작되면 꼭 헤어스타일을 바꾼다. 푸르미르야구단의 살림을 도맡아한다. 성실하고 책임감이 강하다. 누구에게든 매너가 좋고 자상하게 챙기지만 야구방망이만 잡으면 눈매가 날카로워지는 야구인이다.

최 대표

전직 프로야구 선수. 트레이드 여섯 번으로 역대 최다를 기록한 '저니맨.' 은퇴 후 배우, 출판사 경영, 야구인 양성 등 다재다능한 곳에서 수완을 발휘한다. 저니맨 야구육성사관학교 대표로서 푸르미르야구단 코치진 구성을 총괄한다.

김 작가

푸르미르야구단과 함께 생활하며 일거수일투족을 촬영한 프리랜서 사진작가이자 골수 야구광이다. MBC 청룡 시절부터 LG 트윈스의 팬이었다. 상황 파악이 빠르고 행동에 요령이 있어 어느 자리를 가든 사람들이 찾는 은근한 매력의 소유자다.

차례

1회

외인구단을 만나다

"야구는 불공정한 세상에서
거의 유일하게 공정한 것이다."

-빌 비크-

첫 만남 10분 전

푸르미르야구단의 단원을 뽑기 위한 면접 날짜가 잡혔다. 봄이 절정에 달한 5월 16일. 서울행 차에 몸을 실었다. 네 시간 넘게 걸리는 대장정. 파출소는 가봤어도 경찰서는 처음이다. 죄 짓고만 들어갈 수 있다는 경찰서에 죄를 짓지 않고 간다고 하니 마음이 이상하다. 정문 입구에 경찰관이 기립자세로 서 있다. 살짝 두렵다. 어떻게 해야 할지 망설여진다. 입구에서부터 '민간인'을 제지한다. 잘못한 일도 없는데 괜히 쭈뼛거리게 된다. 상황을 이야기하자 바로 문을 열어준다. 휴. 무사통과.

"여성청소년과는 ○층에 있습니다. 정문으로 들어오셔서 주차장에 차를 주차하시고 엘리베이터를 타세요…."

3층인가 4층인가… 몇 층인지 자세히 듣지 못했다. 엘리베이터 앞에서 멈칫거리는 내 모습을 보았는지 아니면 원래 그러는지, 문 입구에 있던 경찰이 재빨리 엘리베이터의 문을 열고 층을 눌러준다. 조용하면서 발 빠른 친절 서비스. 조금 전 경찰서 정문 앞에서 어색했던 마음이 좀 누그러진다. 4층 여성청소년과에 있는 이 경정의 사무실로 바로 간다.

"안녕하세요. 저는…."

소개를 하는 도중 박 경사가 다급한 목소리로 이 경정을 찾는다.

"경정님, 청량서에서 연락이 왔는데 오늘 면접 보기로 한 애들 두 명이 좀 문제를 일으켜서 그곳에 잡혀 있다고 합니다."

배가 적당히 나온 체구에 동그란 안경을 쓴 박 경사는 얼핏 보아서는 전혀 경찰 같아 보이지 않는 풍모다. 통통한 체격에 사람 좋은 인상이지만 성격은 조급 급한 듯. 숨을 헐떡이면서 곤혹스러운 표정이다. 뭔가 사건이 터진 모양이다. 시작부터 뭔가 순조롭지 않다. 재미있을 것 같기도 하고, 골치 아플 것 같기도 하다.

사태 처리를 맡아야 할 사람은 이 경정. 작은 표정의 변화도 없다. 하얀 피부에 늘씬한 키, 반짝이는 눈을 가진 이 경정은 젊은 여성 경찰간부다. 가지런히 놓여 있는 커피포트와 찻잔, 고전 몇 권, 일상복으로 입고 왔을 네이비색 가죽점퍼가 이 경정의 깔끔한 성격을 보여준다. 외국계 대기업이나 변호사 사무실에 있어도 어색할 것 같지 않다. 한 번쯤 숨을 고를 법도 한데 이 경정은 말이 짧다.

"상황은 알겠어요. 일단 일정은 그대로 진행하지요."

카리스마가 느껴진다. 박 경사가 나가자 우두커니 앉아 있는 나에게 이 경정이 웃으면서 명함을 내민다.

"동대문서 여성청소년과 과장 이은애입니다. 처음 뵙겠습니다. 첫날부터 애들이 조금 사고를 쳤네요. 오늘 면접에 오기로 한 애들 둘이 좀 치고 박고 해가지고 청량서에 있다고 연락이 왔어요. 첫날부터 뭔가 드라마틱하게 시작하는 것 같죠. 하하하."

이런 일쯤은 1백 번도 더 겪어봤다는 듯이 대수롭지 않게 말하는 이 경정. 단아한 인상과 달리 당찬 면모가 엿보인다. 생각해보니 내가 여기에 온 것은 이 경정이 시작한 기획에서 비롯되었다. 서울동대문경찰서가 속해 있는 지역 내 여러 학교에서 학생들을 뽑아 야구단을 꾸린다는 발상을 한 것, 야구단을 운영하기 위해 전직 프로야구 선수가 운영하는 아카데미를 접촉한 것, 이 모든 과정을 책으로 써서 남길 생각을 한 것 모두 보통 오지랖과 추진력으로 할 수 있는 일이 아니다. 차가운 표정의 일벌레가 이 경정의 정체성일까, 슬쩍 질문을 던져본다.

"사실 출판사의 제의를 받고 조금 놀랐어요. 생각지도 못한 일이라서. 경찰서에서 이런 일까지 하는 줄 몰랐거든요."

이 경정은 이런 질문을 1백 번도 더 받아본 듯하다.

"경찰이 하는 일이 사람들이 생각하는 것보다는 많을 겁니다. 도둑만 잡는 건 아니지요. 하지만 제가 일벌레거나 이런 건 아니고요. 그냥 저는 제 잡job을 하는 거지요."

부드러운 인상 너머 날카로운 눈매가 돋보이는 이 경정. 말에도 역시 군더더기가 없다. 자신의 일을 하는 것뿐이라고는 하나 감이 잘 오지 않는다. 어떻게 해서 이런 기획을 하게 되었을까.

"선도조건부 입건유예 제도라고, 초범이나 그런 애들을 입건하지 않고 교육을 받으면 훈방해주는 조건부 프로그램이 있어요. 편의점에서 과자 하나를 훔쳐도 입건하게 되어 있는 게 현실이니 이런 프로그램을 시행하기가 사실 쉽지 않죠. 그래서 조건이 있어요. 초범이고 피해자가 처벌을 원치 않아야 하죠. 제가 이 일을 하게 되면서 아이들을 좀더 장기적으로 관리할 수 있는 프로그램이 있어야겠다고 생각했어요. 한 번 하고 말 게 아니라 장기적으로 만나면 애들의 자존감 같은 것 향상에도 도움이 될 거라고 봤지요. 말하자면 아이들이 뭔가를 성취해내는 프로그램을 만들고 싶었던 거죠. 처음에는 뮤지컬, 합창단 등도 생각했는데 이런저런 조건을 검토한 결과 야구단을 하게 된 거예요."

아이들을 '관리'한다고 표현하는 걸 보니 역시 경찰은 경찰이구나 싶다. 하지만 뜻이 좋다. 처벌, 선도보다 아이들에게 장기적으로 할 수 있는 거리를 경찰이 제공하자는 아이디어니 말이다. 아이디어와 기획력이 좋은 사람 같다. 아니면 아이들에 대한 애정이 많든가. 이렇게 묻자 이 경정은 특유의 쿨한 표정을 지으며 고개를 흔든다.

“저는 애들을 싫어해요. 애들이 정말 말을 안 듣잖아요.”

이 무슨 불일치인가. 청소년 야구단을 꾸릴 생각을 하면서 아이들을 싫어하더니. 이 경정은 말보다는 행동으로 보여주는 사람이었다.

“저는 그렇게 액티브한 사람이 아니에요. 회식에서 건배사라도 하라고 하면 그것도 어색해할 정도죠.”

이 경정은 드라마에서 보던 여성경찰들과는 다른 스타일이다. 드라마에서 보는 여성경찰의 이미지는 크게 두 가지 중 하나였다. 남자경찰의 보조 역할을 하는 철부지거나 “나는 경찰일과 결혼했다”고 주장하는 워커홀릭. 그런데 지금 내 앞에 있는 이 경정은 둘 중 어느 쪽도 아니다.

사실 이 경정의 입장에서는 이번 기획이 쉽지 않은 계획임이 틀림없다. 일단 접촉해야 하는 사람이 많다. 프로야구 선수 쪽도 만나야 하고, 아이들도 학교마다 선별해야 하니 학교 측과도 논의가 되어야 한다. 프로그램을 진행하기 위한 돈 문제도 해결해야 한다. 무엇보다 주말마다 진행하려면 경찰들이 쉬는 날인 주말에도 나와 일을 해야 한다. 주말에 아이들과 야구할 수 있는 경찰을 뽑는 것도 이 경정의 일이다. “저는 애들을 싫어해요"라고 말하는 이 경정. 말은 이렇게 하지만 어쩌면 속으로는 아이들을 진심으로 걱정하는지도 모르겠다. 물론 본인은 "그게 제 일이에요"라고 쿨하게 말하겠지만.

이런 이 경정이 위악적이라고 말할 수도 있겠다. 하지만 우리 사회에는 얼마나 위선적인 어른들이 많은가. 아이들에게는 "너희들을 위해서 하는 거야. 이게 다 너희 좋으라고 하는 거야"라고 말하지만 사실은 아이들을 자신들의 대리만족감으로 생각하는 어른들이 주변에 얼마나 많은가. 이런 생각을 하니 이 경정의 위악이 전혀 밉지 않다. 아니, 오히려 더 믿음이 간다고 할까. 경찰도 수많은 직업일 뿐이라고 말하는 담백한 여성 간부가 이끄는 이곳 여성청소년과는 내가 생각했던 것보다 더욱 더 다양한 일을 하고 있을 것이다. 조용히, 그러나 강단 있게.

"봉주르Bonjour…."

한켠에는 익숙지 않은 불어를 하는 청년이 경찰과 통역사와 이야기를 나누고 있다. 문을 열자마자 이런 장면을 봤다면 무슨 상황일까 당황스러웠을 텐데, 이 경정과의 짧은 만남을 통해 경찰일이 얼마나 다채롭고, 또한 경찰 자체도 다양한 사람들인지 알게 되었다. 시야가 조금 트이고 나니 이 낯선 광경에 대해서도 바로 추측이 되었다. 입양 관련하여 가족을 찾는 일을 경찰이 돕고 있는 것이리라. 그렇다면 내가 투입될 푸르미르야구단에도 그런 사연을 가진 아이들이 있는 것은 아닐까.

이 경정에게 넌지시 질문을 던지자 망설임 없이 답한다.

"맞아요. 푸르미르야구단에는 별의별 아이들이 다 있습니다. 새터민 아이들도 추천을 받았지요. 자, 선생님, 이제 저에게 질문하지 마시고 아이들을 직접 만나러 가시는 게 어떨까요."

살짝 시계를 본다. 내부적으로는 시간 순서대로 오늘 일정이 촘촘하게 짜여 있을 것이다. 다른 곳과 달리 여기서는 1분도 기다리지 않는다. 조용하게 말하지만 신속하게 일을 진행한다. 하지만 나도 내 프로그램이 있다. 문득 이 여성경찰 간부의 취미가 궁금하다.

"하하. 선생님은 하시는 일이 그래서 그런가 역시 호기심이 많으시군요. 저는 그렇게 에너제틱한 사람이 아니에요. 그저 시험 잘 보는 재주를 타고 났죠. 휴일에는 뒹굴뒹굴 책 읽고 지내는 걸 제일 좋아해요."

"그렇다면 취미는 독서, 특기는 시험인가요?"

"그렇게 쓰면 제가 너무 재미없는 사람처럼 보이는데요. 저는 여행 좋아해요."

이 야무진 여성경찰이 가고 싶어 하는 곳은 그럼 어디일지.

"여행이오. 여행은 익숙한 곳만 아니면 다 좋지요."

역시. 이 경정은 말로는 에너지가 없는 사람이라고 본인을 소개하지만 도전의지가 강한 사람이었다. 오늘 이 경정은 아이들과 새로운 여행을 시작하려 한다. 여행일지 승부일지 모를

이 길. 이 경정과 나는 이제부터 한 팀이다. 경상도 말과 서울말이 어색하게 뒤섞인 나도 이 경정을 따라 머뭇머뭇, 면접장으로 향한다.

인터뷰이(피면접자)가 아니라 인터뷰어(면접자)로 들어가는 것은 기자생활 할 때 이후 처음이다. 게다가 상대는 전혀 짐작이 되지 않는 대한민국 중학교 남학생들. 중2병, 왕따, 학교폭력 같은 단어들이 지나가면서 마음 한편에서 두려운 생각이 든다. 다른 한 편에서는 새로운 자극을 줄 인물들을 만날 수 있다는 생각에 호기심도 생긴다. 두려움 반 설레임 반. 문을 열고 면접장으로 들어간다.

야구는 인생이야

경찰서 3층에 마련된 면접장은 열 명 남짓 앉을 수 있는 작은 방이다. 야구아카데미를 운영하는 전직 프로야구 선수 출신의 최 대표가 먼저 도착해서 면접장에 앉아 있다. 최 대표 옆으로 이 경정과 내가 앉고, 김 계장이 연단에 서서 행사 순서를 설명한다. 김 계장은 이 경정보다 더 어려 보이는 여성경찰. 여성경찰이 많다는 말은 들었지만 막상 행사장에 들어온 두 여성경찰을 직접 보니 정말 '여풍'이 맞구나 실감하게 된다.

김 계장이 절차상 면접위원들을 소개한다. 거창한 내 소개말을 들으니 쑥스럽고 항변하고 싶은 마음이 생긴다. 그러나 경찰조직은 타이트하고 신속하게 흘러가는 곳. 쑥스러하는 내 표정은 아랑곳없이 김 계장이 행사를 진행한다. 하다 보면 적응이 되겠지…. 앞에 놓인 음료수를 한 잔 마시는데 박 경사가 서류를 들고 헐레벌떡 들어온다. 김 계장이 그런 박 경사를 보고 웃으면서 소개를 한다.

"자, 이쪽은 푸르미르야구단에서 가장 중요한 박 경사님이십니다. 현재 태양중과 나라중의 스쿨폴리스 활동을 맡고 계시고, 야구단의 단원 모집에 실무적으로 가장 많은 일을 하시는 저의 선배님이십니다."

스쿨폴리스? 생소한 단어다. 병원에서 환자만 보다가 경찰에 프로야구 선수에 스쿨폴리스에… 뭐가 뭔지 점점 헷갈리는 기분이다. 겁 없이 이 기획에 참여한다고 선언하고 호기롭게 올라왔는데 점점 더 넓어지는 세상이 아득하게 느껴진다. 이제 아이들이 들어오면 그런 마음은 더 커지겠지.

야구아카데미에서 왔다는 최 대표는 어떻게 느낄까 궁금해 살짝 눈을 돌려 쳐다본다. 저분도 평생 운동만 했으니 나처럼 당황스럽기는 마찬가지겠지 싶어서 봤는데 최 대표는 오히려 이 경정보다도 표정이 여유롭다. 다시 보니 최 대표는 내가 생각했던 전형적인 운동선수는 아니다. 염색한 머리에 굵은 금목걸이, 짙은 선글라스 차림. 사람들의 시선을 즐기는 듯한 표정에서 엿보이는 약간의 '자뻑' 분위기까지. 운동선수라기보다는 행사장에 나타난 연예인 같다. 이런 인터뷰쯤은 아무 일도 아니라는 듯한 분위기를 풍기고 있다.

노련한 이 경정에 '연예인' 최 대표, 성실한 박 경사까지 있으니 나는 그냥 아이들의 이야기를 들어주기만 하면 되겠다 싶어서 조금 안심이 된다. 아니, 실은 아이들의 이야기를 잘 들어주는 것, 그게 애초부터 나의 가장 큰 역할이 아니던가. 마음을 열자 귀가 열린다. 그런데 박 경사가 들고 온 서류는 뭐지?

서류에는 '동대문 푸르미르야구단 면접 의결서'라는 딱딱한 이름의 제목 아래 면접 대상 아이들의 이름과 학교, 간단한 신상 정보가 적혀 있다. '가/부' '비고' 란을 보자 이런 면접에도 형식을 갖춰서 서류를 꾸미는 것이 국가조직의 관성일까 하는 의문이 든다. 단순하고 명쾌하지만 딱딱한. 어쨌든 이렇게 서류가 꾸며진 이상 나는 '가/부' 중 하나를 선택해야 하는 것이었다. 도저히 야구단에도 낄 수 없을 정도로 무서운 아이들이 있는 것일까. 그런 아이들에게 나는 '부' 판정을 내려야 하는 것일까. 우왕좌왕하는 나에게 이 경정이 힌트를 준다.

"이 모임은 자발적으로 조직되었습니다. 좋은 의도로 기획되었으니 '부'에 동그라미를 칠 일은 없겠지요. 다만 학생이 절대 하고 싶지 않다, 라고 말하는 경우는 예외가 됩니다."

사실상 형식적인 면접이라는 이야기다. 마음이 한결 가벼워진다.

실제 면접이 시작되자 역시 가장 바쁜 것은 박 경사다. 아이들을 만나기 전에 박 경사가 한 명씩 서류에 기재된 것 외의 사실을 알려준다.

"지금 들어올 태양중학교의 여섯 명은 그냥 야구를 좋아하는 아이들입니다. 공부는 잘하는 아이도 있고, 좀 떨어지는 아이도 있습니다만 학교생활은 다 무난한 편입니다. 특히 승운이는 성적도 최상층에 속합니다. 유주나 진영이도 착하고요."

면접 첫 대상의 소개를 받고 나니 푸르미르야구단의 정체성이 내가 처음 생각했던 것과는 다르다는 것을 알게 되었다. 처음에 나는 이 기획에 대해 간단하게 말하면 '문제아'들을 야구로써 선도한다, 정도의 콘셉트로 이해했다. 그래서 면접 전에도 조금 떨었고. 그러나 지금 보니 '다양한 아이들이 야구로써 새로운 세계를 경험한다'가 푸르미르야구단의 더 정확한 정체성인 것 같다.

태양중학교의 아이들은 모두 90도로 허리를 꺾어 인사를 하고 자기소개를 한다. 면접을 본다고 스트레스를 받거나 귀찮아하는 기색은 전혀 없다. 면접은 수월하게 끝난다. 키가 커서 한눈에도 운동선수로서 좋은 체격을 가진 것 같은 유주, 활달한 성격이 돋보이는 승현이, 말이 많고 성격이 밝은 영훈이. 모두 공통점은 하나다.

"저희는 야구를 좋아해요."

이후 화성중학교 아이들의 면접 차례. '다양한 아이들'이 기획의도라면 이번에 만날 아이들은 태양중학교 아이들과는 조금 다를 수 있지 않을까. 조심스러운 나의 추측은 사실로 판명될까. 박 경사가 곤혹스러운 표정으로 입을 연다.

"이 학교는 제가 스쿨폴리스로 있는 곳이 아니라서 저도 소개를 받았습니다. 그런데 앞의 두 명은 저희들 용어로 '특A'라고 부르는 아이들입니다. 말하자면 행동이 조금 거칠다, 이런 뜻이지요. 본드 같은 걸로 중학생이 경찰서에 온다고 하면 대부분 '특A'인 경우가 많습니다. 그리고 아래 나머지 두 명은 아까 다른 서에서 폭력으로 연락이 와서 불참했습니다. 이쪽 아이들이 피해자인 것 같기는 한데, 어쨌든 사소하게 싸움질을 자주 하는 아이들입니다. 먼저 동기부터 보시죠."

사고를 많이 일으킨다고 해서 껄렁한 모습을 예상했는데 오히려 정반대다. 시큰둥한 표정의 동기는 적대감이 있다기보다는 오히려 매사에 무관심한 모습이다.

"여기 왜 온 것 같아요?"

"잘 몰라요."

"스쿨폴리스 선생님이 오라고 했나요?"

"몰라요. 그냥 가라고 했어요."

이 경정의 질문에 동기는 눈도 맞추지 않는다. 태양중학교의 여섯 명과는 사뭇 다른 분위기. 좋은 의도에서 진행하는 일인데 무관심한 동기의 모습에 박 경사도 이 경정도 힘이 빠지는 것 같다. 이때 운동선수 출신의 최 대표가 직구를 날린다. 다짜

고짜 반말이다.

"야구 좋아하냐?"

느닷없는 반말에 동기는 순간 움찔하더니 대답한다.

"아니오. 안 좋아해요."

노력만으로 될 일이 아니었다. 저렇게 마음의 문을 닫고 있는 아이에게 어쩌면 억지로 여기까지 오라고 한 것이 어른들의 오만이 아닐까. 아니면 억지로라도 끌어들여서 기회를 갖자고 설득해야 하는 것일까. 순간 여러 가지 생각이 스쳐간다. 어쩌면 지금이 내가 말을 해야 할 타이밍일지도 모르겠다. 동기를 대변하는. 처음으로 내가 질문을 던진다.

"학생은 자신의 마음과는 상관없이 온 것 같은데요. 야구 말고, 좋아하는 운동 없나요?"

"네. 저는 안 하고 싶어요. 야구는요. 운동은 축구밖에 안 해요."

반항으로 보면 괘씸하게도 들릴 수 있는 말이겠지만, 동기는 진심일지도 모른다. 수많은 강요로부터 탈출구를 꿈꿔온 아이들. 나는 또 한 번의 강요를 떠안기는 어른이 되고 싶지는 않다. 동기가 나간 후 나는 처음으로 목소리를 조금 높여서 이 경정에게 말한다.

"푸르미르야구단의 취지가 좋아도 지금 동기에게 억지로 권하는 것은 좋지 않을 것 같습니다. 최소한 우리가 네 의도를 존중한다는 것을 보여줘야 하지 않을까요."

아이들과 가장 많은 시간을 보낸 박 경사가 옆에서 한마디 거든다.

"저렇게 마음먹으면 안 와요. 애들이 말을 듣겠어요."

이런 기회를 스스로 참여하지 않으려고 하는 아이가 안타깝지만, 그것 또한 내 욕심일지 모른다. 나는 '가/부' 란에 처음으로 '부' 쪽에 동그라미를 친다. 이후 2학년 아이들이 주축인 수성중학교, 토성중학교 순으로 면접이 이어졌다. 수성중학교에서는 네 명 중 세 명이 불참. 불참율이 너무 높다. 토성중학교는 2학년 아이들이 주축인데, 여기도 반밖에 오지 않았다. 불참율이 높아서 의기소침해 있는 면접위원들에게 박 경사가 분위기 전환용 뉴스를 하나 띄운다.

"수성중학교에서도 거의 다 안 왔는데요. 신청받을 때는 아무 말도 없던 학생 하나가 오늘 그냥 친구 따라서 왔네요. 서류에 있는 학생들의 면접이 다 끝날 때까지 기다리라고 했으니까 그 학생도 면접을 보면 될 것 같아요. 아, 그리고 지금 보실 두 명은 새터민 아이들입니다."

한눈에 봐도 또래보다 체격이 작다. 고개를 숙이고 주눅 들어 있는 표정. 명광이는 피면접자 중 유일한 1학년이다. 가장 기본적인 질문부터 시작한다.

"명광이는 야구 좋아해요?"

"네."

대답이 짧다.

"여기는 어떻게 오게 되었나요?"

"소개받아서요."

"여기에 아는 다른 학생들은 있나요?"

"아니오."

"계속 운동하고 싶어요?"

"네."

'예/아니오'로만 답하는 명광이. 무슨 생각을 하는 것일까. 새터민 출신의 저 아이는 어떤 세월을 거쳐 여기까지 왔을까. 과연 푸르미르야구단에서 잘 적응할 수 있을까. 야구가 저 아이의 마음을 여는 데 조금이라도 도움이 될까. 트라우마를 겪은 명광이의 마음을 치료하는 데 야구가 도움이 될 수 있을까. 문득 외상후 스트레스 증후군(PTSD)에 대한 몇 가지 사실이 머리를 스친다.

사실 두 가지 다른 사회체제를 어린 나이에 경험하는 것 자체가 아이에게는 큰 정신적 외상이다.* 지금 명광이가 보이는 모습은 어떤 의미에서 회피, 감정적 둔화 상태의 전형적 모습

---

* 트라우마 후 아이들은 재경험, 회피, 감정적 둔화, 과각성 등의 상태를 겪게 된다. 사고를 당한 아이들은 꿈에서 사고 장면을 끊임없이 만나기도 하고, 현실에서도 문득 문득 사진노 보르게 그 상황을 떠올리기도 한다. 사람 만나기를 피하게 되고, 감정 표현을 꺼리게 되면서 점점 감정적 둔화 상태에 빠지게 될 수도 있다. 그러면서도 한편으로는 뉴스 소리만 들려도 놀라고, 갑자기 이유 없이 눈물을 흘리는 등 감정이 소용돌이치는 경험을 하게 된다.

인지도 모르겠다. 조심스럽게 문을 두드리고 있는 명광이에게 야구라는 새로운 경험이 과거의 어두운 기억을 서서히 대치할 수 있다면 좋을 텐데. 명광이는 과연 다음 훈련에 나올까.

면접은 이제 거의 막바지에 이르렀다. 그저 운동이 좋은 아이, 야구가 싫다고 아무렇지도 않게 말하는 아이, 모든 질문에 '예/아니오'로만 대답하는 아이… 어쨌거나 쉽지 않은 조합인 것은 분명하다. 세 시간이 훌쩍 넘어가니 정신도 혼미하고 목도 아픈데, 나를 제외한 나머지 세 사람은 하나도 지치지 않은 기색이다. 이 경정이 또랑또랑한 목소리로 말한다.

"마지막 친구 들어오라고 하세요."

문을 열고 '친구 따라' 면접 온 서진이가 들어온다. 나중에라도 야구를 하고 싶다고 말한 것을 보면 상당히 활발한 아이일 것이라고 짐작했는데 문을 열고 들어온 서진이 역시 시큰둥한 표정에 별로 말이 없다. 다만 야구모자를 야무지게 쓴 모습이 인상적이다.

"친구가 와서 따라 왔는데요. 야구를 좋아해서 제대로 배워보고 싶어요."

제대로 배워보고 싶다는 말에 최 대표의 표정이 환해진다. 최 대표 역시 지치지 않았다. 달변가 최 대표는 세 시간이 넘는 면접에도 처음과 같은 큰 목소리로 일장연설을 시작한다.

"학생의 생각이 맞아. 야구라는 게 바로 인생이지. 야구를 배우면 인생을 알 수 있어. 야구는 그라운드에 선이 그려져 있지. 그 선 안에서는 무슨 일을 해도 되지만 선을 벗어나면 반칙이고 파울이야. 인생도 마찬가지지. 너희들이 아무리 까불고 놀아봤자 왕년에 그렇게 안 놀아본 사람은 또 어디 있냐. 나는 룰 밖에서는 마음대로 놀고 행동해도 룰 안으로 들어오면 딱 공정하게 플레이하고 즐기는 것을 가르치고 싶다. 그게 야구고 인생이거든."

면접 보러 들어왔다가 장광설을 들은 서진이는 다소 황당한 표정이다. 하지만 한번 열린 최 대표의 입은 닫힐 줄을 모른다.

"내가 너희에게 가르쳐주고 싶은 것은 야구가 아니라 인생이야. 내가 야구를 시작한 게 중학생 때야. 프로야구 선수 중에 중학생 때 시작해서 프로 된 사람이 얼마나 되는지 아냐. 내가 말하려는 것은 자랑이 아니라, 야구에서 그런 근성을 배우란 말이야. 근성을 배우는 데 야구만 한 게 없어. 나만 잘났다고 생각하는 사람이 야구를 할 수 있을 것 같아? 야구 하면서 다 같이 어울리는 법도 배우게 되지. 학생도…."

최 대표의 말이 길어지자 갈 길 바쁜 이 경정이 상황을 마무리 짓는다.

"학생은 야구모자를 쓴 모습이 좋아 보이네요. 앞으로 같이 재미있게 야구 해봅시다. 대표님, 선생님, 그리고 박 경사님, 오늘 장시간 고생하셨어요. 아이들을 만나보는 게 보통 일이 아닌데, 감사합니다. '가/부'는 사실 형식적인 것이고요, 오늘 면접 본 아이들은 일단 모두 다 참여한다고 생각하시면 됩니다. 훈련은 참여 인원을 파악하면서 조절해야 할 것 같습니다."

이 경정의 마무리 멘트를 들으니 가장 중요한 것은 앞으로 아이들의 참여 여부일 것이라는 사실이 다시 한 번 명확해진다. 야구로 학생들의 공격성을 교화하고 인생을 배우게 한다는 모토가 얼마나 어른 위주의 생각이던가. 일단 중요한 것은 참석. 그리고 참석을 위해서는 동기 부여가 우선 있어야 한다. 푸르미르야구단은 프로야구 선수를 꿈꾸는 아이들로 구성된 것도 아니고, 그렇다고 같은 학교 출신이라는 동지애 같은 것으로 똘똘 뭉친 것도 아니다. 말 그대로 학교도, 학년도, 아이들의 구성도 각양각생인 '짬뽕 야구단'이다. 이들을 뭉치게 할 구심점이 무엇이 될 수 있을까. 첫 면접을 마치고 돌아오는 길, 고민이 시작되었다.

어제까지의 일은 전부 괜찮다

면접 때 호열이를 만나고 '밤의 선생' 미즈타니 오사무가 쓴 논픽션 《얘들아, 너희가 나쁜 게 아니야》가 떠올랐다. 그는 밤마다 거리의 아이들을 찾아가서 그들의 이야기를 듣는다. 책은 이렇게 시작한다.

"선생님, 도둑질한 적 있어요. 저 폭주족이었어요."

"괜찮아."

"선생님, 저 학교도 안 가고 집에만 처박혀 있었어요."

"괜찮아."

선생님은 마지막에 이렇게 말한다.

"어제까지의 일들은 전부 괜찮단다. 모든 것을 해도 다 괜찮아. 다만 자신을 죽이지만 말아."

미즈타니 오사무에 대해 위선이라고 욕하는 사람도 있었고,

아이들의 버릇을 망친다고 말하는 사람도 있었다. 그래도 그는 자신의 생각이 확고했다.

"결국 아이들은 어른들의 희생양 아닙니까. 누군가 한 명쯤은 보듬는 사람도 있다는 것을 알 권리가 있는 것 아닙니까."

경찰에서 호열이는 '특급'으로 분류된 아이였다.

북한도 무서워서 남침을 하지 않는다는 대한민국 중학생. 호열이는 경찰도 쉽지 않다고 낙인을 찍은 아이다. 80킬로그램은 될 만한 커다란 덩치와는 어울리지 않는 앳된 보조개가 인상적이었다. 면접 중 가장 늦게 나타났다. 학교에서 온 것 같지는 않았다.

"다른 친구들이랑 따로 왔네?"

"아, 네… 제가 '등정'을 먹어서요."

'등정'을 먹다니, 무슨 말이지? 섣불리 모르는 티를 낼 수는 없다. 그랬다가는 아이에게 이 사람은 내 편이 아니라는 인상을 줄 수 있다.

진료현장에서 아이들과 대화가 되지 않는다고 하소연하는 어른들을 많이 본다. 당연하다. 어른들은 아이들이 재미있어 하는 게임이 이해되지 않는다. 아이들은 어른들이 하는 공부 이야기, 세상살이에 대한 설교가 재미 없다. 아이들의 관심사를 이해하기 어렵다면 아이들의 언어부터 조금씩 사용해보면 어떨까. 지난번 한 강의 때 중·고등학생들과 이야기할 시간이 있었다.

"여자친구 있어?"

서로 키득거리기는 하는데 다 같이 이구동성으로 "없어요"라고만 할 뿐 더 이상 질문할 여지를 주지 않았다. 그때 문득 요즘 아이들 사이에 가장 핫한 말이라는 '썸'이 생각났다. '썸'은 굳이 표현하자면 사귀기 전 단계라고나 할까. 사귀는 것은 아닌데 얘가 다른 이성과 이야기하면 신경이 쓰인다, 그냥 아는 친구라고 하기에는 문자 메시지도 자주 주고받는다… 그런 상황을 '썸탄다'고 하고, 그런 상대를 '썸남/썸녀'라고 한다. 아이들은 '썸'을 여러 가지로 변주해 사용했다.

어쩌면 아이들에게는 여자친구라는 단어 자체가 어른들이 쓰는 낡은 표현일지도 모르겠다. 적어도 '여친' 정도로 줄여서 표현하면 모를까. 어색했지만 나는 용기를 내어 아이들에게 말을 걸었다.

"야, 그럼 너희 중에 썸타는 애들은 있어?"

깜짝 놀랐다. 아이들이 "와~" 하며 큰 소리로 호응했다. 나는 다만 아이들의 언어를 사용했을 뿐인데, 아이들은 그 한마디로 단박에 나와의 벽을 허물었다. 물론 아이들이 우리말을 망친다고 우려하는 어른들의 심정도 이해는 된다. 도대체 무슨 말인지 알아듣기도 어렵고, 이것은 외국어도 아니고 거의 외계어

수준이라고 느낄 때도 있을 것이다. 하지만 무턱대고 하지 말라고 하면 아이들의 반발심만 더 자극하지 않을까. 하지 말라고 하면 원래 더 재미있어지는 법이니까.

'등정'의 말뜻은 여전히 오리무중. 순발력을 발휘해서 상황을 유추해본다. '등정'을 먹어서 따로 왔다고 하니 어쨌든 학교에서 온 것은 아니리라.

"그럼 어디서 왔는데?"

"아, 피시방에서 왔어요. 열흘 동안 '등정' 먹었으니 그 동안은 버텨야죠."

열흘이라고 이야기하는 것으로 미루어 짐작건대 혹시 '등정'은 등교 정지의 약자쯤 아닐까. 나도 호열이의 용어를 써보기로 한다.

"뭐 때문에 등정을 먹었는데?"

경찰의 경고와는 달리 호열이는 생각보다 밝았다. 자기 이야기를 하는 데도 거리낌이 없다. 지금 보니 긴 바지를 두 단 정도 접어 입었다. 자신을 표현하고 싶은 거겠지. 외모에도 관심이 많고, 남들에게 주목받는 것도 좋아하는 것 같다.

"아, 그거요. 제가 전자담배를 피웠거든요."

역시 아이들은 내 상상을 초월한다. 전자담배라면 어른들이 금연하기 위해 피우는? 타르는 없고 니코틴만 있어서 인체에 무해하다고 알려진? 설마 그 정도로 골초일 리는 없을 것 같은

데 웬 전자담배지?

"전자담배를 피우면요 연기가 나니까요. 멋있잖아요."

폼을 위해서 전자담배를 피운다는 이야기.

"냄새가 안 나니까 들통은 안 나고요."

그러니까 폼은 나야겠고, 들키기는 싫은 호열이의 타협점이 전자담배였다. 호열이는 자신이 원하는 바를 잘 알고 있었다. 은근히 내가 자신과 놀아주기를 바라는 눈치다. 일단 나는 호열이의 이야기를 듣기로 한다.

"그런데 호열아, '등정' 말고 다른 벌이 또 뭐가 있어?"

내가 관심을 보이자 호열이는 마치 '등정'이 훈장이라도 되는 듯 크게 떠든다.

"하하하. 선생님은 그거 모르세요? 순서대로 쫙 있잖아요. 교내봉사부터 하고, 그다음 사회봉사, 특별교육하고. 여기까지는 학교에 가는 거고요. 그다음은 '등정' 있고. 그러다가 안 되면 강제 전학이죠 뭐. 저는 아직 강제 전학까지는 안 갔어요. 여기서 계속 학교 다니고 싶어요."

내가 자신에게 적대적이지 않다는 것을 안 아이는 술술 자신의 이야기를 털어놓는다.

"사실 이번 '등정'도 전자담배하고 또 다른 것도 있어서 그렇게 됐어요. 제가요 우리 반 애한테 돈을 좀 달라고 했거든요. 많이도 아니에요. 500원요. 그거 안 갚았다고 담탱이한테 이르는 애들이 있다니까요. 참, 어이없어서."

그래도 돈을 달라고 하는 건 나빴다, 라고 단죄할 수도 있었지만 오늘은 듣기로 한 날. 나는 말하는 대신 듣는 쪽을 택한다. 학교를 못 가는 열흘 동안 이 아이의 이야기를 듣는 어른은 아무도 없지 않을까. '등정'이라는 낙인이 찍힌 아이는 말할 권리가 없다. 혼날 의무만 있다. 한 번쯤은 말할 권리를 줘야 아이도 숨통이 트이지 않을까. 어쨌든 이 아이도 꿈이 있으니까. 호열이는 말을 안 듣는 아이일지는 몰라도 어두운 아이는 아니다. 밝고 유쾌하다.

"저는요, 선생님. 개그맨이 되고 싶어요. 애들도 다 제가 웃기다고 그래요."

하긴 '등정', 강제 전학 이야기를 저렇게 별일 아니라는 듯 재미있게 이야기하는 아이도 흔치 않으리라. 전학가기 싫다, 아이들이 자기를 보고 웃는 게 좋다고 말하는 것을 보니 학교에서 친구들과 어울리고 싶을 텐데. 방황하는 이 열흘이 무척 길게 느껴지지 않을까. 호열이는 짐짓 아무렇지 않은 척하는 것인지도 모르겠다. 나는 푸르미르야구단 이야기를 넌지시 꺼내본다.

"친구들도 좋아하고 하니까 여기 와서 야구 하는 것은 어때?"

이 말을 꺼내자 호열이의 표정이 갑자기 어두워진다. 처음에 나는 생각했다. 학교에서 환영받지 못하는 아이. 여기 푸르미르야구단에 나오면 좋을 텐데. 와서 신나게 야구도 하고 어울리면 좋을 텐데.

하지만 나의 생각이었다. 호열이는 대답이 없다. 나는 호열이의 마음이 조금 이해가 된다. 전자담배 연기로라도 폼을 내고 싶어 하는 호열이가 학교에서 일주일 내내 친구들을 못 보다가 야구 하겠다고 운동장에 턱 하니 나타난다? 시쳇말로 쪽팔려서 못 한다. 당연히 내키지 않을 것이다. 개그맨이라면 무대에서 빛나는 사람들이 아닌가. 나는 호열이의 꿈을 조금 더 물어본다.

"호열아, 개그맨이 될 거라면 숨겨둔 개인기 같은 것도 많이 있겠다?"

"하하하. 당연하죠. 다음에 보여드릴게요."

제법 자신 있는 눈치다. 그런데 언제 볼 수 있을까.

"제가 스케줄 되면 나올게요. 뭐, 스케줄이 어떻게 될지는 모르겠지만."

끝까지 유쾌한 분위기를 잃지 않는 호열이. 스케줄이라 함은 '등정', 강제 전학 같은 것이리라. 호열이의 스케줄에 푸르미르야구단을 끼워넣을 수 있을까.

"선생님, 제가 보고 싶어도 너무 기다리지는 마세요. 보시다시피 제가 좀 바쁘잖아요."

아. 저 말은 안 나올 거라는 이야기구나. 호열이가 후다닥 인사를 하고 면접실을 빠져나간다.

호열이는 한 번 더 운동장에 나왔지만 그날은 내가 사정이 생겨 경기를 보지 못했다. 우리의 인연은 첫날이 마지막 날이었던 것일까. 그 후로 나는 호열이를 계속 기다렸지만 한 번도 운동장에서 볼 수 없었다.

2회

감독님, 감독님, 우리 감독님

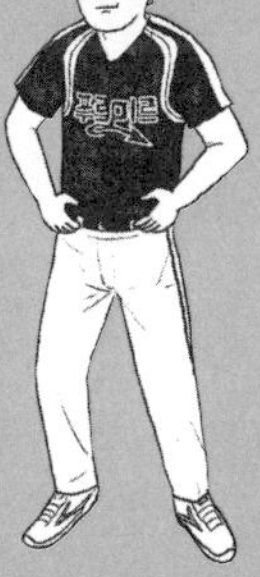

"인생에서 가장 중요한 두 가지는
좋은 친구와 좋은 불펜이다."

-밥 레먼-

야구 아카데미 방문기

아이들이 야구에 흥미를 느끼게 하려면 무엇이 가장 중요할까. 그래, 점심은 굶더라도 '노스페이스'를 입어야 '간지'가 난다고 생각하는 아이들이니까 일단 유니폼을 입어야 기분이 날 것이다. 게다가 야구 유니폼이란 것은 단순한 추리닝이 아니지 않은가. 앞면에는 팀명이, 뒷면에는 등번호가 적혀 있다. 류현진은 99번, 오승환은 21번. 유니폼을 입는 순간 아이들은 푸르미르야구단의 99번이 되는 것이다. 박 경사가 각자 등번호를 미리 생각해두라고 말한다. 왠지 99번을 바라는 아이도 있을 것 같다.

유니폼을 맞추러 가면서 아이들은 한껏 들뜬 모습이다. 푸르미르야구단에는 중간고사도 왕따도 나이도 없다. 한남대교를 건너 높은 빌딩이 즐비한 강남 한복판에 있는 한 빌딩의 지하에 최 대표가 운영하는 저니맨 야구아카데미가 있다. 한쪽에는 기본적인 웨이트 트레이닝을 위한 체력단련실이 있고, 그 옆으로 재활실이 있다. 작지만 타격 연습을 할 수 있는 공간도 마련되어 있다. 아이들은 타격연습장으로 모인다.

낯선 사람을 맞이하는 최 대표의 행동에는 일말의 망설임도 없다. 활기찬 목소리, 큰 몸동작. 오랜 세월 운동으로 다져진 사람 특유의 당당함 같은 것이 있다.

"이쪽은 박준수라고, 제 후배입니다. 얘들아, 앞으로 이분이 감독으로서 너희를 지도할 것이다. 말 잘 들어."

박 감독은 큰 키에 군살이라고는 하나도 없는 탄탄한 몸, 잘생긴 얼굴까지 모델이라고 해도 믿을 만한 외모의 소유자다. 최 대표와 달리 낯을 가리는 듯, "안녕하세요" 짧은 인사가 끝이다. 그리고 침묵. 최 대표는 침묵을 견디지 못한다.

"우리 준수가 예전에 현대 유니콘스에서 마무리를 하면서도 아주 잘했어요. 너도 한마디 해."

뭔가 자기소개를 할 법도 한데 박 감독은 딱 한 마디만 한다.

"다음에 보자."

박준수… 이름이 낯익은데 어디에서 봤지? 얼굴은 기억이 나지 않는데 이름이 계속 입 안에서 맴돈다. 야구박사 김 작가에게 슬쩍 물어보니 그렇지 않아도 말하고 싶어서 입이 근질거리던 참이었는지 귓속말로 답한다.

"선생님은 현대 시절은 모르시지요. 현대가 90년대 후반, 2000년대 초반에 정말 잘했지요. 거의 리그를 장악했다고 볼 수 있습니다. '현대 왕조'라고들 했지요. 특히 투수 왕국이라고 할 정도로 걸출한 투수가 많았어요. 박준수 선수가 2000년대 중반인가 깜짝 등판해서 마무리로 날렸을 거예요. 옆으로 공을 던지는 사이드암 유형인데, 원래 마무리로는 사이드를 잘 안 쓰거든요. 그래서 기억이 나요."

김 작가의 부연설명을 듣자 마무리, 사이드 같은 단어에서 최근 본 기사가 떠올랐다. 이용규와 20구 승부를 하던 넥센 히어로즈의 불펜투수. 끈질긴 이용규를 상대해서 20구까지 던졌다니 투수도 참 독종이다 생각했는데 여기서 보다니. 박 감독은 낯을 가리는지 초면인 사람에게는 눈인사만 한다. 그 모습에서는 승부사의 면모를 전혀 찾아볼 수 없다. 평상복을 입어서 그런가. 어떻게 푸르미르야구단 감독직을 맡게 되었는지, 평소 아이들에 대해 어떻게 생각하는지… 나는 궁금한 게 많지만 무표정한 박 감독에게 아무 질문도 할 수 없다. 일단은 상황 관망이다.

저니맨 야구아카데미 유니폼 제작을 도맡아온 김 사장. 주말을 맞아 김 사장은 일곱 살 된 아들 동수를 데리고 왔다. 형들이 허리 치수, 팔 길이를 재는 모습을 지켜보는 동수. 자신도 유니폼이 입고 싶은 눈치다. 그 모습이 안쓰러운지 사람 좋은 박 경사가 동수에게 묻는다.

"너는 꿈이 뭐야?"

동수는 쑥스럽지만 기분 좋은 듯 크게 대답한다.

"야구선수요!"

김 사장은 싫지 않은 표정이다. 다만 박 감독이 지나가듯이 한마디 던진다.

"야, 그거 하지 마. 힘들어."

아이들은 무표정하게 이런 말을 하는 박 감독이 조금 무섭기도 한 듯 살짝 놀라는 눈치다. 하지만 이내 농담이라는 것을 알아채고 따라 웃는다. 유니폼 치수를 재면서 아이들은 그저 왁자지껄하다. 언제나 수다로 분위기를 띄우는 영훈이가 오늘도 마이크를 잡는다.

"사장님, 바지 밑단은 붙게 줄여도 되지요? 이렇게 헐렁한 것보다 딱 붙어야 간지가 나는데요. 그리고 보세요. 저는 다리가 길어서 붙게 입어야 돼요."

영훈이의 말이 떨어지자마자 다른 아이들도 덩달아 자신은 어떻게 옷을 고칠지 떠들기 바쁘다. 단 한 명, 푸르미르야구단의 유일한 우등생 승운이만 그저 빙그레 웃으면서 질문을 한다.

"저희 포수 장비나 글러브 같은 것은 어떻게 해요?"

면접 때 류현진을 동경한다고 말하던 승운이. 등번호를 보니 과연 99번이다. 승운이는 장비를 제대로 갖추고 공을 던져보고 싶은 것이겠지.

유니폼 하나를 맞추면서도 각각의 색깔이 드러난다. 학교가 싫은 아이, 성적이 좋은 아이, 그저 별생각 없이 동급생들과 티격태격하는 아이, 어린 나이에 다른 나라의 정치체제를 경험해야 했던 아이, 엄마보다 할머니가 더 좋은 아이… 저마다 다른 사연을 가진 아이들이 이제 똑같은 유니폼을 입는다. 그리고 유니폼을 입으면 아이들은 하나가 될 것이다. 우리 팀을 위해서라면 희생도 할 것이고, 다른 팀에 지는 것을 죽기보다 싫어하는 오기가 생길지도 모른다.

"우리 언제부터 이거 입어요?"

치수를 재면서 유니폼 받을 날짜를 재촉하는 아이들. 김 사장의 손과 눈은 어느새 마지막 아이의 허리치수를 재고 있다.

일단 흥미를 붙이는 첫 번째 미션은 성공이다. 돌아오는 차 안에서 아이들은 온통 유니폼과 박 감독 이야기뿐이다. 특히 학교에서 투수 포지션을 자주 맡는 유주는 오늘 만난 박 감독이 무척 궁금하다. 투수를 했던 아이들은 벌써부터 그립을 배우고 싶어서 몸이 근질근질한지 공을 손에 넣고 계속 돌리고 있다.

폭풍 검색의 시간. 두산 베어스의 골수 팬을 자처하는 연우가 먼저 말문을 연다. 평소에는 과묵한 연우가 입을 여니 아이들이 귀를 쫑긋 세운다.

"우리 감독님, 대박. '용규 놀이' 주인공이야."

검색 결과 가장 먼저 걸리는 단어는 이용규와의 20구 승부. 한 선수와 20구까지 공을 던지다니. 야구는 투수 입장에서 스트라이크 세 개를 던지면 끝난다. 공 한 개로도 끝날 수 있다. 내야땅볼이나 플라이볼로 끝날 수도 있기 때문이다. 한 시즌에 평균 투수가 타자 한 명을 상대해서 던지는 공은 보통 네 개에서 다섯 개 정도다. 그런데 한 선수를 상대로 스무 개라니.

보통 투수는 네다섯 개 정도 되는 구종으로 타자를 상대한다. 투수와 타자는 서로가 던질 공을 알고 있다. 일종의 가위바위보와 비슷하다. 그러니 공 몇 개를 던지고 나면 바닥이 드러난다. 대여섯 개 정도 넘어서면 던진 공을 또 던지게 된다. 20구라면 같은 공을 여러 번, 아주 여러 번 던졌다는 것. 둘 다 승부 근성이 대단하다는 뜻. 누군가는 반드시 져야 하는 싸움에서 서로 지지 않겠다며 버틴 결과 20구라는 승부가 나온 것이다. 이용규는 리그 최고의 리드오프. 독종 승부 근성으로 치면 대한민국 최고라 불리는 선수다. 그렇다면 상대 투수도 그에 못지않다는 얘기다. 그 투수가 바로 오늘 나타난 박 감독이었다.

응답하라 2006

2006년 개막과 함께 현대 유니콘스는 위기에 처한다. 현대 유니콘스의 붙박이 마무리 투수 조용준이 부상으로 이탈한 것이다. 팀은 조용준 대신 전년도 11승을 거둔 황두성을 마무리로 내정하며 2006년을 준비했다. 하지만 황두성은 마무리 자리에 잘 적응하지 못한다. 이미 시즌은 눈앞에 다가온 상황. 현대 유니콘스는 큰 위기에 빠진다. 무엇보다 모기업인 현대가 자금난에 빠지면서 지원까지 중단된다. 팀의 사기는 바닥으로 곤두박질쳤다. 이 상황에서 든든한 마무리 투수까지 없다면 팀은 날 수 없는 '유니콘'(현대 유니콘스의 마스코트)이나 다름없다. 날지 못하는 유니콘은 평범한 말에 불과하다. 언론은 벌써 "올해 현대 왕조는 몰락할 것"이라는 말까지 쏟아내기 시작했다.

현대 야구에서 마무리 투수는 선발 못지않게, 아니 그 이상으로 중요한 보직이다. 장기로 치면 차나 포에 해당한다. 과연 그 막대한 자리를 누가 메울까. 야구팬들의 이목이 집중된 가운데, 2006년 4월 13일, 박준수가 팀이 앞서는 상황에서 마무리 임무를 맡기 위해 마운드에 올랐다. 관중석이 술렁인다. 사람들은 다들 "누구야?"라고 수군댄다. 생소한 선수였기 때문이다. 해설자가 서둘러 기록을 찾아본다.

"2000년 입단해서 작년까지 거의 2군에 있었지요. 작년 8월 18일 1군에 와서 32이닝을 던졌어요. 그전에도 1군 경험은 몇 경기가 안 됩니다. 1군 경험이 많지 않은 선수군요. 어, 그런데 지난해 하반기 성적이 괜찮은데요. 32이닝 동안 볼넷을 여섯 개밖에 안 줬네요. 우완 사이드암인데 제구력이 좋아서 올린 것 같아요. 그래도 깜짝 등판은 깜짝 등판이네요. 보통 2군에 오래 있다가 1군에 오르면 아무래도 긴장하고 자기 실력이 안 나오는 경우가 많은데요. 이번 마무리 등판은 본인에게는 중요한 시험대겠어요."

이날 박준수가 마운드에 섰을 때 해설자도, 관중 가운데 그 누구도 그해 말까지 이 무명선수가 삼성 라이온즈의 마무리 오승환과 세이브 타이틀 경쟁을 할 줄은 몰랐을 것이다. 2006년을 뜨겁게 장식한 신데렐라는 그렇게 등장했다.

어떤 프로야구 선수가 그렇지 않겠냐마는 박준수도 초등학생 때부터 야구를 했다. 어려서부터 운동은 모두 좋았다. 축구도 워낙 좋아해서 야구 유니폼을 입고 축구공을 차던 소년 박준수는 강남중학교, 서울고등학교를 거치면서 야구선수의 길을 간다. 1995년에는 서울고등학교의 에이스이자 홈런타자였다. 그러나 잘하는 선수는 항상 많다. 당시 고교 투수 랭킹 1위는 광주제일고등학교 2학년에 재학 중이던 김병현. 서울야구 빅4로는 충암고등학교 박명환, 휘문고등학교 김선우 등이 있었다. 박준수는 대학 후 프로로 가는 길을 택하고 경희대학교의 에이스로 활약한다.

2000년 드디어 현대 유니콘스에 입단하지만 1군의 길은 멀었다. 2005년까지 대부분의 시간을 2군에서 보냈다. 입단만 하면 금방 길이 열릴 줄 알았으나 2군과 1군의 차이는 하늘과 땅이었다. 실력 차이보다도 더 2군 생활을 힘들게 한 것은 힘들 때마다 찾아오는 자신에 대한 의문, 자괴감 같은 멘탈적인 것이었다. 기회가 올까, 의심하면서도 매일 1군 무대에 선 자신의 모습을 머릿속으로 그려봤다.

그리고 2006년 4월 13일 오늘, 드디어 1군 무대 붙박이 마무리로서의 데뷔 기회가 왔다. 어깨가 무겁지만 왠지 마음 한켠에서 도전의지 같은 것이 생기면서 벅찬 기분도 든다. 1구, 1구 담담하지만 당당하게 자신의 공을 뿌린다. 처음에 반신반의했던 해설자도 이제 목소리가 들떠 있다.

"사이드암 같은 경우는 장타에 취약할 수 있어서 마무리로 쓰기 어려운데요. 저 선수는 슬라이더가 아주 일품이네요. 직구처럼 오다가 타자 앞에서 미끄러지듯이 휘어지는 공이라서 타자들이 타이밍을 잡기가 아주 힘들겠어요."

마운드의 박준수에게 주눅 든 기색은 전혀 없다. 2군에서 던질 때 다르고, 불펜에서 투구할 때 다르고, 마운드에 섰을 때 다른 게 투수의 공이라고 했던가. 박준수는 큰 무대를 더 즐기고 싶은 준비된 승부사였다. 5년간의 2군 생활을 마치고 주전 마무리의 대타로 올라온 박준수. 모두들 처음에는 그가 한두 경기 메우다가 말겠지라고 생각했다. 황두성이 돌아올 때까지만, 아니 조용준이 돌아올 때까지만, 아니면 다른 중간 불펜이 올라올 때까지만이라고. 4월에 시작한 마무리 임무를 가을까지 이어가리라고는 아무도 예상하지 못했다. 시즌이 끝날 무렵 그는 '준수불패'라는 멋진 별명을 얻었다. 올라가면 절대 지지 않는다는 뜻에서 '동방불패'와 '박준수'를 묶은 별명이었다.

결국 박준수는 그해 현대 유니콘스의 역사를 뒤바꾼 선수가 되었다. 역대 팀 사상 최다 세이브 기록인 38세이브를 갱신했다. 5승 5패 38세이브에 방어율은 1.82에 불과했다. 그가 69.1이닝 동안 뺏어낸 삼진은 65개, 볼넷은 11개뿐이었다. 특히 주목할 만한 것은 볼넷의 숫자. 놀랄 만한 제구력 덕분이었다. 당시 리그 최고 투수를 꼽을 때 언급되던 선수인 박명환, 손민한,

구대성보다 기록이 좋았다.

야구에서 볼넷은 투수가 가장 하지 말아야 할 일이다. 안타를 맞는 것보다 볼넷을 주는 게 더 나쁘다. 내가 잘 던진 공을 쳐서 안타를 맞고, 홈런을 맞는 것은 투수 입장에서는 어쩔 수 없는 일이다. 볼넷을 준다는 것은 다르다. 공이 스트라이크 존 밖에서 논다는 말이니, 볼넷을 준다는 것은 제구가 안 된다는 뜻이다. 삼진을 많이 잡는 것도 중요하지만 더 중요한 것은 볼넷을 주지 않는 것이다. 하물며 일촉즉발의 위기상황에 등판하는 마무리 투수에게 볼넷은 치명적이다.

당연히 그해 세이브왕은 박준수가 되어야 했다. 하지만 신은 그 기회를 허락하지 않았다. 오승환이 47세이브로 아시아 신기록을 세우며 세이브왕 타이틀을 가져갔다.

2006년 최고의 시즌을 보낸 박준수는 올스타에 뽑히며 화려하게 시즌을 마무리한다. 그해 서군 올스타로 지명된 현대 유니콘스의 투수는 외인 캘러웨이와 장원삼 그리고 박준수였다. 그해 비록 아깝게 세이브 2위에 그쳤지만 한 단계 더 도약한다면 다음에는 세이브왕 타이틀을 얻을 수 있다는 자신감을 얻은 한 해였다. 팀에서도 기대가 컸다. 2006년 겨울 연마한 새 무기는 싱커. 그런데 운명이란 참 얄궂다. 도약을 위한 싱커 연마가 결국은 기나긴 어둠의 시작이 되었다.

“그날을 잊을 수가 없습니다. 팀에서 저를 좀 키워보고자 일본인 투수코치를 붙여줬어요. 회사에서 돈을 지불하고 개인적으로 붙여준 거죠. 아침에 쉬는 날이었어요. 다른 선수들은 다 놀러나갔죠. 호텔에서 아침밥을 먹고 나가는데 ‘너는 하루라도 더 배워라’ 하면서 남으라는 거예요. 저만 유니폼 입고 김시진 투수코치님이랑 김용달 타격코치님, 포수 한 명 데리고 나갔어요. 그날 눈이 내렸어요. 싱커를 배우는데요, 싱커는 손을 꺾는 방향이 슬라이더와 반대거든요. 그런데 그걸 던지다가 팔꿈치를 다쳤어요. 보통 투수가 부상이 올 때는 피로가 누적이 돼서 오거든요. 근데 그날은 딱 하는 순간이 오면서 한순간에 통증이 왔어요. 그러면서 잘못된 기억이 머리에 박히더라고요. 재활하면서 역시 슬라이더만 던져야겠다고 생각했어요. 다른 구종을 배우려다가 그렇게 되었거든요. 그것까지도 멘탈이라고 하는 사람도 있지만….”

한 단계 도약을 위한 연마일 줄 알았는데 그를 몇 년이나 붙잡아두는 독이 되었다. 분하지 않았을까. 운명이 원망스럽지 않았을까.

“뭘요. 저 잘되라고 한 것이었는데요. 누구를 탓할 수는 없지요.”

담담하게 자신의 과거를 이야기하는 박준수. 화려한 프로 선수 이면에 있는 2군 생활, 부상, 재활을 누구보다 잘 알 텐데 그는 절대 과장하거나 앓는 소리를 하는 법이 없다.

"수술을 다섯 번인가 하셨잖아요. 그 정도면 기록 아니에요?"

"아, 저 말고도 찾아보면 다들 있어요. 언론에 안 나와서 그렇지."

이런 경우 대부분의 사람들은 '맞다. 내가 제일 고생했다'라고 반응한다. 누군가 자신의 고생을 알아주기를 기다리기 때문에. 기나긴 부상과 재활의 시간을 보냈으면서 "저 말고도 그런 사람 있어요"라고 말할 수 있는 저 쿨함의 정체는 무엇일까.

가오(かお)라는 일본말이 있다. 우리말로는 얼굴이라는 뜻인데, 그 말이 우리나라에서 쓰이면서 얼굴 외에 다른 의미가 더해져 속어로 쓰인다. 굳이 표현하자면 자존심 정도가 될까. 박 감독에게 가장 중요한 것은 가오다. 2군 생활이 눈물 젖은 빵이라든가, 재활하는 시간이 얼마나 힘들었는지 따위의 이야기를 본인 입으로 하지 않는다.

최고의 기량을 선보이고 나서 바로 기나긴 부상의 터널에 빠졌다. 본인 외에는 아무도 짐작할 수 없는 시간.

"다치고 재활한 첫해는 그래도 괜찮았어요. 주변의 기대가 있다는 것을 알았으니까요. 그런데 시간이 점점 지나니까 저렇게 하다가 될까 하는 시선이 느껴지더라고요. 결국 재는 안 될 거야, 하는 단정 짓고 바라보는 시선이 오는데, 사실 그게 더 견디기 어려웠어요. 그래서 더더욱 마운드에 꼭 서겠다, 진짜 그런 생각을 했지요. 자비를 들여 전지훈련도 가고. 그래서 2년 만에 다시 마운드에 섰어요."

모두 끝났다고 생각할 때 그는 혼자 칼을 갈았다. 부상, 재활, 고통 그런 것은 모두 혼자 감내하면서 프로라면, 투수라면 마운드에서 반드시 보여주겠다. 오직 그 생각뿐이었다. 훈련을 하지 않고 쉬는 시간에 그가 생각한 것은 오직 하나, 마운드에 올라선 자신의 모습을 이미지 트레이닝하는 것이었다. 그라운드를 둘러싼 관중들, 언제나처럼 사인을 보내는 포수, 내 공을 바라보는 더그아웃, 내 공 하나하나에 열광하고 환호하는 소리들…. 3년이 넘는 시간 동안 그 영상을 매일 머릿속으로 그렸다. 시간이 흐를수록 그 영상은 뚜렷해져갔다. 어쩌면 내일, 어쩌면 내일.

"2년이 넘게 재활하다가 다시 마운드에 섰어요. 입원할 때마다 마운드에 다시 서면 눈물 날 것 같다고 농담으로 이야기했어요. 수술하고 회복이 안 돼서 힘들었거든요. 그날은 처음 등판한 날보다 더 기억이 나요. 잠실경기장이었어요. 잠실 좋잖아요. 경기장도 좋고, 사람들도 많고. 항상 생각한 영상이 있어요. 그 생각을 하면서 팔 풀고 경기를 해야 하는데 그날은 제가 마운드에 올라서서 주변을 한 바퀴 둘러본 거예요. 3루부터 죽. 저도 모르게요. 다음날 김선우 선수한테서 연락이 왔어요."

"두산 베어스의 김선우 선수요?"

"네, 친구거든요. 선우가 그러더라고요. 너는 야구 시합하러 와서 네가 관중도 아니고 야구장을 왜 둘러보냐고. 그러면서 네가 2년 동안 재활하면서 마운드에 서고 싶다고 했던 말이 기억난다고. 잊히지가 않는다고."

모두들 그렇게 잊힐 것이라고 생각했던 박준수가 2010년 돌아와 다시 한 번 자신의 장기를 유감없이 발휘한다. 보란 듯이. 7월 17일 경기에서 맞선 선수는 당시 타격감이 절정에 달한 이대호. 그해 이대호는 몬스터급 활약을 펼친다. 8월 14일 9경기 연속 홈런을 날린다. 세계 신기록. 8월 20일에는 장외 홈런을 날리며 한 시즌 40홈런을 넘긴다. 결국 그해가 끝났을 때 이대호는 타격 7개 부문 1위를 달성하며 정규 시즌 MVP를 달성한다. 프로야구 최초였다. 박준수는 그런 이대호와 맞선 것이다.

도대체 이대호에게 어떤 공을 던져야 할까. 불꽃같은 강속구? 아니면 낙차가 큰 커브? 아니면 타자의 무릎 밑으로 사라지는 포크볼? 어떤 공을 던져도 이대호에게는 무리일 것 같다. 박준수는 달아나는 투수가 아니다. 검투사 같은 스타일이라고 해야 할까. 박준수가 빼든 카드는 슬라이더였다. '아트 슬라이더' '슬라이더의 제왕'이 박준수의 별명. 이대호가 타격의 달인이라면 박준수는 슬라이더의 달인이었다. 박준수는 자신이 제일 잘 던질 수 있는 공으로 초구를 던졌다. 여기까지는 누구나 예상했다.

하지만 박준수가 9구 연속 슬라이더를 던지리라고는 아무도 예상하지 못했다. 지독한 승부사였다. 자기 패를 다 보이고 하는 승부. 타자는 투수가 무엇을 던질지 알고 타석에 선 것이나 마찬가지였다. 타자는 투수가 던질 공을 알면 상당히 쉬워진다. 많은 관중이나 해설자들은 이대호가 박준수의 공을 넘기거나 쉽게 때릴 것이라고 생각했을 것이다. 결과는 이대호의 헛스윙 삼진. 박준수의 승리였다.

하지만 이대호와 벌인 승부는 프로야구 최고 기록을 앞둔 전초전이었다. 한 달 뒤 더 놀라운 승부가 기다리고 있었으니, 그 상대는 바로 당대 최고 1번 타자로 불리는 이용규였다. 이대호가 타고난 타격감을 바탕으로 크게 휘두른다면, 이용규는 정교한 타격감으로 단타를 노렸다. 오죽하면 '커트 신공'이라는 별명이 붙었을까. 큰 것은 절대 노리지 않고, 오로지 1루타만 친다는 생각으로 타격을 하니 투수 입장에서는 껄끄러울 수밖에 없다. 게다가 다리가 빨라 1루에만 나가면 도루를 하기 위해 뻔질나게 들락거렸다. 8월 28일, 이용규와 박준수가 벌인 승부는 신문을 도배하며 이후까지 인터넷에 떠돌 정도로 유명한 사건이 되었다.

승부는 원 스트라이크 투 볼로 시작했다. 이 정도는 투수나 타자 누구에게도 특별히 유리하거나 불리하지 않은 상황이다. 이후 이용규가 10구 연속 파울로 커트를 한다. 역시 '커트 신공'다운 타격. 이쯤 되면 투수는 짜증이 난다. "도대체 어떻게 던지라고."

이날 박준수는 살짝 변화를 줬다. 6구에서 10구까지 슬라이드와 직구를 지그재그 형태로 배열했다. 슬라이더, 직구, 슬라이더, 직구, 다시 슬라이더…. 그다지 변칙이라고 할 수도 없다. 15구까지 이어지는 긴 승부. 어떻게 끝날지 알 수 없는 상황이었다. 관객들 모두 손에 땀을 쥐며 둘의 승부를 지켜보았다.

이용규는 첫 타자였다. 무조건 살아나가야 하는 처지였다. 투수 입장에서는 무조건 첫 타자를 잡아야 한다. 첫 타자가 출루했을 때 실점할 가능성이 매우 높아진다. 이때 박준수의 배짱투가 다시 빛을 발한다. 16구부터 20구까지 연속 슬라이더를 던진다. 이대호에게 던진 것처럼 "칠 테면 쳐봐라"는 투구였다. 결국 이용규를 플라이볼로 아웃시켰다. 박준수의 승리. 승부사다운 결말이었다. 2011년 「프로야구 스카우팅 리포트」는 박준수를 평가하며 "출루한 주자를 득점시킨 확률이 18퍼센트로 구원투수 가운데 가장 낮았다"고 썼다. 절대 힘겨루기에서 밀리지 않겠다는 승부욕이 발동한 결과였다.

결국 2010년 박준수는 3승 3패 8홀드 2.34의 준수한 기록으로 부활했다. 제2의 전성기였다. 그러나 재기 후 다시 한 번 페이스가 어그러진다. 지독한 악몽이었다. 결국 친정 팀에서 보류 선수로 방출되고 기아 타이거즈로 영입되지만 적응이 쉽지 않았다.

박준수는 어떻게 보면 고지식할 정도로 성실한 선수였다. 그에게 고향은 넥센 히어로즈였다. 몇 번의 수술과 재활, 재기를 거쳐 다른 팀에 처음 둥지를 튼 고참 선수. 쉽지 않은 선택이었다. 결국 2012년 이후 그라운드에서 박준수의 모습을 볼 수 없었다. 그리고 푸르미르야구단의 감독으로 그가 돌아왔다.

카리스마 홀릭

19명 중 11명 출석. 푸르미르야구단의 첫 야외 훈련치고 출석률이 저조하다. 그중 두 명은 연락조차 안 된다. 운동장에 나오지 않은 아이들은 지금 어디서 무슨 생각을 하고 있을까. 그러거나 말거나 운동장에 도착한 아이들은 표정이 밝다. 삼삼오오 모여서 수다를 떠는데 박 감독이 나직하게 입을 연다.

"자, 모두 모여서 몸부터 풀자. 몸 푸는 것은 어떤 운동이든 다 똑같아. 이렇게 해야 너희가 안 다친다."

빨리 시합하고 싶어서 몸이 근질근질한 아이들 앞에서 박 감독이 강조하는 것은 준비운동이다. 아이들은 운동장에 도착하자마자 글러브를 끼고 캐치볼을 하거나 방망이를 '붕붕' 휘두르면서 금방이라도 경기에 뛰겠다는 의지를 강조하지만 박 감독의 눈에는 보이지 않는다.

아이들이 주섬주섬 글러브와 방망이를 내려놓고 박 감독의 주변으로 동그랗게 모여 선다. 경찰들도 함께 모인다. 팔다리를 풀고 허리를 돌리고 목을 푼다. 아주 세심하게 몸을 푼다. 준비운동 시간만도 꽤 길다. 아이들이 재미없어하며 지루해하는 표정을 짓자 박 감독이 입을 연다.

"몸을 풀어야 부상을 안 당한다!"

부상이라는 단어를 말하는 박 감독의 표정이 사뭇 비장하다. 처음에는 준비운동을 재미없어하던 아이들도 어느새 얼굴에 화색이 돌기 시작한다. 체계적으로 준비운동을 가르쳐주는 박 감독의 지도법이 재미있기도 할 테고, 이제 몇 분 후면 운동장에서 뛸 수 있다는 기대감도 있을 것이다. 몸을 풀고 나면 바로 기초훈련이다.

"야구선수들이 매일 재미있는 시합만 하는 것 같지? 시즌이 끝나면 11월부터 3월까지는 매일 하루 종일 재미없이 똑같은 운동을 반복한다. 헬스장에서 근력 키우고 러닝하고. 이렇게 해야 재미있는 시합도 할 수가 있는 거야."

박 감독의 말을 듣는 아이들의 표정이 이제 조금 진지해진다. 그중 몇몇은 '대충 안다'는 눈빛이다. 야구를 좀 해본 모양이다. 야구장이 익숙지 않은 몇몇은 '도대체 뭐 하려고?'라는 표정이다. 몸을 푸는 과정에서부터 여유를 부리는 아이, 긴장하는 아이, 가슴이 두근대는 아이, 달아나고 싶은 아이… 모습들이 다양하다.

몸을 푸는 과정을 지켜보자니 내가 슬슬 초조해지기 시작한다. 박 감독은 뛰고 싶어 몸이 근질근질하는 아이들을 데리고 한참동안 몸만 푼다. 지루한 것을 못 참는 아이들이 앞으로 운동장에 안 나오면 어떡하지. 그냥 대충 시합을 뛰게 해줘도 될 텐데 하는 생각까지 든다. 박 감독이 이런 분위기를 눈치 챘을까. 기초훈련을 재미있게 시작한다. 게임 방식으로 진행되는 러닝 훈련이다.

"그래도 어쨌든 재미가 없으면 하기가 싫지. 자, 지금부터 내가 손가락을 폈을 때 홀수면 뛰고 짝수면 가만있는 거다."

아이들이 두 줄로 나누어 섰다. 한 쪽은 박 감독의 오른손을, 다른 쪽은 왼손을 봐야 한다. 양쪽 손을 보면서 뛸지 말지 결정해야 한다. 짝수일 때 출발하면 다시 뛰어야 한다. 일종의 부정출발이다. 박 감독이 손가락 네 개를 폈는데 한 아이가 뛰어가자 자기 차례를 기다리던 다른 친구들이 웃음을 터뜨린다.

"야, 너는 네 개가 홀수냐?"

운동장의 분위기가 서서히 부드러워진다. 처음에는 어색해하던 아이들 사이에 웃음꽃이 조금씩 피어난다. 단순하지만 재미있는 몸 쓰기 놀이다. 10대들은 지루함을 못 견딘다. 게다가 참지 못하는 것으로 치자면 중학생들은 지구 최강일 것이다. 이어 박 감독이 프로그램을 바꾼다. 이번에는 박 감독이 몸을 조금이라도 움직이면 뛰어나가는 훈련이다. 50미터 정도 떨어진 곳에서 아이들은 박 감독의 몸을 뚫어져라 쳐다본다. 멀리서 이 모습을 순간 정지 동작으로 봤다면 꽤 볼 만할 것이다.

박 감독의 동작은 절대 크지 않다. 목을 까딱 움직이기도 하고, 심지어 한 쪽 발만 보일 듯 말듯 하게 툭툭 땅바닥을 치기도 한다. 처음에는 어리둥절해하던 아이들이 나중에는 작은 움직임에도 반응해 뛰어나간다. 운동장 여기저기를 보며 딴짓 하던 아이들이 어느새 오로지 박 감독만 보고 있다. 교실에서라면 창밖이나 천장, 복도를 보면서 딴짓을 했을 눈길들이 오로지 칠판과 분필만 보고 있는 경우와 같다고나 할까. 순발력과 집중력을 키우는 데 도움이 되는 훈련이다.

프로그램이 넘어갈 때마다 훈련의 이름과 이 훈련을 하는 이유 같은 이야기들을 해줄 법도 한데 박 감독은 그런 골치 아픈 이야기를 하지 않는다. 그냥 "다음 훈련으로 넘어간다"는 말만 한다. 아무런 설명도 근사한 동작도 없다. 다만 열한 명 아이들 모두 박 감독의 몸짓 하나하나를 집중해서 보고 움직이면서 재미있어한다는 사실 하나는 분명하다.

기초훈련을 하는 이유는 체력을 만들기 위해서다. 9회까지 세 시간 정도 걸리는 경기를 여러 차례 뛰려면 강한 체력이 필요하다. 아무리 좋은 기술이 있어도 체력이 없으면 무용지물. 강한 체력은 기술을 유지하는 데 필수다. 지도자가 이런 이론만 갖고서 "자, 체력 훈련! 필요하니까 열심히 하도록"이라고 하면서 아이들을 몰아붙였으면 어땠을까. 무조건 운동장 열 바퀴부터 돌리고 훈련을 시작했으면 어땠을까.

물론 운동장 열 바퀴를 돌아도 체력은 좋아진다. 하지만 아무리 그 뜻이 좋아도 아이들이 운동장 열 바퀴를 재미있게 돌았을까. 그리고 다음에도 또 나와야지, 라고 생각할까. 아이들은 체력을 기른다는 원래 목적은 다 잊고, 힘들어서 하기 싫다는 마음부터 품게 되지 않을까. 아무리 좋은 목적이라도 재미와 동기부여가 없으면 지속하기 힘들다.

"제일 중요한 것은 아이들이 야구가 재미있다고 생각하는 것이죠."

박 감독과 나의 의견이 가장 크게 일치하는 대목이다. 박 감독은 초등학생 시절부터 얼마 전까지 오로지 야구만 한 사람이다. 우리나라 학교 분위기상 운동선수가 지금껏 교실에 앉아 있을 시간도 별로 없었을 것이다. 교육학에 대한 공부를 따로 하지도 않았을 텐데 어떻게 저토록 재미있게 연습하도록 지도할까. 다음 훈련도 기대가 된다. 어떤 재미있는 훈련으로 무엇을 느끼게 만들까.

지금까지는 맨몸 훈련이었다. 이제 드디어 공을 잡아본다. "야~" 아이들이 환호를 지른다. 나는 손바닥으로 무릎을 쳤다.

스스로 끓게 만드는 방법 아닌가. 처음부터 아이들에게 공을 쥐어줬다면 이렇게 좋아했을까. 바로 곁에 공을 놔두고 계속 공과 거리가 먼 다른 훈련을 하면서 공을 갖고 놀고 싶다는 마음을 키운 것이다. 배가 고프면 음식이 더 맛있는 것처럼 음식을 옆에 두고 냄새만 맡게 했으니, 어찌 보면 예상된 결과다. 이쯤 되면 박 감독은 심리의 달인인가도 싶다. 투수들은 수싸움에 능하다는 이야기를 들은 적 있다. 박 감독은 눈빛이 보이지 않는 선글라스 너머로 아이들의 심리를 속속들이 파악하면서 훈련을 진행하고 있다.

멀리 던지기 훈련 시작. 박 감독이 공을 던지면 아이들이 50미터 너머 운동장 끝에서 공을 잡아 되던지는 훈련이다. 이 훈련으로 두 가지를 배운다. 공을 잡는 것과 던지는 것. 일명 포구와 송구다. 아이들은 머릿속으로 공을 매끄럽게 잡아서 한 번에 공을 되돌려보낸다는 생각을 했을 것이다. 그런데 이런. 공을 제대로 잡는 것부터 어렵다. 공이 떨어지는 위치를 정확하게 파악하는 아이가 하나도 없다. 대부분 너무 앞에 위치를 잡아서 공이 머리 위로 훌쩍 넘어간다. 즉 박 감독이 던진 공이 이렇게 멀리까지 갈 것이라고 아이들이 전혀 예상하지 못했다는 뜻이다. 어떤 아이는 아예 좌우 방향을 놓친다. 오른쪽으로 미끄러지는가 하면, 왼쪽으로 미끄러진다. 몇 바퀴를 도는 동안 포구를 끝내고 바로 송구를 마무리하는 아이가 나타나지 않는다.

하지만 아이들의 진화는 놀랍다. 금방 포구 위치를 잡기 시작한다. 처음에는 키를 한참 넘기던 공이 어느 순간 아이들의 글러브로 빨려 들어가기 시작한다. 이제는 포구와 송구가 이루어진다.

이쯤에서 박 감독이 다시 프로그램을 살짝 바꾼다. 재미 훈련 더하기. 순서대로 줄을 세운 후 먼저 공을 받은 아이들이 그늘로 가서 쉴 수 있는 기회를 주는 것. 공을 받지 못하면 계속 땡볕에서 공을 받아야 한다. 일종의 보상 훈련법. 키가 크고 초등학생 때부터 친구들과 어울려 야구를 했던 아이들이 확실히 먼저 공을 잡는다. 그늘에 모인 아이가 이제 열 명이다.

아이들 대부분이 한 번에 포구를 끝내고 그늘에서 쉬고 있지만 아직 새터민 진오가 들어오지 못했다. 한 바퀴를 돌아 다시 포구 위치로 돌아간다. 두 번째도 실패. 세 번째 공을 잡기 위해 진오가 다시 자리를 잡는다. 그늘에 앉아 있던 아이들이 진오를 주시한다. 박 감독이 던진 세 번째 공을 진오가 훌쩍 뛰어 잡는다. 그늘에서 쉬던 아이들이 일제히 박수를 친다. 학교에서는 낙제생이 환영받지 못하지만 푸르미르야구단에서 진오는 기꺼이 박수를 받는다. 그늘에 있는 아이들도 진오도 낙제생은 환영받지 못하는 환경에 익숙하다. 세 번만에야 공을 잡은 진오는 이런 상황에서 박수를 받는 게 머쓱한지 부끄러운 표정이다. 이를 눈치 챈 박 감독이 장난스럽게 덧붙인다.

"야, 나한테는 진오나 너희나 다 똑같이 잘 못해. 하늘 위에서 잡고 말이야."

박 감독이 아이들의 포구 자세를 흉내 내자 아이들이 깔깔깔 웃는다. 누가 봐도 잠자리채를 잡고 하늘 위를 '붕붕' 날아다니고 있을 곤충을 잡는 모양새다. 아마 박 감독은 아이들을 웃게 만들기 위해 그런 몸개그를 선보였을 것이다.

진오는 조금 위안을 받았을까. 분명한 것은 푸르미르야구단 이전까지 진오를 만난 적도 없는 친구들이 진오를 응원했다는 사실이다. 더불어 진오가 그늘로 오기 전까지는 아무도 움직이지 않고 진오를 기다렸다. 야구는 혼자 하는 것이 아니다. 팀 훈련이다. 아홉 명, 그 아홉 명을 받치는 후보 선수들까지 모두 한마음으로 움직여야 경기에서 이길 수 있다. 이날 기초훈련을 통해 박 감독은 '팀'이라는 것에 대해 가르쳐준 것 같다. 아이들은 그 메시지를 읽었을까.

박 경사! 박 삼진!

기초훈련이 끝나갈 무렵 운동장 한켠으로 승용차 다섯 대가 줄지어 들어온다. 야구 유니폼을 입은 사람들이 차에서 내린다! 아이들이 호기심에 찬 표정으로 일행을 쳐다본다. 그들의 정체는 동대문경찰서야구단. 푸르미르야구단의 코치이자 스쿨폴리스로 활동하는 박 경사는 동대문경찰서야구단의 감독이자 거포 타자다. 오늘 다른 경찰서 야구부와 경기를 해 이겼다고 은근히 자랑을 한다.

박 경사 옆으로 큰 키에 미소년 같은 얼굴의 허 경장이 보인다. 나는 반가운 마음에 허 경장에게 오늘의 기록을 묻는다. 2득점 2타점. 자기 기록을 말하면서 의기양양한 표정은 전혀 없다. 조심스럽게 말하지만 호타준족만이 낼 수 있는 기록이다.

"2득점 2타점이면, 대단하시네요."

"운이 좋았죠."

허 경장이 희미하게 웃는다. 그 표정을 보니 정말 운이 좋았던 것 같기도 하다. 어쨌든 홈까지 열심히 뛰었다는 증거. 허 경장의 성실함이 엿보인다. 동대문경찰서야구단의 등장으로 분위기가 다소 어수선해진 그때 박 감독이 오늘의 마지막 훈련 일정을 이야기한다.

"너희도 기초훈련만 하면 재미없지? 어때, 동대문경찰서야구단과 시합 한번 해볼래?"

푸르미르야구단은 아직 유니폼도 장비도 없다. 무엇보다 포지션도 정해지지 않았다. 그런데 시합이라고? 어른들 같으면 이 상황에서 어떻게 반응할까. 등산복도 등산화도 없는 상황에서 산에 가자고 한다면? 축구화도 축구복도 없는 상황에서 축구를 하자고 한다면? 수영복도 수영모도 수경도 없는 상황에서 수영을 하자고 한다면? 어른들은 조건을 중요하게 생각한다. 그때 시합은 무리라고 느낀 것은 나 또한 어른이라는 증거다. 그리고 아이들은 보기 좋게 내 예상을 빗나간다.

"좋아요! 빨리 해요!"

이구동성이다. 어느새 운동장은 야구 그라운드로 바뀐다. 아이들의 모습을 촬영하던 김 작가가 스코어를 예측해본다.

"10대 0으로 푸르미르야구단 패배? 그래도 한두 점은 내지 않을까요? 그나저나 포지션은 어떻게 정하지요?"

아무것도 정해진 것은 없다. 중요한 것은 첫 시합을 뛴다는 것. 제일 중요한 것은 투수다. 투수가 없으면 야구 시합은 말짱 도루묵이다. 야구는 투수에서 시작한다. 그래서 아홉 명 선수에게 번호를 매길 때 투수가 1번이다. 투수가 던진 공을 타자가 치면서 시합이 시작된다. 물론 때로 타자가 치지 않거나 헛스윙을 하면 공은 포수에게 간다. 그래서 2번은 포수다. 야구에서 투수와 포수가 정해지지 않으면 시합을 못한다. 아마추어 시합에서 가장 중요한 포지션도 바로 투수와 포수다. 야구에서는 이 둘을 '배터리'라고 표현한다. 배터리의 음극과 양극처럼 떼려야 뗄 수 없는 사이라는 뜻인데, 정확한 어원에 대해서는 이런저런 이야기가 많다.

어쨌든 푸르미르야구단에서도 투수와 포수를 정해야 한다. 투수와 포수만 정해지면 나머지는 공을 잡든 말든 어떻게든 야구는 진행된다. 수비수 중에서는 운동신경이 좋은 아이들을 내야수로 배치한다. 이 골치 아픈 작업을 박 감독은 순식간에 해결한다. 도대체 어떻게 포지션을 정했는지 궁금하다. 내 눈에는 다 똑같아 보이는데.

"감독님, 포지션을 어떻게 정하셨어요?"

"투수는 스트라이크를 집어넣을 줄 알아야 합니다. 그래야 시합이 되죠. 포수는 공을 무서워하지 않고 받을 줄 알아야 하고요. 수비수 중에서 포수는 공을 가장 많이 받는 포지션이거든요. 운동신경이 있는 아이들이 유격수와 3루수를 할 거예요. 공을 잡아서 1루로 던져야 하는데 감각이 없으면 1루까지 던지질 못해요. 체구가 작고 힘이 약한 아이들은 2루로 보냈어요. 2루에서 1루까지는 거리가 짧아서 대충 던져도 가거든요."

머릿속에 포지션에 대한 정리가 잘되어 있으니 금세 분류를 할 수 있었던 것이다.

1회 초는 동대문경찰서야구단의 선공이다. 푸르미르야구단의 투수는 우완 사이드암 유주. 신장 180센티미터에 몸무게 80킬로그램 정도의, 중학생이라고는 믿기지 않는 체격 조건이 돋보인다. 박 감독은 유주에 대해 "체격만 보면 무조건 프로 선수 했어야죠"라고 평했는데, 과연 투구 실력은 어느 정도일지 궁금하다.

"1회 초 대량 득점이 나오면 어떻게 하냐? 좀 살살해라."

동대문경찰서야구단의 더그아웃은 여유만만하다. 농담을 주고받는다. 이미 한 경기를 뛰고 와서 피곤할 법도 한데 설마 중학생에게 질까, 하는 표정이 엿보인다. 무엇보다 경찰들은 매년 체력 테스트를 받는데다 무술유공자들도 있다. 팀으로 호흡을 맞춰본 적 없는 푸르미르야구단과는 비교가 되지 않는다. 하지만 경찰들의 표정은 1회 초 첫 타석에서 바로 돌변한다. 타석에 들어설 때까지 농담을 하던 1번 타자가 너무나 쉽게 원

아웃을 당한 것이다. 그것도 꽤 치욕스러운 스트라이크 세 개로 당한 삼진아웃. 유주의 공은 생각보다 위력적이었다.

박 경사가 타석에 들어서자 아이들이 크게 외친다.

"박 삼진! 박 삼진!"

응원전이 시작되었다. 삼진은 아니지만 박 경사도 외야 플라이아웃. 1회 초 공격이 다소 싱겁게 끝나자 동대문경찰서야구단도 슬슬 긴장하기 시작한다.

4회 말까지 경기는 팽팽하게 진행된다. 3대 3 동점. 의의로 투수전이다. 유주가 잘 던지기도 하지만 수비도 만만치 않다. 외야 플라이볼을 곧잘 잡는가 하면 내야로 떨어진 공도 잘 주워서 1루로 송구한다. 기본이 되어 있지 않은 아마추어 팀의 경우 공이 자기 앞으로만 오면 허둥지둥 헤매기 일쑤. 그런 점에서 보면 푸르미르야구단은 그 정도 수준은 아니라는 뜻이다.

이닝이 바뀌면서 박 감독이 한마디 한다.

"동대문경찰서야구단은 10년 가까이 주말마다 야구를 한 사람도 있다. 그런 팀이랑 붙어서 지금 너희는 대등한 경기를 하고 있다. 충분히 이길 수 있다는 뜻이니까, 재미있게만 하자."

특별한 작전지시가 있는 것도 아닌데 왠지 힘이 난다. 점점 더 아이들의 사기가 오른다.

5회 초 푸르미르야구단 수비. 빠른 속도로 날아오는 저 공도 잡을 수 있을 것 같다. 공이 가슴 쪽으로 날아온다. 캐치볼 훈련 때 박 감독이 가르쳐준 주문대로 '잡기 좋게 가슴에 박혀오는' 공이다. 2루수 서진이가 우중간 직선타를 잡으려고 몸을 날린다. 갑자기 손목이 얼얼하다. "악!" 서진이가 비명을 지른다. 동대문경찰서야구단과 푸르미르야구단 선수들이 서진이를 둘러싼다. 상황 정리는 박 감독의 몫이다.

"서진이는 잠깐 빠지고 지오가 들어가라. 명광이는 여기 청량중야구부로 가서 얼음을 좀 달라고 하고. 운동했던 애들이라서 얼음을 달라고 하면 바로 비닐 주머니에 넣어줄 거다."

잠시 뒤 명광이가 얼음을 가져오자 박 감독이 비닐 주머니에 반쯤만 얼음을 채운다. 얼음을 가지런하게 편 다음 공기를 빼낸다. 얼음을 펴고 공기를 빼는 작업을 몇 번 반복한다. 마침내 팽팽한 얼음주머니가 만들어진다. 잘은 모르겠지만 비닐 주머니 안을 진공에 가까운 상태로 만들어서 얼음이 덜 녹게 하려는 게 아닌가 싶다.

박 감독은 나머지 선수들을 향해 게임을 계속 하라는 지시를 내린다. 마지막 이닝을 남겨두고 생긴 부상 선수. 경기 흐름은 동대문경찰서야구단으로 넘어갔다. 관록은 무시할 수 없었다. 결국 6회 말 동대문경찰서야구단의 짜릿한 한 점 차 승리. 첫 경기라는 사실도 잊고 아이들은 분한 마음이 든다. 아이들의 마음을 읽었는지 박 감독이 격려를 한다.

"오늘 훈련도 하고 간단하게나마 시합도 해보았다. 물론 이기고 지는 것도 중요하지만 오늘 시합에서도 봤듯이 부상이 안 생기는 게 가장 중요하다. 앞으로도 계속 재미있게 훈련하고 다치지 않게 게임하자. 그러려면 스트레칭 열심히 하고, 끝나고도 몸을 잘 정리해줘야 한다. 알겠지. 이제 상대 팀과 인사하자."

양 팀이 일렬로 선 가운데 모자를 벗고 수고했다며 인사를 나눈다. 양 팀 선수들의 표정이 사뭇 대조적이다. 한 점 차 패배에 분해하는 아이들과 달리 경찰들은 안도하면서 좋아하는 모습이다. 야구 유니폼을 입으면 나이가 젊든 많든, 경찰이든 학생이든 그저 똑같은 야구선수였다. 지면 분하고 이기면 좋은. 경찰들의 그 천진한 모습이 어이없으면서도 상큼하다.

인사를 마치자 박 감독이 게임 종료를 선언한다. 그와 동시에 박 경사가 운동장 스탠드로 아이들을 불러 모은다. 아이들에게 '박 삼진'이라고 놀림을 받았으면서도 무척 진지한 표정이다. 경기는 끝났는데 무슨 말씀을 더 하시려고?

"너희들 아까 시합할 때 보니까 왜 그렇게 수비가 멀리 가 있어. 그리고 타격 폼이 지금 뒤로 너무 빠져 있어. 이렇게 방망이를 잡고…."

프로야구 선수 출신의 감독도 아직 폼에 대해서는 한마디 하지 않았는데 박 경사가 타격 폼을 지도한다. 아이들이 열심히 듣는 것처럼 보이자 박 경사는 더 신이 난 것 같다. 사실은 오해다. 내가 보기에 아이들은 벌써 다음 스케줄을 짜느라 정신이 없다. 그냥 자리에 앉아 있기만 한 것이다. 박 경사는 계속 타격 폼과 수비 실수에 대해 이야기한다. 의욕이 넘치는 그 모습이 귀엽기도 하고 어이없기도 하다. 아이들도 나와 비슷하게 느꼈는지 박 경사에게 한마디 한다.

"형도 아까 베이스 러닝 할 때 보니까 너무 느리던데요."

경찰을 보고 '형'이라니! 깜짝 놀라서 보는 나는 아랑곳없이 아이들은 또 다시 "박 삼진! 박 삼진!" 하면서 키득거린다. 더욱 놀라운 것은 박 경사가 형이라는 호칭을 좋아한다는 사실. 카리스마 있게 기본을 가르치는 박 감독과 약간 허당 기질이 있지만 아이들에게 친근하게 다가서는 박 경사. 그러고 보니 둘의 조합이 나쁘지 않다. 박 경사는 아이들이 놀리거나 말거나 계속 아이들에게 연설이다.

"너희들, 오늘 제일 일찍 온 사람이 누군지 알아. 박 감독님이 가장 먼저 오셨어. 감독님이 먼저 오셔서 몸 풀고 너희를 기다려야겠냐. 다음부터는 이런 일 절대 있으면 안 돼. 시간 엄수는 기본이야. 너희들이 늦으면 내가 집으로 전화할 거니까 그렇게 알아."

"네!"

박 경사는 계속 설교를 하지만 아이들은 별로 무서워하지 않는 표정이다. 건성으로 대답하고는 배고프다며 웅성거린다. 잠시 후 기다리던 짜장면 도착. 환호하던 아이들이 박 경사에게 묻는다.

"감독님은 같이 안 드세요?"

순간 모든 아이들이 그라운드의 박 감독이 있던 쪽을 바라본다. 박 감독은 손만 한번 올려 보이고는 표표히 사라진다. 가장 먼저 와서 몸을 풀고, 재미있게 훈련을 하자고 가르치지만 아이들과 함께 점심을 먹지 않고 그냥 가는 감독님. 좀 차가운 것 같지만 왠지 멋있는 것도 같다.

수다쟁이 영훈이가 박 경사에게 묻는다.

"경사님, 다음 훈련에도 감독님 나오세요?"

너 잘 걸렸다는 표정으로 박 경사가 영훈이에게 한마디 한다.

"너 아침에 늦잠 잔다고 다음 훈련에도 늦으면 안 된다. 그리고 아까 외야에 뜬 공 잡을 때 포지션 선정을 잘 못했잖아."

그라운드에서 야구를 사랑하는 마음만큼은 여느 프로 선수 못지않은 못 말리는 박 경사가 다시 야구 이야기를 쏟아낸다. 잔소리를 세상에서 가장 싫어하는 영훈이도 박 경사의 '야구 레슨'이 싫지 않다. 짜장면 때문에 배가 불러서일까. 첫 경기 후 아이들의 마음이 왠지 든든하다. 프로 선수에게 배운 첫 훈련. 열정적인 경찰과 감독. 비록 패배했지만 한 점 차. 왠지 내가 뭔가를 잘할 수 있는 사람이 된 것 같은 기분이 뿌듯하게 가슴에 번진다.

3회

게임보다 야구

"내일에 집중하지 마라. 최선을 다해 오늘을 살아라.
그리고 내일을 대비하라."

- 클레이튼 커쇼 -

출격! 외인구단

드디어 유니폼이 완성되었다. 두 달 넘도록 기다린 유니폼을 받는 날.

"유니폼 하나 만드는 데 이렇게 오래 걸려요?"

야구박사 김 작가가 대답하고 싶어서 입이 근질거린다.

"우리가 보통 남자 바지는 허리하고 길이 정도만 보잖아요. 그런데 자기 몸에 맞는 유니폼을 맞추려면 어깨도 봐야 하고요…."

김 작가의 이야기가 재미있기는 하나 이쯤에서 끊기로 한다. 오늘은 푸르미르야구단의 주요 행사인 창단식이 있는 날이니까.

7월 14일, 동대문 경찰서 내 회의장. 창단식의 공식명칭은 '푸르미르야구단 학부모 초청 설명회'다. 틀린 명칭은 아니지만 사실 마음에 들지 않는다. 아이들이 주체라는 느낌이 배제되어 있다. 차라리 '푸르미르야구단 창단 기념 유니폼 증정식' 정도면 어떨까. 관의 냄새가 물씬 묻어나는 '초청 설명회'라는 이름보다는 낫지 않을까. 이 프로젝트의 주인공은 아이들인데 말이다.

그런데 '푸르미르야구단'이 도대체 뭘까. 전체를 조용히 지휘하고 있는 이 경정한테 슬며시 다가가 귓속말로 묻는다.

"푸르미르가 무슨 뜻이에요."

"아, '미르'가 우리말로 용이란 뜻이잖아요. '푸르'는 말 그대로 푸르다는 뜻이고요. 이 동네가 청량리여서 '청량리의 용'이란 뜻으로 푸르미르야구단이라고 정했어요."

이름이 상큼하다. 누구의 작품일까. 내가 혼자서 중얼거리는 소리를 들은 박 경사가 끼어든다.

"아, 푸르미르야구단 이름은 이 경정님의 작품이에요. 다른 후보 이름들도 많았는데, 푸르미르야구단이 제일 좋다고 압도적인 지지를 받았어요."

이 경정은 과연 아이디어뱅크다. 사복 차림만 보다가 경찰제복을 입은 모습은 처음인데 제복이 잘 어울린다.

아이들은 다 왔을까. 연습 때 빠지지 않고 참석한 유주, 승운, 승현이, 채정이가 보인다. 같은 학교 소프트볼 팀 친구들인 이들은 항상 붙어 있다. 시끌벅적한 이들 옆으로 화가 난 듯이

서 있는 동기. 그사이 동기의 변화는 헤어스타일에서 먼저 보인다. 지난번에는 머리카락을 노랗게 염색했더니 이번에는 민머리다. 누군가가 빡빡 민 것이 틀림없다. 누굴까. 확실한 것은 동기 본인은 아니라는 것. 창단식인 오늘도 동기의 표정은 어둡다.

면접 이후로 보지 못했던 용범이도 왔다. 용범이만 유일하게 부모가 아니라 할머니가 동행했다. 할머니는 삶에 무척 지친 표정이고, 용범이 역시 지루해하는 모습이 완연하다. 반면 명광이와 서진이는 표정이 무척 밝다. 특히 면접 때 고개를 푹 숙이고 있던 명광이는 몇 번의 훈련을 거치면서 표정이 몰라보게 밝아졌다. 다시 한 번 푸르미르야구단에 여러 아이들이 모여 있다는 생각이 든다.

이 경정이 마이크를 잡고 푸르미르야구단 프로젝트의 취지에 대해 설명한다. 경찰 측이 미리 나눠준 유인물에 적힌 대상 청소년의 기준이 '관내 재학 청소년. 선도가 필요한 청소년. 사회적 배려가 필요한 청소년'이다. 푸르미르야구단 아이들과 학부모들 앞에서 단원 선정 기준을 설명하면서 이 경정이 무척 조심스러워하는 게 느껴진다.

사실 그랬다. 선발 당시에는 푸르미르야구단에 '선도가 필요한 고위험군 청소년'이 있었지만, 아이러니하게도 그 친구들은 선발 당일 말고는 연습장에 나타나지 않았다. 오늘도 마찬가지. 참석한 아이들의 표정에서 이 프로젝트에 끝까지 남을 아이들과 중도에 빠질 아이들이 확연히 대조된다. 동기와 용범이가 다음 연습에 나타날까. 솔직히 둘의 입장에서는 나올 이유가 없다. 주로 연습장에 모습을 보이는 것은 말하자면, 문제 행동과는 상관없는, 야구를 좋아하는 청소년들이었다.

경찰 용어로 '선도가 필요한' 청소년들이 주로 빠지고 나니 푸르미르야구단의 주축은 '야구를 좋아하는 청소년'들로 꾸려졌다. 물론 학교, 학년이 다르고 그중에는 사회적 배려가 필요한 아이들이 섞여 있기는 했다. 새터민 아이도 있고, 편부모 · 조부모 가정의 아이들도 있다. 그러나 학교생활에서 정말 겉도는 아이들은 정작 이 프로젝트에 무관심했다. 이 경정이 '비행청소년 선도 프로젝트'라는 단어를 유인물에 적어놓고 말하지 않은 이유는 그 단어가 주는 위화감 때문이기도 했지만, 사실상 '비행청소년'이라고 불릴 만한 아이들이 없어서기도 했다. 한번은 짚고 넘어갈 일이다.

"그때 주로 좀 '세다'고 말했던 애들은 안 보이네요?"

나의 질문에 박 경사도 곤혹스러워한다.

"저희도 참 난감합니다. 매일 문자도 하고 정말 수십 번씩 전화도 하는데 연락을 안 받거나 나오겠다고 대답해놓고도 안 오고 그래요."

경찰의 고충도 이해는 된다. 어쩌면 오늘 창단식에 오지 않거나 억지로 온 아이들은 더 마음의 문을 닫아버린 아이들일 것이다. 어른들이 주는 기회조차 시도해보려 하지 않는 아이들에게는 어떤 식으로 다가가야 할까. 창단식이 던져주는 숙제다.

박 감독이 보이지 않는다. 아이들을 훈련 지도하면서 정이 많이 들었는데…. 사실 박 감독에게 가장 편안한 곳은 그라운드다. 연습 때 박 감독은 항상 가장 일찍 나와서 먼저 몸을 풀고 아이들을 기다린다. 그라운드 외의 행사장에는 거의 모습을 드러내는 적이 없다. 최 대표가 은근히 나에게 박 감독에 대한 마음을 표현한다.

"준수가 타업종 사람들과도 좀 어울리면 좋을 텐데요. 애가 좀 샤이해서."

하지만 묵묵히 자신의 자리에서 성실히 맡은 바 소임을 다하는 박 감독을 보면 '행사' 따위에 연연하지 않는 모습이 한층 더 멋있어 보인다. 물론 박 감독은 행사 자리에 있으면 전혀 빠지지 않는 비주얼의 소유자.

아이들도 나와 비슷한 생각일까. 아까부터 주위를 두리번거린다. 박 감독을 찾는 게 틀림없다. 이런 사정을 알 리 없는 스포츠 재활전문가인 어 박사가 일성이다.

"학생들, 먼저 자세부터 바로 잡으세요. 자세가 바로 되는 게 시작입니다."

틀린 말은 아니지만 아이들의 귀에 이런 질책이 들릴 리 없다. 아이들이 주인공이 되어야 할 행사가 계속되는 훈시로 지루해지고 있다.

테이블을 ㄷ자로 배치해 마주보는 양쪽으로 학부모와 아이들이 앉고, 가운데는 이 경정과 나, 최 대표, 어 박사가 나란히 앉았다. 실질적인 훈련은 박 감독에게 일임했지만 사진을 찍는 행사에는 최 대표가 빠짐없이 참석한다. 운동선수라기보다는 사업가나 정치인의 풍모다. 마이크를 잡자 역시 청산유수. 이어 내가 인사를 할 차례다. 나는 무조건 짧게 이야기하리라 마음먹는다.

"유니폼을 입은 여러분의 모습이 참 보기 좋습니다. 앞으로 재미있게 야구하고, 즐겁게 생활합시다."

다행이다. 임팩트는 없지만 길지는 않았다. 설교도 하지 않았다. 물론 아이들은 내 말 역시 귀 기울여 듣지 않았지만, 적어도 길고 강요하는 듯한 말투로 아이들을 고문하지는 않았다.

어쨌든 기록에 남는 행사를 해야 하는 게 경찰의 입장. 이번에는 학부모들이 야구모자를 아이들에게 씌워주고 기념촬영을 하는 순서다. 부모님이 오지 않은 세 아이는 나와 어 박사, 최 대표 앞에 선다. 그중 한 아이는 승운이. 한 눈에 봐도 차분한 성격임이 느껴진다. 내 옆으로 박 경사가 다가와 귀띔을 한다.

"승운이는 여기서 제일 모범생이에요. 야구도 잘하고 공부도 무척 잘해요."

우쭐댈 법도 한데 승운이의 얼굴에는 전혀 그런 기색이 없다. 아이들과 친화력이 좋아서 내색을 하지 않는 것일까. 아니면 저 아이의 마음에 또 다른 우주가 있는 것일까. 박 경사는 계속 승운이를 칭찬한다.

"애가 어른스러워서 공부를 잘하는데도 전혀 잘난 척을 안 해요. 그래서 애들이랑도 잘 지내죠."

푸르미르야구단에 이런 아이가 있어서 자랑스럽다는 듯 박 경사가 말한다. 문득 학창시절에 내가 가장 많이 들었던 말이 생각난다.

"네가 무슨 고민이 있냐. 공부 잘하지, 집도 잘살지."

귀에 못이 박히도록 듣던 말이다. 물론 공부를 잘하고 집이 부유하면 여러 가지로 유리하다. 하지만 그것이 곧 '행복'을 의미하지는 않는다. 내가 원하는 길과 부모가 원하는 길이 달라서 충돌이 생길 수 있고, 주변 사람들을 실망시키지 말아야 한다는 강박감 때문에 숨이 막히기도 한다. 내성적인 성격 때문에 학년이 바뀔 때마다 친구 사귀기가 힘들 때면 털털한 성격의 아이들이 얼마나 부럽던지. 수학여행을 가서 노래, 춤을 선보이면서 끼를 맘껏 분출하는 친구들을 보면, '아, 저 아이들은 저렇게 재미있게 노는구나' 싶어서 끼라고는 전혀 없는 나 자신이 한심하기도 했다. 문득 창단식이라는 재미없는 이름 대신 자신의 장기를 하나씩 선보이는 자리로 만들면 어땠을까 하는 생각이 지나간다. 그리고 지난 가을 미래의 개그맨, 피아니스트, 곤충학자들이 한자리에 모여 놀았던 한 고등학교의 장기자랑 자리가 떠오른다.

장기자랑? 자기자랑!

작년 가을 한 고등학교에서 강의 제안이 들어왔다. '꿈, 도전과 극복'이라는 주제였다. 학교 측이 제안한 의도는 내가 불편한 몸을 극복하고 의사가 되었으니 그에 대해 이야기하면 좋겠다는 것이었다. 내키지 않았다. 도전, 극복이라는 식으로 미화되는 것도 불편하고, 무엇보다 그런 인간 승리 드라마는 내 자신이 재미가 없었다. 아이들과 무슨 이야기를 할 수 있을까, 고민만 하다가 결국 뾰족한 해답 없이 학교에 도착했다.

강의에 영감을 준 것은 회의장 한 켠에 놓여 있는 그랜드피아노. 나는 즉석에서 강의 주제를 바꾸었다. '자랑 한번 해보자'라고.

"칙칙한 병원에만 있다가 이렇게 젊은 기운을 만나니 신나네요. 그런데 여기 피아노가 있어요. 누구, 혹시 피아노 잘 치는 분이 있나 봐요?"

약장수가 따로 없다. 강의 시간에 잠이나 자려고 생각했던 아이들이 갑작스러운 나의 제안에 웅성웅성하면서 누군가의 이름을 외친다. '됐다.' 속으로 생각했다. 이제 나는 아이들이 신나게 자신의 꿈을 펼칠 수 있도록 '진행'만 하면 된다. 설교는 없다. 주체는 아이들이다.

과연 무대로 올라온 피아니스트는 손가락이 길고 흰 예술가의 풍모다. 구차한 자기소개 같은 것은 생략하고, 베토벤의 피아노소나타 「월광 3악장」을 폭풍 연주한다. 장내는 쥐죽은 듯 조용해진다. 연주가 끝나자 쑥스러운 듯 들어가는 친구. 특별한 말 없이 분위기는 달구어진다. 피아니스트가 자리로 돌아가 앉자 이제 한두 명씩 손을 들기 시작한다. 아까부터 내 눈에 띄었던 빨간 바지를 입은 아이. 내가 손짓을 하자 '빨간 바지'는 기다렸다는 듯이 스프링처럼 튀어나온다.

"학생, 정말 빨리 나오네요. 빨간 바지가 아주 인상적입니다."

나의 소개 멘트에 '빨간 바지'는 질새라 대꾸한다.

"선생님, 이건 레드가 아니라 버건디예요, 버건디."

아이들이 깔깔대고 웃는다. 아이들의 시선을 즐기는 이 아이의 꿈은 과연 무엇일까.

"당연히 개그맨이죠. 자, 선생님은 저기 앉아서 쉬세요."

당당하게 나를 구석으로 몰아내고 '버건디'는 3분간 선생님들의 성대모사로 아이들을 쥐락펴락한다. 저 아이가 수업시간에 저렇게 한 번이라도 당당하게 선생님한테 말한 적 있을까. 그 모습이 귀엽기도 하고, 한편으로는 조금 안됐기도 하다. 오늘 내 역할을 잊지 말자. 마무리 멘트로 나도 '버건디'와 놀아보기로 한다.

"그럼 3년 뒤 텔레비전에서 보는 거지요, 미스터 버건디?"

기대를 저버리지 않는 답변이 돌아온다.

"SBS 신인 공채, 버건디입니다. 잘 부탁드립니다."

아이는 벌써 프로 무대에 서 있다. 아이들이 다시 한 번 웃는다. 주위를 돌아보니 자는 아이가 아무도 없다. 심지어 스마트폰을 만지는 아이도 거의 없다! 강의하지 않기를 정말 잘했다는 생각이 다시 든다.

이어 예비 정치인, 곤충학자까지 등장하니 한 시간이 훌쩍 지나간다. 강의를 마치자 교장선생님이 들어온다. 웅성웅성한 분위기가 의아하다는 듯 묻는다.

"류 선생님이 강의를 참 재미있게 잘하시나 봐요. 학생들의 반응이 좋네요."

그때 아까부터 구석에 앉아 있던 학생 하나가 다가온다. 내내 무언가를 말하고 싶어 하는 눈치였다. 무슨 말을 하려고 하지.

"선생님, 사실 제가 의사가 꿈인데요. 파킨슨병에서 도파민이 줄어드는데 왜 근육 떨림이 생기는 건가요?"

고등학교 1학년생이 이런 전문적인 질문을 던지다니. 아이들과 재미있게 즐기다가 이런 질문을 받으니 당황스럽다. 하지만 이런 사정을 알 리 없는 교장선생님은 흐뭇한 표정을 짓는다.

"류 선생님의 강의가 무척 인상적이었나 보네요. 우리 학생들이 이런 수준 높은 질문을 하는 것을 보니 저도 무척 자랑스럽습니다."

내가 처음부터 인생역정을 읊으면서 도전, 극복을 강의했으면 아이들이 이렇게 와서 질문을 했을까. 질문에 대한 답변을 생각하느라 골몰하고 있는데 이번에는 다른 아이가 질문을 한다.

"선생님, 저는 사회복지사가 되고 싶은데요. 어떤 대학을 가면 될까요?"

"저는 오디션에 나가고 싶은데요. 슈스케하고 케이팝 중 어떤 게 나을까요?"

"저는 주식 관련된 일과 운동을 다 하고 싶어요. 가능하겠죠?"

아이들의 질문 공세가 고맙다. 내가 한 일이라고는 그저 장기가 있는 아이들을 무대 위로 불러낸 것뿐인데 아이들은 서로 '내가 이것을 잘해요'라고 목 놓아 외치고 있었다. 장기자랑은 자기자랑이었고, 자기자랑은 곧 꿈이었다. 장기자랑을 하면서 자신의 능력을 인정받은 아이들은 가르치지 않아도 알아서 자신의 꿈을 찾아가고 있었다.

'찰칵.' 나의 이런 상념 뒤로 기념사진이 찍혔다.

"이열로 서세요. 부모님들은 아이들의 뒤로 서시고요. 자, 다 같이 주먹 쥐고 파이팅하는 포즈를 취하세요."

포즈와 위치까지 정해졌다. 과연 경찰답다. 주먹을 쥐고 파이팅을 외치는 부모님들의 표정이 어색하다. 아이들도 희미하게 웃는 모습이 대부분. 자신의 등번호가 새겨진 유니폼을 받는 신나는 행사가 이렇게 어색한 사진으로 남았다. 역시 어색한 표정을 짓고 있는 내가 마음속으로 외친다.

'자, 빨리 나가라, 그라운드로! 어른들의 판에서 이렇게 서 있지 말고, 너희들의 두 다리로 뛰고 부딪치고 즐겨라.'

쪽팔리지 않기

연습을 마치면 '김밥 인터뷰'를 진행한다. '김밥 인터뷰'는 아이들과 1대 1로 하는 면담. 장소는 주로 서울동대문경찰서 여성청소년과의 면담실. 경찰서에서 인터뷰를 한다는 것이 마음에 조금 걸리기도 하는데 아이들은 별로 신경 쓰지 않는 모습이다. 그때 철호가 나를 부른다.

"선생님, 저는 집이 가까워서 여기서 그냥 면담하고 싶어요."

철호는 눈망울이 똘망한, 잘생긴 아이다. 합리적인 이유를 가지고 말하는 아이에게 면담은 경찰서에서 할 거야, 라고 고집하는 꼰대어른이 되고 싶지는 않다. 우리는 운동장 스탠드에 나란히 앉아 이야기를 시작한다.

"철호는 이야기를 잘하는 것 같은데, 자신의 성격은 어떤 것 같아?"

"제가 좀 당돌하죠. 하하."

"하고 싶은 것도 있을 것 같은데, 꿈이 뭐야?"

"저는요 선생님, 변호사가 될 거예요."

"변호사? 쉽지 않을 텐데."

"선생님도 보시다시피 저는 이렇게 말을 잘하잖아요. 하하."

무겁게 미래를 물어보는 나에게 철호는 웃음으로 응대한다. 자신감 있게 말하는 철호에게 변호사는 쉽지 않을 거라고 말해버린 내 자신이 부끄럽다. 다행인 것은 철호가 쉽사리 기죽지 않는다는 사실. 푸르미르야구단에 대해서도 특별히 기대는 없으며, 친구들이 나와서 한 번 나왔지만 자신의 꿈은 변호사이기 때문에 아무리 재능이 있더라고 야구선수는 되지 않을 것이라고 분명하게 말한다. 새 아빠를 집에서는 '삼촌', 학교에서는 '아빠'라고 부르는 철호. 이 아이에게 '성적이 되지 않으니 변호사의 꿈은 접어라'라고 말하는 것이 진정한 충고일까. 어쩌면 콤플렉스에 치인 어른들의 폭력은 아닐지.

철호와의 면담을 마치고 나머지 아이들과 함께 경찰서에 도착했다. 경찰서 안에서 어디로 가야 할지 우왕좌왕하는 나와는 달리, 아이들은 익숙하게 4층 여성청소년과 앞 복도에 놓인 의자에 줄줄이 앉는다. 그 티 없는 모습을 보니 이곳이 얼마나 편하면 그럴까 싶어서 안쓰러운 마음이 반, 속 편한 모습에 황당한 마음이 반이다.

면담 원칙은 단순하다. 가르치지 말고 구체적으로 다가설 것. "오늘 야구 해서 소감이 어땠니?"라고 묻기보다 "진우가 마지막 타석이었던 것 같은데 맞아?"라고 묻는다.

유주처럼 체격 조건부터 눈에 띄는 아이도 있지만, 언뜻 보아서는 대부분 비슷비슷하다. 이제 막 남성 호르몬이 분비되기 시작한 아이들, 커버린 몸이 자랑스럽기도 하지만 그에 맞춰 오는 기대가 부담스럽기도 한 아이들, 때로는 그냥 아무 생각 없이 지내고 싶은데 고민이 무엇이냐고 물어오는 어른들이 짜증스러운 아이들. 나는 이제 아이들의 각자 다른 우주로 들어가야 할 터. 야구에서 각자 다른 아홉 개의 포지션이 있는 것처럼. 보기에도 날렵한 이 아이는 그렇다면 유격수의 운명일까.

"야구는요, 재미있어요. 특히 날아오는 공을 받을 때 신나요. 오늘은 감독님이 공을 멀리 던지는 법을 가르쳐주셨거든요. 몸을 돌리듯이 이렇게 하면 공이 확실히 멀리 나가더라고요. 야구는요, 초등학교 3학년 때부터 좋아했어요. 그때 엄마랑 야구장을 세 번 정도 갔거든요. 팀은 잘 기억 안 나는데요, 마구 소리 지르고… 그냥 신났어요."

"그럼 지금도 야구장에 가나요?"

"지금은 잘 못 가요. 공부도 해야 하고요."

"그래요. 집에 식구들은 많고요?"

"저는 아빠, 할머니, 동생이랑 살고, 엄마는 따로 살아요. 뭐… 요즘은 엄마 잔소리가 없으니까 더 좋아요. 할머니랑 아빠도 잘해줘요."

서먹한 첫 만남이지만 진우는 자신의 가정사를 털어놓는다. 그러면서도 비극적으로 이야기하지 않는다. 엄마와 야구장 간 것이 기억나서 푸르미르야구단에 온 진우는 이제 헤어진 엄마의 잔소리를 듣지 않아서 좋다고 말한다. 그리움과 원망이 뒤섞인 복잡한 감정을 공중에서 날아오는 야구공을 잡으면서 조금이라도 날려 보낼 수 있을까. 순간 나는 아이에게 남들과 조금 다른 가정사를 더 묻는 것이 지금은 때가 아니라는 것을 알아차린다. 그때 은빛으로 반짝이는 반지가 보였다.

"반지가 좋아 보이네. 혹시?"

"맞아요, 커플링. 여자친구랑 400일쯤 됐어요."

진우의 얼굴에 화색이 돈다. 자랑하고 싶은 것은 더 많이 보여주고 싶은 나이. 묻지도 않았는데 진우는 여자친구 이야기를 계속한다. 그 모습을 보니 아마 여자친구가 보고 있다면 진우는 장외 홈런이라도 날리겠다는 생각이 든다. 장점을 발굴해 표현해줄 것. 또 하나의 면담 원칙이 추가된다.

어른들의 정신과 진료는 대부분 '할 말이 너무 많은' 환자들의 이야기를 들어주는 것으로 시작한다. 소위 '홧병'이라고 불리는 중년여성들의 비슷한 스토리에는 수동적일 수밖에 없을 때가 많다. 남편은 밖으로만 돌고, 자식들은 나를 무시하며, 나는 외롭고, 잠이 안 오며, 밥맛이 없다는 이야기. 그들은 그저 들어주는 누군가가 필요하다. 그렇기 때문에 그런 이야기를 했을 때 상대가 어떻게 생각할지는 안중에 없는 경우가 다반사다. 때로 '얼마나 힘드시겠어요. 마음을 알아주는 사람이 아무도 없어서'라는 말 한마디를 건네면 진료실은 눈물바다가 된다. 자존심을 세울 수 없을 만큼 외로워서일 수도 있지만, 어른이 되면 아이러니하게도 더 상대(실은 정신과의사도 상대방이다!)에 대한 관심이 없어지기 때문이다.

아이들은 다르다. 이 사실을 아는 데는 한 시간도 걸리지 않았다. 가장 친한 친구에게도 자신의 고민을 이야기하지 않을 수 있는 것이 아이들이었다. 이유는? 쿨한 아이들은 굳이 이유를 달지 않는다. 어른 식의 시각으로 표현하자면, '절친'에게도 고민을 말하지 않는 이유는 '쪽팔려서' 정도가 아닐까. '김밥 인터뷰'는 아이들을 통해 내가 얼마나 경직되어 있었는지 돌아보는 시간이기도 하다. 무슨 이야기를 해도 '쪽팔리지' 않는 어른. 내가 과연 될 수 있을까.

야구 체험전 탐방

여름방학이 막 시작된 토요일. 경기도 고양시 일산에 있는 종합전시장 킨텍스에서 열리는 라이브 야구 체험전에 가는 날이다. 이미 텔레비전에서 떠들썩하게 홍보하는 장면을 보았다. 전시장은 돔구장 형태로 지어졌는데다가 '양신' 양준혁이 온다고 해서 꽤 소문난 야구잔치였다. 그곳을 간다고 하니 나도 가슴이 두근거린다. 가고 싶기는 한데 휠체어를 타고 갈 수 있을까. 작아진 내 마음을 눈치라도 챈 듯이 김 작가에게서 전화가 온다.

"야구 체험전에 가실 거죠?"

눈치 빠른 김 작가는 내가 망설이는 것을 알아채고는 바로 협상을 시작한다.

"선생님, 휠체어는 제가 밀어드릴게요. 보셔야죠. 이런저런 프로그램이 많은 것 같던데 애들이 얼마나 잘하는지 안 보고 싶으세요?"

호기심 많은 나를 바로 움찔하게 만드는 '직구'가 들어온다. '이런저런 프로그램이 많은 것 같은데 궁금하지 않냐'로 시작하는 말. 이런 야구 엑스포는 나도 처음이다. 국내 최대라고 하는데, 도대체 어떤 프로그램들이 있을지 도대체 가늠이 안 된다. 공을 치고받는 곳이 있는 것 정도는 알겠는데 그다음부터는 오리무중이다.

어느새 나는 휠체어를 타고 간다는 사실 같은 것은 안중에도 없이 일산으로 향하고 있다. 경찰들과 아이들 9명과 함께 탄 승합차 안이 비좁다. 이 가운데 절반 정도는 중학교의 마지막 여름방학이다. 학교만 아니라면 어디를 가든 신이 나는 아이들. 당연히 차 안은 시끌벅적하다. 새삼 휴일도 반납하고 푸르미르야구단 활동에 참여하는 경찰들이 대단하다는 생각이 든다.

'스마일맨' 신 경사가 출입문 앞에서 야구방망이를 휘두르는 시늉을 한다. 풋, 웃음이 난다. 내가 모를 줄 알아. 야구 엑스포라는 곳에 와서 김 작가도, 경찰들도 사실은 아이들보다 자기들이 더 신이 났다. 짓궂은 질문이 입 속을 맴돌다가 튀어나온다.

"선생님들, 여기 구속 측정기도 있다던데, 애들이랑 한번 다

재보실 거죠?”

승부욕이 발동한 김 작가가 먼저 손을 든다.

“어릴 때 80은 가뿐히 넘겼는데, 지금은 한 100쯤 안 나오겠어요?”

“우우~.”

아이들이 김 작가에게 야유를 보낸다. 김 작가는 그런 야유에 아랑곳하지 않고 팔을 팽이처럼 돌리며 몸을 푼다.

아까 처음 봤을 때 애들의 옷이 너무 무난하다 싶었는데 이유가 있었다. 아이들 중 절반은 ‘푸르미르’라고 선명하게 박힌 청색 유니폼 차림이다. 아이들은 무슨 마음으로 유니폼을 입고 왔을까. 몇몇 아이들은 글러브도 가져왔다. 장비와 유니폼을 챙기면서 설레었을 아이들을 떠올리니 나도 모르게 기분이 좋아진다. 경찰들도 유니폼을 입고 온 아이들이 대견하다. 물론 그 이유는 나와 다르다.

“이 큰 데서 딱 너희들만 눈에 띄겠다. 잘했다.”

과연 경찰다운 발상이다.

야구를 잘하는 선수는 흔히 공·수·주 3박자를 갖추었다고 한다. 공격, 수비, 주루를 모두 잘하는 선수는 특급 선수라고 불린다. 국민 3루수 최정, 넥센 히어로즈의 유격수 강정호는 공·수·주를 모두 잘하는 대표 선수들이다. 이들은 당연히 호타준족이다. 호쾌하게 타격하고 빠르게 달린다는 뜻의 호타준족은 좋은 타자의 기본이다. 즉 팔과 다리가 좋다는 뜻이다. 보통은 다리가 아주 좋거나 팔이 아주 좋거나 둘 중 하나를 갖고 태어난다. 마라톤 선수 이봉주나 황영조가 어깨 힘이 좋아서 아주 무거운 물건도 쑥쑥 든다든가 농구선수 서장훈이 육상선수처럼 폭발력 있는 다리를 갖췄다는 뜻이다. 현실에서는 그런 사람을 보기 힘들다. 호타준족은 그 둘 다를 갖췄으니 사실 인간이 아니라 '괴물'에 가깝다.

호타준족을 가장 잘 보여주는 수치는 바로 20-20. 한 시즌에 홈런과 도루를 각각 20개씩 한다는 뜻이다. 20-20은 사실 야구의 수많은 기록 중 하나다. 야구에는 정말 별의별 기록이 다 있다. 타율, 장타율, 홈런 수 같은 것은 타격의 가장 쉬운 지표. 투수의 경우는 방어율, 피안타율, 승률, 홀드, 세이브 등이 입문용 기록이다. 한 발만 더 디디면 이닝당 출루율, 이닝당 볼/스트라이크 비율 등등 각종 머리 아픈 숫자들이 즐비하다.

어쨌든 공·수·주를 다 갖춘 선수들은 이 모든 기록에서 상위권에 든다. 또한 특급선수가 되려면 이 세 가지에서 기본 이상은 해야 한다. 홈런타자로 유명한 이대호나 이승엽이라 하더라도 수비를 아주 못했다면 그 자리에 설 수 없었을 것이다.

이곳이 야구의 모든 것을 다 체험해보는 라이브 체험전을 표방했으니 공·수·주를 모두 체험해보도록 해놨을 것이다.

아이들은 어떤 기록들을 재어보고 싶을까. 설레는 마음으로 입장한다.

"야, 여기에 사람 많아. 빨리 줄 서자."

아이들은 삼삼오오 몰려다닌다. 박 경사의 말대로 유니폼을 입은 아이들이 끼어 있으니 멀리서도 눈에 띈다. 승현이와 유주, 승운이, 채정이는 구속측정장으로 간다. 야구는 투수 놀음. 구속이 가장 궁금하겠지.

운동장에서 아이들은 구속 이야기를 종종 한다. 대부분은 '자기 공이 빠르다'는 확인 불가한 허세들. 하긴 그런 허세를 부리는 것이 아이들만은 아니다. 구속이 시속 80킬로미터는 가뿐히 넘을 것이라는 김 작가 역시 마찬가지다. 야구를 하는 남자치고 공이 빠르다고 자랑하지 않는 남자가 있을까. 문득 남자들의 그 철없는 남성 호르몬이 귀엽다. 냉정한 구속 측정기 앞에 줄을 서 있는 푸르미르야구단의 두 에이스 유주와 승운이의 표정이 사뭇 진지하다. 김 작가 역시 뒤질새라 몸을 푼다. 와인드업하는 폼이 거친 것으로 봐서 시속 100킬로미터는커녕 시속 90킬로미터도 어림없을 듯하다.

먼저 덩치가 아주 좋은 아저씨가 나왔다. 체구는 거의 류현진 급. 류현진이 시속 150킬로미터대를 던지니 과연 저 덩치에서는 어느 정도의 속도가 나올까. 주변에 선 사람들이 무척 궁금해하는 눈치다. 팔을 뒤로 젖히고 몸을 기울이다가 앞으로 크게 쏠린다. '휙' 소리가 나더니 공이 매트 가운데 꽂힌다. 시속 85킬로미터. 지금까지는 최고 구속이다. 줄을 서 있던 사람들이 와 하고 소리친다. 아직까지 시속 100킬로미터는커녕 시속 80킬로미터를 넘기는 사람도 없었다. 시속 85킬로미터면 꽤 잘 나온 기록이다.

다음으로 대학생쯤으로 보이는 남자 셋이 던진다. 셋 다 포수 미트 근처에도 못 미친다. 구속은 0. 망신이다. 아들과 함께 온 아주머니도 의욕을 부린다. 아들에게 귀띔을 한다.

"내가 시장을 다니면서 무나 배추 같은 것들을 많이 들어서 팔 힘이 좋아."

과연 그럴까. 무 힘은 무 힘이고, 배추 힘은 배추 힘일 뿐. 공은 포수 미트 근처도 못 간다.

구속은 고사하고, 제대로 던지기만 하는 경우도 드물다. 특히 다들 공을 던지는 자세가 엉망이다. 텔레비전으로 볼 때 투수들이 던지는 자세가 평범하다고 생각했는데, 그 평범하다 싶은 자세를 만들기 위해 얼마나 많은 땀을 흘렸는지 이제야 짐작이 간다.

지금껏 던진 사람들과 푸르미르야구단 투수들을 비교하니 확실히 차이가 난다. 유주와 승운이는 폼이 꽤 매끄럽다. 다리를 드는 것이나 팔을 몸 뒤로 넘기는 것이나, 다시 뻗을 때가 자연스럽다. 다른 사람들은 다리를 들고 팔을 넘기고 뻗는 게 모두 제각각이다. '삐걱삐걱' 소리가 들리는 것 같기도 하고.

유주가 먼저 몸을 푼다. 푸르미르야구단의 우완 에이스. 오버핸드 스타일이다. 머리 위에서 공을 던지는 게 꽤 위력적이다. 우리의 관심은 지금껏 최고 구속인 시속 85킬로미터를 넘어서 과연 세 자리 숫자를 기록할 수 있느냐는 것. 매주말마다 모여서 훈련을 하는 사회인 야구팀의 최고 구속도 시속 100킬로미터를 넘기는 경우가 드물다고 하는데, 유주의 기록은 전혀 짐작이 되지 않는다.

유주가 첫 공을 뿌린다. 팍! 일단 미트까지는 정확하게 갔다. 시속 92킬로미터. 지켜보던 사람들이 일제히 환호한다. 첫 공으로 지금까지의 현장 기록을 넘어섰다. 유주의 표정을 보니 본인은 만족스럽지 않다. 내심 세 자리 숫자를 목표로 했던 것 같다. 다시 한 번 와인드업. 대부분 사람들은 잘 던지고 싶어 할수록 어깨에 힘이 들어간다. 유주 역시 마찬가지. 어김없이 구속이 떨어진다. 시속 90킬로미터. 머쓱한 표정이다. 몇 번을 더 던졌지만 결국 처음 기록을 넘기지 못한다.

이어 푸르미르야구단의 좌완 에이스, 승운이가 던진다. 승운이 또한 오버핸드 스타일이다. 승운이는 체구가 작다. 구속을 높이기 위해 몸을 잔뜩 낮췄다가 스프링처럼 튀어 오르면서 공을 뿌린다. 체격 조건에서는 유주에 뒤지지만 공을 던지는 자세는 오히려 더 역동적이다. 차분한 표정에서 나온 승운이의 첫 공. 시속 95킬로미터가 찍힌다. 주변이 술렁인다. 이러다가 세 자리 숫자도 가능하겠다. 푸르미르야구단 아이들의 눈이 동그랗게 커진다. 승운이는 위기상황이 되면 더 침착해지는 면이 있다. 지난 면담 때였다.

"승운아, 너는 선발이 좋아 마무리가 좋아?"

선발과 불펜을 오가며 맹활약 중인 승운이의 의사가 궁금했다. 유주는 선발을 하고 싶어 하는 것을 한눈에 알 수 있다. 유주는 속마음을 숨기지 않는 아이다. 투명하게 속이 드러난다. 차분하면서 과묵한 승운이는 속을 잘 알기 어려운 아이다. 대답을 헤아릴 수 없다. 승운이는 망설이지 않고 대답했다.

"저는 마무리가 좋아요."

"진짜? 선발이 더 빛나잖아?"

"저는 경기를 딱 결정짓는 마지막 순간, 그때가 좋아요."

과연 투수를 원하는 남자 중학생들 중에서 선발이 아닌 마무리를 원하는 아이가 얼마나 될까. 확실히 승운이는 남다르다. 위기상황일수록 더 침착하고, 어떤 상황이 되어도 표정 변화가 없는 아이. 숨겨둔 승부욕. 마무리에게 꼭 필요한 덕목이다. 한국 최고 마무리로 불렸던 오승환이나 구대성, 김용수 같은 특급 마무리들이 모두 갖춘 것들이다. 그런 점에서 보면 승운이는 타고난 마무리 체질이다. 두 번째 공. 승운이라면 어쩌면 시속 100킬로미터를 찍을 수도 있지 않을까.

"와~."

함성이 터져 나온다. 전광판에 찍힌 숫자는 97. 푸르미르야구단 아이들이 안타까워한다. 정작 승운이는 여전히 무표정이다. 시속 100킬로미터를 찍기 위해 몇 구 더 욕심을 부릴 법한데, 승운이는 자기 순서를 끝내고 아무렇지 않게 자리에서 내려온다. 이제 내 할 일이 다 끝났다는 듯 다른 프로그램 장으로 발길을 돌린다.

이제 시속 100킬로미터를 넘길 사람은 김 작가뿐일까. 요란하게 몸을 푸는 김 작가. 벌써 10분째 몸을 푸는 듯하다. 저러다 지치지 않을까. 김 작가가 먼저 나에게 던져보라고 권한다. 아닌 척하지만 사람들이 휠체어를 타고 있는 내 모습을 쳐다본다는 것을 안다. 내가 망설이자 승현이가 격려한다.

"선생님, 뭐하세요. 빨리 던지세요."

툭하면서 던지듯이 말하는 승현이가 고맙다. 다른 사람들이 던지는 모습을 볼 때는 그냥 던지면 되겠지 싶었는데 막상 공을 잡고 던지려니 아주 간단한 투구 폼조차 잡을 수가 없다. 역시 투구라는 것은 무척 복잡한 동작이다. 왜 투구 뒤에 '메커니즘'이라는 말을 붙이겠는가.

타고난 몸치인 나에게 투구는 가장 어려운 시험과도 같다. 발과 손이 제각각 노는 것은 기본. 학창시절 체육 시간에 모여 달리기를 할 때도 같은 손, 같은 발이 나가는 바람에 아이들이 놀랐을 정도다. 투구 폼이 잡히지 않으니 공이 미트 끝까지 갈 리 없다. 구속 0. 오기가 나서 더 던져보고 싶지만 김 작가가 뒤에서 보챈다. 자기가 몸을 다 풀었으니 이제 비켜달라는 눈치다. 아이들의 눈빛에 호기심이 어려 있다.

'그래도 어른인데….'

결과는? 첫 공의 구속이 시속 75킬로미터다. 시속 80킬로미터는 가뿐히 넘길 거라던 호언장담이 무색하다. 아이들이 키득거린다.

"에이, 여기 공이 손에 딱딱 안 붙네요."

도구 탓을 하는 김 작가. 다시 한 번 몸을 푼다. 도대체 언제까지 몸을 푸는 것인지. 이번에는 시속 79킬로미터. 보아하니 숨이 가쁘다. 젖 먹던 힘까지 쥐어짜서 던진 것 같은 김 작가가 이제야 속마음을 터놓는다.

"사실은 80만 한 번 넘겨보는 게 소원이었어요. 그런데 애들이 생각보다 너무 잘 던지는데요. 아무래도 안 되겠어요. 저는 원래 타격 쪽이거든요. 이래 봬도 10여 년 전 동네 간이야구장에서 스윙 연습 좀 했어요. 야, 너희들 저기 나랑 타격하는 데 안 갈래?"

이미 1승을 기록한 아이들이 마다할 리 없다. 동네 타격연습장과 달리 여기는 구속이 세분화되어 있다. 심지어 시속 140킬로미터대로 공이 날아오는 곳도 있다! 동네 타격연습장의 구속은 대부분 시속 100~110킬로미터이고 드물게 시속 130킬로미터가 있을 정도다. 투수로는 김 작가가 1패. 타자로는 1승, 어른의 자존심이 걸린 문제다. 김 작가가 타격장으로 급하게 뛰어간다.

절차기억의 힘

시속 140킬로미터는 프로 투수의 기준이라고 할 수 있는 구속이다. 나이가 들어서 기력이 쇠약해진 노장선수를 빼고 직구 구속이 시속 140킬로미터를 넘지 않는 투수는 드물다. 2013년 직구 구속이 시속 140킬로미터가 안 되면서 10승을 한 두산 베어스의 유희관이 크게 뉴스가 되었다. 이제 나이가 27세밖에 안 되는 젊은 투수의 최고 구속이 시속 130킬로미터대 초반 언저리. 유희관에게 붙는 타이틀은 항상 '느림의 미학'이다. 그만큼 프로 투수가 시속 130킬로미터대로 공을 던진다는 게 특이하다는 뜻이고, 다시 말해 프로 투수라면 시속 140킬로미터 정도는 던져야 한다는 의미다. 그리고 시속 140킬로미터대의 공을 친다는 것은 프로 투수의 공을 칠 수 있다는 뜻이다. 과연 얼마나 빠른 속도로 공이 날아올까. 짐작이 안 간다.

"나는 140에서 칠 건데, 너희들은?"

김 작가가 아이들에게 선공을 건다. 아이들도 뒤지지 않는다. 시속 100~110킬로미터 구간에는 대기자 줄이 긴데, 시속 140킬로미터 구간에는 아무도 없다. 마음만 먹으면 시속 140킬로미터의 공은 바로 칠 수 있다. 날아오는 공은 모두 열 개. 거리가 꽤 길다. 보통 동네에서 보던 야구연습장보다 멀어 보인다. 실제 야구장을 똑같이 재현했다고 한다. 투수의 투구판에서 홈플레이트까지의 거리는 18.44미터다.

승현이와 승운이가 시속 140킬로미터 칸으로 들어가더니 줄줄이 놀라서 나온다. 이것이 프로 투수의 위력이다. 공을 제대로 친 것은 하나도 없고, 방망이에 맞힌 경우도 거의 없는 것 같다. 순발력이 좋은 승현이가 유주에게 요령을 가르쳐준다.

"공을 보고 맞히려고 하면 그때는 다 늦어. 그냥 하나 둘 셋 세고 들어가서 쳐."

어차피 변화구는 들어오지 않으니 타이밍 싸움이라는 뜻이다. 마지막 10구째. 유주가 제대로 한 번 맞힌다. 내려오려니 아쉬움이 남는다.

"아, 이제 타이밍이 맞기 시작하는데. 아저씨, 진짜 공이 안 보여요. 보고 치면 무조건 늦어요."

아이들이 치는 걸 보니 나도 한번 쳐보고 싶지만 시속 140킬로미터는 김 작가의 차지다. 김 작가가 다시 몸을 푼다. 기다리다 지친 나는 시속 110킬로미터 칸으로 들어간다. 세 개까지 공을 흘려보내고 나니 제법 공이 눈에 익는다. 투수 칸에는 실제 투수의 사진이 붙어 있다. 글러브 부분에 둥근 구멍이 뚫려 있고, 그곳에서 공이 나온다. 하나 둘 셋, 공이 튀어나온다. 대략 5구째부터 방망이와 공이 맞기 시작한다. '깡!' 공이 방망이에 맞아 튀자 손목에 살짝 경련이 인다. 10타수 3안타. 나쁘지 않다. 손맛을 제대로 한번 느꼈다.

다시 시속 140킬로미터 칸 앞으로 가니 그제야 몸을 푼 김 작가가 타석에 들어선다. 아주 호기롭게 방망이를 휘두르며 타격 자세를 갖춘다. 자세는 그럴 듯하다. 투수 쪽을 노려보면서 자세를 잡는다. 홈런이라도 날릴 기세다. 드디어 18.44미터 너머에서 공이 발사. 공은 그대로 홈플레이트에 꽂힌다. 방망이는 전혀 움직이지 않았다. '뭐지?' 두 번째도 그대로 공이 꽂힌다. 전혀 타이밍을 맞추지 못하는 김 작가. 세 번째가 되어서야 스윙을 하는데 이미 공이 지나간 뒤다. 김 작가가 머쓱해하며 뒤를 돌아본다. 얼굴에 '낭패'라는 두 글자가 씌어 있다. 공 열 개가 모두 나올 때까지 헛스윙만 일곱 번. 10타수 무안타. 파울도 없다. 김 작가가 고개를 절레절레 흔들면서 타석에서 나온다.

"진짜 공이 안 보이네. 프로 선수들은 어떻게 저걸 치지? 직구도 전혀 안 보이는데 저런 공이 옆으로 휘었다가 아래로 뚝 떨어지고 그러는 거잖아."

아이들이 받아친다.

"말씀드렸잖아요. 보고 치면 늦는다고."

머리로 아는 것과 몸으로 아는 것은 얼마나 차이가 있는지. 새삼 '절차기억'의 힘을 여기서 확인한다.

기억에는 세 가지가 있다. 자신이 겪은 일에 대해 기억하는 삽화기억은 예를 들면 '어제 저녁에는 피자를 먹었다' 같은 것이다. 의미기억은 사전적 지식에 대한 기억이다. '현재 우리나라 대통령은 누구입니까'가 그 예에 해당한다. 이 두 가지 기억은 시간이 갈수록 옅어지고 소멸된다.

놀라운 기억은 바로 절차기억이라고 불리는 제3의 기억. 몸을 사용하는 과정을 기억하는 절차기억은 신기하게도 시간이 지나도 지워지지 않는다. 다섯 살 때 수영을 습득한 아이가 수십 년 동안 물에 들어가지 않다가 물에 뛰어들면 어떤 일이 생길까. 이 경우 몸은 나도 모르게 어릴 때 배운 수영을 하고 있다. 옆에서 그 모습을 지켜본 사람이 묻는다.

"수영을 배웠어요?"

"아… 뭐 어릴 때 잠깐."

"그런데 수영을 잘하시네요."

"저도 잘 모르겠어요. 안 될 줄 알았는데 물에 들어가니까 되네요."

절차기억의 힘이다. 그런데 이 절차기억이라는 것이 말로 설명하기가 힘들다. 아이들의 답답한 심정도 이해가 된다. "공이 안 보여요" "공을 보고 치면 타이밍이 늦어요"라고 표현할 수밖에 없다. 하지만 하나하나 분석해보면 절차기억은 수많은 동작과 연산을 거쳐서 완성된다. 시속 140킬로미터의 공을 친 유주의 몸은 말하자면 '오른쪽 스윙은 시속 110킬로미터의 공일 때보다 1초 가까이 나왔고, 공을 쫓는 눈과 머리의 반응 속도가 두 배 가까이 향상되었고, 그밖에…' 하는 식이다.

절차기억이란 결국 이 모든 과정을 몸이 머리의 속도보다 더 빨리 자신도 모르게 구현해내는 것이다. 게다가 더욱 놀라운 것은 각인처럼 새겨져 오랜 세월이 지나도 다시 복기할 수 있다는 것. 이제 시속 140킬로미터의 공을 한 번 맞히기 시작한 유주는 몸에 그에 맞는 절차기억이 생기기 시작했다. 공이 시속 140킬로미터로 들어와도 쳐낼 수 있도록 몸이 만들어지기 시작했다는 뜻이다. 나는 타석에 들어온 유주에게 이 이야기를 해준다.

"이제 너는 시속 140킬로미터의 공을 칠 수 있는 타자가 된 거야. 한 번이 어렵지 그다음부터는 네 몸이 다 기억하거든."

"와, 좋겠다."

유주를 둘러싼 아이들이 부러움을 표한다. 기분이 좋은 듯, 유주가 어깨를 으쓱한다.

거의 모든 스포츠나 예술은 절차기억을 만들어가는 과정이다. 어릴 때 연주하던 피아노곡을 다 잊었다고 생각하는가. 몇 번만 연습하면 기적처럼 예전과 같이 연주하는 자신의 모습을 발견하게 될 것이다. 당신의 머리는 잊었다고 생각하지만 몸은 기억하고 있다!

문득 나의 몸에는 어떤 기억들이 새겨져 있나 돌아본다. 수학 공식과 영어 단어를 외우느라 머리만 비대해졌고, 몸에는 아무 기억도 없다. 어른이 되어 공식과 단어는 당연히 모두 지워졌다. 비단 나뿐만이 아니다. 대한민국의 수많은 사람들이 의미기억은 과잉되고 절차기억은 없는 불균형상태로 살고 있다.

시속 140킬로미터의 공을 맞힌 유주를 보면서 생각한다. 푸르미르야구단이 아이들에게 풍부한 절차기억의 세례를 선물하기를. 그래서 훗날 이 아이들이 어른이 된 어느 순간이라도 방망이와 공을 잡으면 몸이 기억해내는 기적을 맛보기를.

나의 감상은 아랑곳없이 아이들은 어느 순간 또 다른 곳으로 우르르 몰려간다. 아이들이 간 곳은 넥센 히어로즈 선수들의 실물 크기 사진이 있는 곳. 나는 지금껏 아이들이 넥센 히어로즈가 좋다고 말하는 것을 들어본 적이 없다. 좋아하는 야구팀을 물어보면 LG 트윈스, 두산 베어스, 기아 타이거즈라고 대답했다. 좋아하는 선수도 모두 그 팀 소속의 선수였다. 그런데 야구 체험전에서 아이들은 자신도 의식하지 못한 채 모두 넥센 히어로즈 소속 선수들의 사진 옆에서 떠날 줄을 모른다.

문득 넥센 히어로즈와 푸르미르야구단 사이에 공통점이 있다는 사실을 깨닫는다. 모기업 없이 스폰서 기업만으로 운영하는 팀. 꾸준하게 지원해줄 수 있는 든든한 기업이 없기 때문에 매년 돈을 대줄 기업들을 찾아가 손을 벌려야 하는 팀. 팀 선수들을 팔아가며 어찌어찌 꾸려왔지만 항상 상위권 팀들을 위협하며 만만치 않은 저력을 보여주는 팀. 만년 유망주였던 다른 팀 선수를 데려와 2년 연속 MVP를 만드는 팀. 톱 선수 출신들이 감독을 하는 많은 팀들과 달리 선수 생활 대부분을 백업 선수 생활을 하다 은퇴한 뒤 프런트, 코치를 거쳐 아래에서부터 다져진 경험이 있는 사람이 감독을 맡고 있는 팀. 어쩌면 푸르미르야구단도 넥센 히어로즈처럼 시작은 외인구단이었지만 장차 무서운 팀이 될지도 모르겠다. 시속 140킬로미터의 공을 몸으로 익힌 유주, 시속 97킬로미터의 구속을 찍은 승운이, 자기들도 의식하지 못하는 채 박 감독을 존경하기 시작한 아이들. '자, 넥센 히어로즈 파이팅! 박준수 파이팅! 푸르미르야구단 파이팅!'이다.

4회

야구는 내 운명

"세상에서 가장 기분 좋을 때는 야구경기에서 이겼을 때고,
두 번째로 기분 좋을 때는 야구경기에서 졌을 때다."

– 척 태너 –

일탈의 이유

'제34회 서울특별시장기 중학교 야구대회 우승.' 7월의 뙤약볕 아래 다시 찾은 청량중학교의 교문 위로 크게 현수막이 걸려 있다. 푸르미르야구단의 연습 훈련 대부분이 행해지는 이곳에 '우승' 현수막이 걸려 있는 모습이 아이러니하다. 운동장 주변으로 청량중야구부 선수 몇 명이 보인다. 체격이 탄탄하고 눈빛에 자신감이 있다. 호기심이 발동한 나는 박 경사에게 청량중야구부에 대해 묻는다. 여성청소년과 근무 8년차에 경찰야구단 경력까지, 동대문구 근방 학교 야구부에 대한 소식은 박 경사가 가장 잘 알 것이다.

"청량중야구부는 거의 프로라고 보면 됩니다. 초등학생 때부터 선수 할 목적으로 운동하는 애들이죠. 매일 밤 10시까지 운동한다고 들었어요. 야구부 전통이 50~60년 되는 걸로 알아요. 운동장 뒤쪽으로 큰 가건물이 보이시죠? 그게 아마 야구부가 쓰는 헬스장이랑 타격훈련장일 거예요."

박 경사의 이야기를 듣고 있으니 왠지 조금 주눅이 드는 기분이다. 그사이 정이 든 것일까. 푸르미르야구단 아이들이 청량중야구부에게 기가 죽을까봐 걱정이 된다.

오늘 훈련에 참석한 인원은 열두 명. 날씨도 7월답지 않게 제법 선선하다. 볕은 강하지만 바람이 불어 훈련하기에 최고의 날씨다. 현수막을 못 본 것일까, 아니면 주변의 청량중야구부 아이들을 못 본 것일까. 푸르미르야구단 아이들은 평소처럼 신나게 떠들고 있다. 어쩌면 청량중야구부에 기가 죽지 않기 위해 일부러 더 큰 소리로 떠드는지도 모르겠다. 아이들의 이런 허세(?)를 눈치 챈 박 감독이 훈련 전 한마디 한다.

"오늘은 타격 훈련에 집중한다. 야구를 잘한다는 것은 어떻게 보면 별것도 아니야. 공 세 개 중에 하나만 치면 3할이니까 말이다. 너희들도 알겠지만 야구에서 3할 타자면 우수한 타자의 기본이다. 세 번 중에 하나만 하면 되는 거야. 그러니까 야구 정말 잘한다고 하는 애들도 그저 세 번에 한 번 정도 성공하는 거야. 마음을 대범하게 가지고 타격 훈련을 시작한다. 알겠지?"

박 감독이 구체적으로 언급하지 않았지만 눈치 빠른 승현이와 승운이는 '야구 정말 잘한다고 하는 애들'이 청량중야구부를 언급한다는 것을 알아차린다. 표정이 사뭇 진지하다. 이어지는 박 감독의 외침.

"훈련 전에는 자, 뭐부터 한다고?"

"몸 풀기요!"

부상을 방지하기 위한 몸 풀기는 첫 훈련부터 박 감독이 가장 강조했던 부분이다. 오늘은 박 감독이 직접 스트레칭 시범을 보인다. 양 다리를 좌우로 뻗고 힘을 주고 버틴다. 그 모습을 본 아이들의 입이 쩍 벌어진다. 신장 180센티미터가 훌쩍 넘는 큰 키에도 불구하고 엄청나게 유연하다! 아이들은 서로 상대방을 눌러가면서 찢어지지 않는 다리를 억지로 찢는다. 어느새 아이들은 이제 서울시장배 우승자 청량중야구부는 잊고 몸 풀기에 전념한다. 그 모습을 보던 스마일맨 신 경사가 한마디 한다.

"애들이 참 낙천적이에요. 처음보다 훨씬 밝아진 것도 같고요."

그때 운동장 한켠으로 승용차가 들어온다. 차에서 내리는 아이의 모습이 심상치 않다. 면접 때 "야구보다 축구가 좋다"고 말하던 동기다. 노랗게 염색한 머리에 피어싱이 심상치 않았는데, 창단식 때는 머리를 빡빡 밀고 나왔다. 오늘은 그 머리가 조금 자란 모습. 그런데 승용차에서 내리고 있다. 그간 무슨 일이 있었던 것일까.

"저 녀석이 푸르미르야구단 훈련 간다고 말하고 지난번에도 피시방에 있다가 아버지한테 잡혀서 혼났다고 합니다. 그래서 이번에는 아예 아버지가 직접 데리고 온 거라고 하네요."

박 경사의 말을 듣고 나니 문득 어떤 아이들에게는 푸르미르 야구단이 '어른들의 또 다른 강요'일 수도 있겠다는 생각이 든다. 어떤 부모들은 경찰이 나서서 야구를 가르쳐준다고 하니까 '이번에는 우리 애가 바뀔 수 있을까' 하는 기대를 품었을 수 있다. 하지만 아이에게는 또 다른 형태의 강요일 수도 있다. 엇박자는 계속되는 것일까. 동기는 전날 봤을 때보다 더 화가 난 모습이다. 내가 말을 걸어보지만 더욱 더 퉁명스럽게 이야기한다.

"저 야구 안 좋아해요. 진짜로요. 오늘도 어쩔 수 없이 왔다니까요."

"친구들이 뛰는 거 보면 같이 안 뛰고 싶어?"

"아니오. 전혀요. 짜증나요. 그냥 가고 싶어요."

마음의 문을 꽁꽁 닫아버린 아이에게 무슨 말부터 시작해야 하는 것일까. 훈련은 이미 막바지. 마침 운동장으로 중국집 배달 오토바이가 들어온다. 화가 나 있는 아이에게 무작정 다가서려고 하면 역효과를 부를 수 있다는 사실을 알면서도 나는 조급해진 나머지 친한 척을 해버린다.

"짜장면 먹고 갈 거지? 다음에 재미있는 데 놀러간다고 하던데."

동기가 이번에는 정말 귀찮다는 표정으로 대꾸한다.

"저 배 안 고파요. 그리고 놀러가는 것도 안 가요."

나도 슬슬 오기가 생긴다. 어쨌든 푸르미르야구단도 동기에게는 어른들이 깔아놓은 판 아닌가. 방법을 수정하자.

면담 원칙 하나. '친근하게 여기는 주제에서 시작해라.' 점점 아이가 대화를 하기 시작하면 그곳에서 문제가 되는 부분을 깊게 파고들어라. 정신과 수련을 하면서 수도 없이 들었던 면담 원칙을 정작 나는 지금 지키지 못하고 있다. 동기에게 내가 먼저 해야 할 말은 그러니까 야구가 아니라 피어싱이다. 동기는 지금 자신을 알아달라고 표현하고 있지 않은가.

'피어싱은 어디서 했니?'라고 물으면 동기가 어떤 표정을 지을까. 조금 의기양양한 기분이 되어 동기가 있던 스탠드 쪽을 본다. 동기는 사라지고 없다. 어디 있는 거지? 동기는 이미 교문 밖 쪽으로 저만치 걸어가고 있다. 뛰어가서 동기를 잡고 싶지만 그럴 수 없었다. 동기는 '탈출'하고 있기 때문이다.

운동장에는 맛있는 냄새가 진동한다. 다른 아이들의 왁자지껄한 소리가 멀리까지 들린다. 동기가 도망가듯 빠져나가고 있는 교문. 그 위로 '제34회 서울특별시장배 중학교 야구대회 우승' 현수막이 유난히 펄럭거린다.

에이스보다 2루수

"다음 주말에는 1박 2일 전지훈련을 간다. 놀러 가는 게 아니라 훈련이다. 프로 선수 출신 선생님들한테 강습도 받고 시합도 할 거야. 못 오는 사람은 미리 연락해라."

연습이 끝날 무렵 떨어진 박 경사의 느닷없는 공지에 아이들이 술렁인다. 집을 떠난다고 하니 뭔가 신나는 것 같기는 한데, 전지훈련은 그야말로 생고생하는 그런 것 아닌가? 그보다 토요일에 학원을 빠지면 엄마한테 혼날 텐데 그건 어떻게 얘기해야 하지? 유주랑 승현이는 가나? 걔들이 가면 나도 꼭 가고 싶은데. 그럼 걔들은 학원을 어떻게 하지?

가고 싶어도 무조건 좋다고 말할 수 없는 아이들. 공부나 시험과는 상관없는 것처럼 구는 아이들도 사실은 그 때문에 받는 공부 스트레스가 있는 건가. 안쓰러운 마음이 들려고 하는 찰나, 장난꾸러기 영훈이의 한마디에 정신이 바짝 든다.

"야, 집에는 캠프 간다고 하고 돈 받아서 우리 다 피시방 가자."

영훈이의 말에 아이들이 또 낄낄댄다. 평소에 조용하던 명광이와 진우도 영훈이의 말에 눈을 반짝인다.

서진이는 오늘도 대기 타석에 있다. 평소처럼 스마트폰 게임 중이다. 나는 슬그머니 서진이에게 말을 건다.

"서진이도 캠프 올 거지?"

서진이는 게임을 하면서 고개만 끄덕인다. 과묵한 아이일까. 아니면, 내가 질문에 요령이 없는 것일까.

정신과의사에 입문하면서 배운 면담의 방법 두 가지가 머리를 스쳐간다. 예/아니오의 닫힌 질문과 열린 질문. 닫힌 질문을 하면 정확도는 있지만 면담이 기계적으로 진행된다. 특히 사춘기의 청소년들에게 닫힌 질문은 자신을 다그치고 공격하는 것처럼 받아들이는 경우까지 생길 수 있다. 서진이는 대답조차 하지 않고 고개만 끄덕인다. 나는 면담을 하는 의사의 마음이 된다. 기본으로 돌아가자. 그러자 머릿속으로 서진이에 대한 정보들이 죽 지나간다.

서진이는 사실 어떤 면으로는 푸르미르야구단에서 가장 평범한 편에 속한다. 중산층 가정에 부모님도 안정된 직장에 다닌다. 공부를 썩 잘하는 편은 아니지만 학교에서 문제를 일으

켜 교무실에 불려다니지도 않는다. 푸르미르야구단의 아이들과 좀더 신나게 어울리면 좋을 텐데 대기 타석에서 서진이는 거의 항상 스마트폰 게임을 한다. 천성이 조용한 아이에게 활달하게 어울리기를 바란다면 그것은 나의 욕심일까… 생각하던 찰나, 아이가 하고 있는 게임이 눈에 들어온다. 예전에는 롤플레잉 게임을 하고 있었는데 지금은 야구 게임을 하고 있다! 나는 단서를 잡은 형사가 된 듯한 기분이 되어 서진이를 한 번 더 귀찮게 한다.

"어? 전에는 다른 게임 했잖아?"

느닷없는 나의 질문에 서진이는 뭔가 들킨 듯한 기분이 드는지 말을 얼버무린다.

"여기 있으면… 할 일도 없으니까요."

다시 한 번 이어지는 나의 공격.

"그래도 야구 게임 하는 걸 보니 너도 야구를 많이 좋아하나 보네."

"네… 뭐 그냥…."

"그럼 제일 좋아하는 선수는 누군데?"

그 질문이 서진이의 마음를 여는 열쇠였다. 그때까지 뚱한 표정으로 건성건성 대답하던 서진이가 순간 눈을 반짝인다. 목소리도 반 옥타브쯤 높아진다.

"기아 타이거즈의 안치홍 선수요."

뜻밖이다. 물론 안치홍은 좋은 선수다. 안정된 내야 수비, 매끄러운 주루플레이를 선보이는 기아 타이거즈의 내야수. 그러나 중학교 2학년생이 롤모델로 하기에는 다소 스타성이 떨어지는 선수인 것도 사실이다. 그 또래 남자아이라면 투수는 류현진, 타자는 이대호나 이승엽 같은 국가대표 급 선수들을 우상으로 삼지 않나. 그렇다면 서진이의 등번호도 혹시? 역시 8번, 안치홍 선수의 등번호다.

"제가 원래 광주에서 살다가 서울로 전학왔거든요. 광주에 있을 때부터 기아 타이거즈를 좋아했어요. 안치홍 선수가 2루 수비는 최고죠."

서진이의 포지션은 2루수. 공격할 때 공이 가장 자주 가는 방향이라서 유격수와 함께 '키스톤 콤비'라고 불리는 내야 수비의 핵이다. 3학년이 주축인 푸르미르야구단에서 내향적 성격의 2학년 서진이는 첫 시합에서 실수를 했다. 주눅이 드니 더 자신의 플레이를 할 수 없었다. 서진이는 대기 타석에서 기회를 기다리는 동안 야구 게임을 하면서 속으로 마음을 다졌을지도 모른다.

'내가 꿈꾸는 선수는 류현진이 아니라 안치홍이야. 2루로 공이 오기만 하면 멋지게 받아서 아웃시킬 거야. 내가 2루를 지키고 있으면 타자들은 무조건 공을 내야를 넘기려고 욕심을 내게 될 거야. 당연히 몸에 힘이 잔뜩 들어가고 그렇다면 외야 플라이아웃이 되는 건 당연한 수순이지. 나를 피하려고 좌중간으로 공을 날리면 이번에는 쏜살같이 날아가서 내가 6-4-3 병살타를 만들어주겠어. 순식간에 아웃카운트 두 개를 잡아내는 거지. 형들의 박수. 감독님의 뿌듯한 웃음. 내가 푸르미르야구단의 2루수야.'

무뚝뚝한 서진이가 어떻게 이런 생각을 하냐고? 대화를 나누는 과정에서 서진이는 자신의 또 다른 모습을 드러냈기 때문이다. 바로 야구박사의 모습. 서진이는 자신이 아는 것과 운동장에서의 플레이에 괴리가 생기자 위축이 되었던 것이다. 나는 어렵게 꺼낸 서진이의 장점을 한 번 더 상기시켜줘야겠다는 생각이 든다.

"서진아, 그럼 저 상황에서 우리 팀은 어떻게 해야 득점이 될까?"

말문이 트인 서진이는 이제 게임을 내려놓고 슬그머니 자신의 의견을 들려준다.

"마지막이라 쉽지 않기는 해요. 상대 투수의 공이 워낙 제구가 잘되고, 우리 타자가 한 타이밍씩 박자가 늦거든요. 감독님이 공을 보고 치라고 가르쳐주셨는데 아직 쳐야겠다는 마음이 너무 앞서는 것 같아요. 다행히 지금 2루수는 수비 범위가 넓지 못해서 내야만 넘기면 공을 잡지는 못할 거예요. 그러니까 힘을 빼고 방망이에 공을 맞힌다는 생각으로만 넘기면 되는데,

그러려면 초반부터 방망이를 휘둘러서 아웃카운트를 불리하게 만들면 안 되죠."

해설자가 따로 없다. 공을 두려워하고 몸이 느려서 수비의 구멍으로 주눅이 들었던 아이. 그러나 '에이스'를 꿈꾸지 않고, 팀에서 누구나 필요로 하는 2루수가 되고 싶은 아이. 대기 타석에서도 야구 게임을 하면서 남들에게는 짐짓 무관심한 것처럼 보이고 싶어 하는 자존심 센 아이. 얼마나 멋진 2루수가 되고 싶을까.

이제 서진이의 마음을 조금은 알게 된 것 같아 다시 묻는다. 주위는 아직도 1박 2일 전지훈련에 대한 이야기로 웅성거린다. 아까는 염려하는 마음에서 물었지만 이번에는 비밀을 알게 된 동지의 기분으로, 확인하는 마음으로 묻는다.

"서진아, 너 당연히 캠프 갈 거지?"

서진이는 역시 고개만 끄덕. 그러나 이번에는 서진이의 입 꼬리가 씩하고 올라간다. 나는 서진이를 응원하는 마음이 된다.

"주전 2루수 자리 뺏기면 안 된다. 2루수가 얼마나 중요한지 알지?"

때마침 푸르미르야구단 선수의 공이 1루와 2루 사이를 가르며 경쾌하게 날아간다. 서진이가 대답 대신 환호로 답한다.

못 말리는 에너자이저들

전지훈련. 왠지 말만 들어도 멋있다. 프로야구 선수들은 3월 말이나 4월 초 정식 시즌이 시작되기 전, 따뜻한 곳에서 훈련을 한다. 대부분 미국이나 일본과 같은 곳들이다. 듣자 하니 온도가 적당히 따뜻하면서 기후 조건이 아주 탁월한 곳이라 한다. 가끔 텔레비전에서 반팔 차림으로 웨이트 트레이닝도 하고 땡볕에서 달리기를 하는 선수들을 볼 수 있다. 아나운서나 리포터가 현지로 날아가 선수들을 인터뷰하거나 훈련 상황을 보여주기도 한다.

푸르미르야구단의 전지훈련 기획자는 아이디어뱅크 이 경정. 이 경정은 야구단도 다양한 체험을 해야 더 흥미가 생긴다는 생각을 항상 하고 있다. 야심차게 준비한 1박 2일 전지훈련. 푸르미르야구단의 전지훈련은 프로야구팀 스프링캠프처럼 플

로리다나 오키나와처럼 따뜻한 휴양지로 가는 것은 아니고, 다만 서울을 떠나는 것일 뿐. 그래도 아이들은 신이 난다.

야구는 장비의 운동이다. 글러브, 방망이, 유니폼을 경찰 승합차에 실으니 차 안이 좁다. 성장 호르몬이 한창 분비 중인 아이들은 그렇지 않아도 작은 차를 더 비좁게 만든다. 불평을 할 법도 한데 현실을 벗어난다는 사실 때문인지 그저 끊임없이 수다다. 반면 경찰들은 다소 긴장한 표정. 그들의 업계 용어를 빌리면 '한 명의 이탈자도 없이 임무를 수행'하고 돌아와야 한다는 사실 때문이리라.

문득 학창시절의 수학여행이 생각난다. 경주 불국사, 석굴암처럼 재미없는 곳을 갈 뿐이지만 학교를 떠난다는 사실만으로도 마음이 들떴던 기억이 지나간다. 수학여행을 가기 며칠 전부터 묘하게 술렁이던 교실 분위기, 학교에서 짜준 스케줄을 대충 소화하고 저녁 때 몰래 먹을 술을 살 계획을 짜면서 키득거렸던 일, 학생들과는 대조적으로 사고가 생길까봐 힘이 잔뜩 들어가서 긴장해 있던 선생님들의 표정….

푸르미르야구단은 어쩌면 더 긴장되는 상황일 수도 있다. 경찰이 청소년을 인솔해서 야구 전지훈련을 갔는데 작은 사고라도 일어난다면? 경찰로서는 상상하기도 싫은 상황이다. 그러거나 말거나 아이들은 좁은 차 안에서 그저 신나게 떠들고 논다.

"야, 우리 오늘 뭐하냐?"

"왜, 밤에 몰래 나가서 피시방 가게?"

"나 롤LOL('LEAGUE OF LEGENDS'의 약자) 진짜 잘해. 너 나하고 한번 붙을래?"

"저거 또 허세 작렬이네. 지난번에도 깨져놓고."

아이들의 이야기를 듣고 있던 박 경사가 한마디 한다.

"너희들 중에 한 명이라도 대열을 이탈하면, 알지? 오늘 스케줄 빡빡하다."

과연 박 경사의 말대로 숙소에 도착하자마자 일정이 타이트하게 돌아간다. 유스호스텔에 도착하자마자 박 경사는 잠시 쉴 틈도 없이 프로그램을 가동한다.

"자, 짐 풀고 10분 뒤 요 앞에서 본다. 알았지."

아이들은 박 경사를 무서워하지 않는다. "와~" 하면서 재빠르게 행동할 것 같다고 생각하면 오산이다. 아이들은 설렁설렁 느긋하다.

첫 경기는 야구아카데미 팀과 푸르미르야구단의 대결… 이 될 뻔했으나 전력 차이가 나는 관계로 양 팀 선수들을 섞어서 새로 팀을 짰다. 야구아카데미 팀은 대부분 고등학생 때까지 야구를 했고, 그중에는 프로야구 물을 먹은 이들도 있다. 푸르미르야구단과는 차원이 다르다. 그 와중에 영훈이가 푸르미르야구단과 야구아카데미 팀이 붙어도 괜찮다고 우기는 바람에 아이들에게 핀잔을 산다. 야구아카데미 팀 선수들은 이런 영훈이 귀엽다는 듯 쳐다보지만 막상 경기를 시작하자 표정이 바뀐다.

양 팀 선수들이 섞여 있어서일까. 승부는 박빙이다. 매일 운동장 흙먼지를 마시며 연습하고 경기하던 아이들이 잔디구장을 밟으니 플레이가 과감해진다. 특히 차이가 나는 부분은 주루플레이. 흙에서는 슬라이딩을 잘못하면 피부가 까지고 흙이 날리면서 눈에 먼지가 들어가기 일쑤지만, 잔디구장은 그런 측면에서는 안전하다. 평소에는 도루에 별로 관심이 없던 발이 느린 아이들도 저마다 도루를 시도한다. 저렇게 뛰고 나면 얼마나 힘들까 싶으면서도 에너지가 넘치는 아이들이 내심 부럽다.

땀이 범벅이 되어서 가는 2차는 수영장 행이다. 스타일을 중요시하는 박 감독이 풀장에서 아이들과 노는 모습? 잘 상상이 안 된다. 아니나 다를까 박 감독은 풀장 한쪽에 놓인 비치의자에서 선글라스를 끼고 선탠 중이다.

야구경기로 지칠 만도 하건만 아이들은 이번에는 서로 빠뜨리기 놀이, 공놀이로 정신이 없다. 분위기 메이커인 채정이와 유주가 박 경사를 물에 빠뜨린다. 뚱뚱한 박 경사가 물을 첨벙거리면서 소리친다.

"야, 너희들, 나가면 기합이야!"

그러거나 말거나 애들은 또 다른 경찰을 잡고 물에 빠뜨리고 있다. 처음에는 다소 서먹하던 야구아카데미 팀 선수들도 같이 어울려 첨벙거리며 즐거워한다. 경찰, 운동선수, 학생… 어딘가 어울리지 않는 조합이지만 물 안에서는 모두 아이가 된다.

어디서 구했을까. 즉석에서 풀장 배구를 한다. 1차 공놀이를 마치고 공놀이 2차다. 대여섯 시간 그렇게 신나게 몸을 쓰고 나니 배가 출출하다. 저녁 식사 메뉴는 닭갈비다.

"프로 선수들이 이쪽으로 오면 자주 들르는 닭갈비집이야. 오늘 모두 수고했다. 많이들 먹어."

야구아카데미 직원의 말에 아이들은 왠지 기분이 으쓱하다. 프로 선수들처럼 전지훈련을 하고, 또 프로 선수들이 자주 가는 밥집을 가니 말이다.

기분이 좋을 때 남자아이들이 하는 말은 확실히 여자아이들과 다르다. 남자아이들의 대화는 이런 식이다.

"아까 진짜 공 죽이게 들어가지 않았냐."

"근데 형들은 진짜 배트 스피드가 너무 빨라."

"채정이 너한테는 모든 스피드가 다 빠른 거 아니냐?"

"뭐래."

"채정이 너 지난번에 '여자' 태우고 '오토바이' 탈 때도 느리더라."

"그래도 너보다는 빠르다, 이 자식아."

남자아이들이 하는 말은 이처럼 대부분 허세다. 자전거를 '오토바이'라고 말한다. '여자'를 태웠다는 것도 가상일 경우가 대부분이다. 영훈이가 채정이를 놀리면 채정이는 그저 툭툭 웃으면서 "뭐래" 한마디 한다. 아이들은 그런 채정이의 반응이 재미있어 의미 없는 말장난을 계속 건다. 이런 식의 대화를 처음 들었을 때는 사실 채정이가 왕따당하는 것 같아서 조금 불편했다. 그런데 시간이 지날수록 채정이가 왕따는커녕 사실은 아이들 사이에서 인기남이라는 것을 알게 되었다.

문득 지난 경기의 한 장면이 떠오른다. 안타로 득점을 올리고 들어온 민철이에게 아이들이 잘했다는 오글거리는 칭찬이 아니라 격하게 손으로 치고 발로 밟는 게 아닌가. 이런 상황이 낯선 나는 놀라서 민철이를 쳐다보았는데, 민철이는 정말로 행복한 표정을 짓고 있었다. 마치 이제야 이 집단의 일원으로서 인정받았다는 듯이.

여자아이들은 만나면 '칭찬놀이'로 서로 관계를 맺는다. "머리 스타일이 좋은데 어디서 한 거야?" "오늘 얼굴이 해쓱해 보여. 다이어트 시작했어?" 이런 식의 이야기로 대화를 시작하는 경우가 많다.

반면 남자아이들은 서로 존재를 하나씩 '인정'해가면서 관계를 만들어간다. 내가 어떤 사람인지 보여주는 데 스포츠만 한 것도 없다. 야구를 하면서 나는 이 팀의 2루수고, 6번 타자고,

발이 가장 빠른 선수라는 자존감이 자연스럽게 몸에 밴다. 그러면서 사실 별로 친하지도 않고 말도 없던 저 녀석이 은근히 공격적으로 스윙하고 수비 범위가 넓어서 팀에 도움이 된다는 것을 느끼게 된다. 저 녀석이 결승타를 치고 오면 팀의 일원으로서 신나게 '밟아준다.' 기쁨의 표현으로.

저녁식사가 끝나갈 즈음 슬슬 다음 일정을 정해야 한다. 경찰들은 꽤 지친 모양새다. 쉬고 싶다는 분위기를 아주 노골적으로 드러낸다. 야구아카데미 팀도 비슷하다. 대충 어른들은 서로서로 표정을 보면서 쉬는 쪽으로 몰아가려는 것 같다. 박 경사가 총대를 멘다.

"오늘 고생했다. 너희들도 많이 피곤하지, 배도 부르고. 이제 밥도 먹었으니 들어가서 쉬어야지."

박 경사는 애들이 "네" 하리라고 생각했겠지만 큰 오산이다. 아무도 응답하지 않는다.

"뭐, 혹시 다른 계획 있어?"

당황한 박 경사의 목소리가 작아진다. 이제 슬슬 불안해진다. 주장 승현이가 입을 연다.

"밥도 먹고 다시 힘도 나니까 한 게임 더 하면 안 될까요? 여름 저녁이라서 춥지도 않잖아요."

그 말이 떨어지기가 무섭게 다른 아이들도 모두 "맞아요. 한 게임 더!"라고 외친다. 아이들은 아직 지치지 않았다. 그 기세를 이길 어른은 아무도 없다. 어른들의 KO패다. 이때 박 경사가 잠시 머리를 굴리다 말문을 연다.

"야구장은 이제 문을 닫았는데 어떡하지?"

애들이 순순히 넘어갈 리 없다.

"구장 옆에 잔디밭이 있어요. 아주 넓던데요. 그곳에서 캐치볼 하면 돼요!"

후퇴를 모르는 아이들. 게다가 닭갈비로 아드레날린이 리필까지 된 상황이 아닌가. 야간 훈련 확정이다. 경기하는 것을 지켜본 나도 꽤 지친 상태였지만 기운 넘치는 아이들을 보니 살짝 기운이 생긴다. 막상 훈련장에 도착하니 피곤에 지친 어른들도 아이들의 기운에 동화되는 것 같다. 감정은 전염된다고 하더니, 아이들의 아드레날린이 경찰들에게도 전염이 된 것일까.

야간 조명을 밝힌 잔디밭에서 캐치볼을 하고 투구 연습을 한다. 두 명이서 길게 늘어서서 한 명은 공을 던지고 또 다른 한 명은 공을 받는다. 처음에는 가까이서 공을 주고받다가 몸이 풀리면 거리를 늘린다. 몸이 풀리자 비거리가 늘어난다. 몇몇은 투수와 포수로 나눠서 투구 연습을 한다. 그 모습을 지켜보던 박 감독이 아이들에게 다가가서 투구 폼을 잡아준다. 그립 잡는 방법도 알려주는 것 같다.

예전에 훈련장에서 항상 보던 모습이다. 그런데 타지에서, 야간에, 잔디밭에서 훈련을 하고 있으니 왠지 사람들이 자신을 쳐다보는 것 같다고 생각하는 것일까. 모두들 진지한 표정으로 열심이다. 아이들이 밤에 몰래 빠져나가서 사고를 치면 어떻게 하지, 라고 걱정했던 내가 부끄러워진다. 물론 일탈을 하고 싶은 것이 사춘기의 당연한 욕구라고 하지만, 이처럼 즐거운 일탈을 자연스럽게 제공하면 이유도 없이 무조건 일탈하는 일은 줄어들 것이다. 사실 이유 없는 반항이라고 하지만 그건 어쩌면 이유를 알고 싶지 않은 어른들의 핑계일지도 모르겠다. 하기 싫은 공부, 이해되지 않는 성적순으로 줄 세우기, 의미 없는 잔소리들에 맞설 아이들의 무기가 반항뿐일지도 모르겠다는 생각이 든다.

아침 일찍 집을 나서서 밤늦게까지 이어진 훈련. 강도가 센 1박 훈련을 마치고 다음날 일찍 짐을 챙긴다. 잠이 많은 아이들은 돌아오는 차 안에서 모두 곯아떨어질 것 같았지만 여전히 지치지 않았다. 아니, 오히려 신나게 한바탕 1박 2일 전지훈련을 함으로써 에너지가 더욱 충전된 것 같다.

"집에 바로 안 갈 거지?"

수다쟁이 영훈이가 먼저 말을 걸자 저마다 한마디씩 한다. 그때 어제 경기에서 아쉽게 진 유주가 박 경사에게 제안을 한다.

"아저씨, 저희 서울 가서 경기 한 번 더 하면 안 돼요?"

아이들이 사고 치는지 살피랴, 야구경기 하랴, 진이 빠진 박 경사는 어이없다는 표정이지만 속으로는 뿌듯해하는 것 같다.

"야구아카데미 팀이랑 한 번 붙어볼래?"

승부욕을 자극하는 박 경사의 말에 아이들은 더욱 기세가 좋아진다.

"체력은 형들이 저희한테 안 돼요."

"어제 보니까 발이 느린 형들도 있던데요."

"요즘 승운이의 제구가 계속 좋아지고 있는 거 아시죠?"

시끌벅적한 아이들의 수다가 끝나갈 무렵 서울에 도착했다. 다행이다. 날씨가 도왔다. 금방이라도 비가 내릴 듯한 하늘이 지친 어른들에게 핑계거리를 준다. 나는 다행이다 싶으면서도 아이들이 실망할까봐 걱정이 된다. 그때 유주가 다시 소리친다.

"이 정도 비면 그라운드도 괜찮아요. 안 미끄러워요!"

다시 한 번 KO패. 나는 끝까지 아이들의 에너지를 과소평가했다. 에너지를 쓰면 쓸수록 더 생겨나는 이상한 법칙이 지배하는 곳. 기쁨과 격려를 거친 말과 행동으로 표현해야 남자답다고 받아들여지는 곳. 내가 본 1박 2일 전지훈련은 '부러운 별종들의 신나는 에너지 분출장'이었다. 캄캄한 밤도 흐린 하늘도 막을 수 없는.

5회

퍼펙트 게임

"야구는 포커 게임과 같다. 잃을 때 그만두려는 사람도 없고,

이길 때 그만두려는 사람도 없으니까."

-재키 로빈슨-

운동화 세 켤레

펑고, 러닝, 타격 등 기본 훈련과 연습경기를 마치고 아이들이 모두 더그아웃에 모였다. 박 감독은 길게 말하는 법이 없다.

"오늘도 재미있게 잘했다. 수고했다."

그러고는 곧장 자신의 차를 타고 사라진다. 멋있기는 한데 어쩐지 조금 차가운 것도 같다. 나는 박 감독에 대한 아이들의 생각이 궁금해 연습 전에 넌지시 물어보았다.

"박 감독님 어떠신 것 같아?"

"카리스마 짱이신 것 같아요. 잘생기셨잖아요."

사람 좋은 박 경사에 익숙한 아이들에게는 어렵지 않을까.

"네… 솔직히 아직은 조금 어려워요. 표정도 없으시고. 그런데 잘 가르쳐주시잖아요. 그립이나 수비 같은 것도 잘 가르쳐주시고요."

박 감독은 먼저 말을 붙이기 어려운 포스가 풍긴다. 오랜 프로야구 투수 생활, 수많은 부상과 재활의 시간, 마무리 투수를 해야 했던 경험 등등이 박 감독의 모습에 오버랩된다. 어쩌면 선부른 말을 하지 않는 것이 몸에 배어 있는 것이리라. 그런 박 감독이 오늘, 경기 후 더그아웃의 아이들에게 갑자기 말을 건넨다.

"너희들 발 사이즈가 어떻게 되냐?"

체격 조건이 좋은 유주에게는 "너는 나보다 조금 작을 것 같은데" 하면서 직접 유주의 발에 손을 대보기도 한다. 짐작도 못 했던 뜻밖의 모습. 모두들 어안이 벙벙하다. 아이들은 물론이고 박 경사도 나도 김 작가도 영문을 알 수 없다. 왜 저러시지? 그때 박 감독이 자신의 커다란 장비 가방에서 뭔가를 꺼낸다.

"이건 병현이 거고, 이건 자 보자, 택근이 거다. 택근이 운동화는 주문했는데 작아서 못 신겠다고 해서 가져왔다. 한 번밖에 안 신은 새 거야. 자, 유주 너는 내 걸로 신으면 되겠다. 다들 보고 발 사이즈 맞으면 가져가라."

병현이? 택근이? 그렇다. 김병현 선수와 이택근 선수를 말하는 거다. 현직 선수들의 운동화! 아이들이 환호성을 지른다.

"앞으로 발은 클 거니까 이건 내가 한다."

"무슨 소리야, 나한테 딱 맞는데."

신나는 티격태격. 더그아웃이 들썩인다. 박 감독은 여전히 무표정하다. 운동화를 받은 아이들에게 한마디 툭 던진다.

"여기에는 그라운드의 흙이 묻어 있다. 땀이 묻어 있다. 그러니 너희들도 열심히 해라."

저런 분들은 속정을 이렇게 표현하는구나. 내 마음에도 뭔가가 찌르르 하고 지나간다. 경기 후 항상 이런저런 마무리 멘트를 했던 박 경사도, 아이들의 고민을 들어주고 격려를 해야 한다고 생각했던 나도 오늘만큼은 조용하다. 알고 있다. 내가 어떤 말을 하더라도 저 운동화가 주는 격려의 10분의 1도 못 되리라는 것을. 박 감독에게 심경의 변화가 생긴 것일까. 물어보고 싶었지만 흥분해서 운동화를 신어보는 아이들을 뒤로 한 채 어느새 박 감독은 떠나고 없다.

베이스볼 데이

막바지 무더위가 기승을 부리던 8월 중순 도착한 박 경사의 단체 '톡'.

'기다리던 공식 첫 시합이 잡혔습니다. 8월 24일 낮 2시. 금성중야구부와 푸르미르야구단이 첫 시합을 합니다. 장소는 청량중학교."

극성스러운 더위를 날려 보낼 시원한 뉴스다. 서둘러 달력을 보고 일정을 확인한다. 동창의 결혼식이 하나 있다. 어떻게 하지. 야구하기에는 너무 덥지 않을까. 이런저런 생각을 하는데 박 경사의 메시지 아래로 줄줄이 리플이 달린다.

'네! 경사님, 경기 콜!'

'저도 참석합니다.'

'재미있겠다ㅋㅋ'

어림잡아 네 시간은 걸리는 먼 거리. 그러나 어떤 주말 행사도 푸르미르야구단의 첫 시합만큼 재미있지는 않을 것이다. 나는 동창에게 문자 메시지를 남긴다.

'중요한 일이 있어서 결혼식은 못 가겠다. 계좌번호 불러줘. 축의금 입금할게. 행복해라.'

벌써 내 마음속에 푸르미르야구단이 이만큼이나 자리 잡은 것일까. 동창에게 가볍게 문자 메시지를 보내는 내 모습이 어이없기도 하고 산뜻하기도 하다. 마음은 벌써 그라운드에 가 있다.

8월 24일, 푸르미르야구단의 공식 첫 경기. 금성중야구부와의 1차전이다. 푸르미르야구단은 여기저기서 모인 '짬뽕 외인구단'이지만 그동안 누구보다 열심히 연습했다. 무엇보다 푸르미르야구단은 프로야구 선수의 1대 1 레슨을 받았다!

물론 여기까지 오는 과정에 우여곡절도 있었다. 비가 오면 참가 인원이 현저히 줄어서 아이들에게 연락을 취하느라 박 경사와 허 경장이 두 배는 더 바빴다. 연습에 물이 오를 만하면 이번에는 학교 시험기간이 문제였다. 야구를 하고 있을 때는 서로 다른 학교의 연합 팀이라는 것을 의식하지 못하다가 한 학교의 아이들이 뭉텅이로 빠지면 그제야 푸르미르야구단의 정체성을 재확인하곤 했다. 연합 팀의 한계였다.

흔들리던 푸르미르야구단을 다시 잡아준 계기는 역시 1박 2일 전지훈련. 이틀을 꼬박 같은 멤버들과 같이 보내면서 이제 푸르미르야구단에는 동지적 유대감 같은 것이 생겼다. 전지훈련 후 첫 연습이 있는 오늘, 기다리던 첫 시합까지 잡혔다. 분위기도 최상이고 기세도 좋다. 박 경사가 아이들의 들뜬 모습을 눈치 채고 아이들을 부른다.

"시합 전에도 가장 먼저 해야 하는 건 스트레칭이다. 특히 시합 도중에는 자기도 모르게 무리하는 일이 생길 수 있기 때문에 부상을 조심해야 한다. 한 명도 다치지 말고 끝까지 재미있게 하려면 자, 지금부터 스트레칭을 실시한다."

오늘은 박 감독이 개인적인 사정으로 나오지 못했다. 박 감독의 자리를 박 경사가 대신한다. 상대 팀보다 한 시간 일찍 도착한 푸르미르야구단. 이번에는 2인 1조 공 던지기 연습과 펑고까지 마친다. 제대로 워밍업을 하는 아이들을 보니 오늘 경기는 예감이 좋다.

"야, 너희 금성중야구부 애들은 약체인 거 알지. 우리가 투수도 좋고 타격도 훨씬 좋아. 첫 시합이라고 긴장할 것 없어. 그냥 평소대로 즐긴다는 마음으로 하면 된다. 알겠지."

약간 으스대듯이 아이들을 격려하는 박 경사의 훈시. 지금 박 경사는 스쿨폴리스가 아니라 푸르미르야구단의 총감독이다. 경기가 진행되자 박 경사의 말이 허풍이 아니었음을 알겠다. 3회까지 푸르미르야구단의 경기 운영이 압도적으로 우세하다.

4회 초 푸르미르야구단의 공격. 금성중야구부의 선발은 벌써 강판되었다. 3대 0으로 푸르미르야구단이 앞서 있지만 안심할 점수는 아니다. 두 번째로 올라온 금성중야구부 박투수의 각오가 비장해 보인다. 타석에는 오늘 선발 포수로 나온 인호. 포수들이 대부분 그렇듯 인호도 빠른 발보다는 장타를 치는 스타일. 박투수가 미트 가운데로 들어가는 좋은 공을 절대 주지 않는다. 카운트가 늘어날수록 공이 점점 몸 쪽으로 붙는다.

"어! 저거 위협구 아냐?"

상황 파악이 빠른 주장 승현이가 발끈한다. 저러다가 몸에 맞을 것 같다. 박 감독이 첫째도 부상 조심, 둘째도 부상 조심이라고 강조했는데. 느긋한 성격의 채정이가 대기 타석에서 한마디 한다.

"괜찮아. 맞아도 돼. 하나도 안 아파!"

채정이의 말에 더그아웃의 아이들이 피식 웃는다. 상대의 위협구를 오히려 사구(몸에 맞는 볼)로 바꿔버리라는 아이들. 이 여유를 보니 오늘 경기는 이대로 싱겁게 끝날 것 같다. 박빙 상황이라면 신경전이 될 법도 한데 타석의 인호도 박투수의 공에 흔들리지 않는다. 투 스트라이크 투 볼. 몸 쪽으로 가까이 붙이는 공이 계속 들어온다. 첫 공에 놀라는 모습을 보였던 인호가 이번에는 잽싸게 공을 피한다. 결국 포볼로 출루. 이번 이닝에도 푸르미르야구단이 한 점을 보탠다.

경기는 이제 막바지. 더그아웃에서는 서진이가 명광이를 옆에 앉히고 뭔가를 열심히 이야기한다. 아무리 아마추어 경기라 해도 첫 시합. 중요한 승부다. 단신 2인방의 진지한 표정이 오늘따라 사뭇 야무져 보인다.

나는 나일 뿐

서진이는 주축 아이들과 학교도 다르고 말수도 적은 편이지만 야구를 대하는 자세는 누구보다 진지했다. 훈련이 거듭될수록 기량이 좋아졌지만 공을 두려워하는 치명적인 문제가 있었다. 실내 훈련 때 서진이는 곧잘 공에 방망이를 맞혔다. 캐치볼을 하거나 타격 훈련을 할 때도 열심히 따라갔다. 문제는 타석에 섰을 때. 팀을 나눠 연습경기를 하게 되면 서진이는 타석에서 얼어붙고 만다.

“야! 공이 오고 나서 휘두르면 어떻게 해!”

형들의 질책을 듣고 나면 몸이 더 굳었다. 잘하려고 할수록 방망이는 공이 지나간 뒤 허공을 갈랐다. 그런데 훈련이 거듭되자 서진이는 타격에서도 ‘쫄지 않는’ 모습이 보이기 시작했다. 사실 이건 방망이 스피드 문제라기보다는 두려움이 문제일 텐데. 박 감독의 어떤 특훈이 있었던 것일까.

문득 지난 면담 때 안치홍 선수를 좋아한다던 서진이의 모습이 떠오른다. 그렇다. 서진이는 공을 두려워하는 게 전부가 아니었다. 공을 두려워하는 것은 어쩌면 '이 타석에서 삼진이라도 당하면 어떻게 하지' 하는 완벽주의, 소심함, 인정받고 싶은 마음 같은 것이 뒤범벅되어서 표출된 모습일지도 몰랐다.

야구를 잘하고 싶은 서진이는 훈련이 거듭될수록 푸르미르 야구단의 주전 2루수로 자리를 굳혀가고 있다. 타석에서 방망이를 쥐고 있을 때는 가까이서 날아오는 공이 두려웠지만, 2루수로 섰을 때 날아오는 공은 점점 자신이 붙었다. 전날 박 감독이 내야수들만 따로 훈련을 시킨 결과다.

"날아오는 공을 받는 것은 다 비슷해 보이지만 외야하고 내야는 수비하는 것이 전혀 다르다. 프로야구 선수들이 내야에서 어떻게 하는지 봤지. 그냥 멍하게 서 있지 않잖아. 이렇게 몸을 숙이고 날아오는 공을 받을 준비를 하고 기다리고 있지. 외야수는 안 그래도 돼. 공이 날아오는 궤적을 보고 움직이니까. 그래서 외야가 수비하기는 좀더 편하지."

그 말을 듣던 대부분의 아이들이 외야를 보는 아이들을 향해 "너는 편한 것 하지?"라고 놀리며 깔깔거린다. 외야수는 "야, 원래 그래서 정말 잘 치는 선수들은 외야를 보는 거야. 거포들은 외야에 다 있는 거야"라며 호기를 부린다. 그러거나 말거나 서진이는 자신의 포지션인 내야 자세를 익히기에 여념이 없다.

수비가 나아지자 서진이는 공격에도 자신감이 붙었다. 방망이 박스 바깥쪽으로 잡던 위치가 자신도 모르게 점점 가운데로 옮겨왔다. 지난번 동대문경찰서야구단과의 연습 경기에서 친 깨끗한 중전 안타. 그 손맛이 아직도 생생하다.

"명광아, 다음 이닝부터는 형이 들어갈 테니까 네가 2루수 보는 거야, 알지?"

명광이의 표정이 진지해진다.

"어차피 공이 멀리 안 가니까 공을 잡으면 바로 1루로 토스해. 1루수 형은 그 자리에 붙어서 잘 안 움직이니까 네가 잘 던져야 돼, 알았지. 유격수 주장 형이 발도 빠르고 이쪽으로 잘 던져줄 거니까, 너는 주장 형 믿고 네 공만 잘 받으면 돼."

직접 2루 수비 폼을 시범으로 보여주는 서진이. 서진이를 보고 있으니 아이들의 자존감이 형성되는 과정이 고스란히 보이는 듯하다.

진료현장에서 가장 많이 듣는 말이 '자존감'이다. 자신에 대한 긍정적인 감정을 뜻하는 자존감은 자존심과 비슷하지만 차이가 있다. 가장 큰 차이는 타인의 평가에 휘둘리지 않는다는 것. '자존심에 상처 입었다'는 표현에 잘 나타나듯이 자존심은 수동적인 측면이 있다. 자존심을 만드는 것은 내가 아닌 남이다. 반면 자존감을 만드는 것은 '나'다. 나에 대한 자랑스럽고

충만한 느낌. 자존감이 있는 아이들은 상황에 연연하지 않는다. 그저 내가 나이면 족한 것이다.

자존감이 만들어지는 데는 작은 일부터 성취감을 느끼는 것이 중요하다. 지금 서진이가 그러하듯이. 2루 수비가 좋아지자 서진이는 덩달아 공격에도 자신감이 붙는다. 더 이상 공이 무섭지 않다. 이제는 여유까지 생긴다. 눈에 잘 띄지 않아도 부지런히 나오던 명광이에게 2루수 포지션을 빼앗길까 은근히 신경 쓰던 서진이. 이제 명광이에게 자신의 기술을 전수한다. '명광이가 잘해야 할 텐데.' 명광이를 챙기는 자신의 모습이 서진이는 더욱 더 대견하다. 한 번 더 자존감이 업그레이드된다.

마치 자신이 그라운드에 있는 듯, 서진이의 눈이 2루 베이스에 고정된다. 오늘 경기 종반의 관전 포인트는 내야 수비다. 5회 초에는 명광이 쪽으로 가는 공이 없어서 무사히 마쳤다. 더그아웃으로 들어오는 명광이의 글러브를 서진이가 야무지게 매만진다.

마지막 6회 초. 여전히 푸르미르야구단의 2루는 명광이가 지키고 있다. 타석에는 오늘 2루타가 있는 김타자. 금성중야구부의 4번 타자다. 1사 주자는 1루. 홈런이라도 나온다면 순식간에 점수는 2점차로 좁혀진다. 교체 투수로 나온 유주도 이 점을 알고 있다. 쨍! 공이 멀리 날아 간다. 파울이 되기는 했지만 조금만 안쪽으로 들어왔다면 너끈히 2루타가 되는 장타다. 유주는 장타를 주지 않겠다고 마음먹는다. 공을 최대한 낮게 던지려는 기색이 역력하다. 야구박사 김 작가가 오늘 시합의 해설자로 나선다.

"선생님, 잘못하면 병살타 코스가 되겠는데요. 타자는 무조건 치려고 하고, 공은 낮게 깔리잖아요. 이야, 여기서 병살타가 나오면 대박이겠는데. 푸르미르야구단이 병살타를 잡은 적은 없죠?"

금성중야구부로는 오늘 경기의 마지막 찬스다. 여기서 적시타가 터진다면 경기 흐름이 어떻게 바뀔지 알 수 없다. 주자가 출루하자 푸르미르야구단의 내야진도 수비 자세를 고쳐 잡는다. 압박 수비를 하는 내야에 팽팽한 긴장감이 감돈다. 투 스트라이크 투 볼. 승현이가 유주에게 다가와 뭔가를 말하고 간다. 무슨 말을 했을까. 평소 직구를 많이 던지는 유주가 아래로 떨어지는 공을 던진다. 땅볼 유도다.

"설마! 정말 병살타를 노리는 것 같은데요. 오늘 정말 겁이 없는데요. 그런데 병살타를 잡으려면 키스톤 콤비가 잘 맞아야 하는데, 명광이가 할 수 있을까요."

딱! 유주의 다섯 번째 공이 유격수 쪽으로 날아간다. 이 공이 아웃카운트 두 개를 잡아낼 수 있을까.

끝날 때까지 끝난 게 아니다

야구에 대한 수많은 명언이 있지만 그중 가장 유명한 것 중 하나는 야구는 '끝날 때까지 끝난 게 아니다'라는 것. 지금까지는 푸르미르야구단이 4대 0으로 앞서 있지만 결과는 장담할 수 없다. 게다가 아직 서툰 명광이가 내야에 있다. 2루수가 어떤 자리인가. 키스톤. 건물 아치에서 맨 꼭대기에 넣는 돌로, 이 돌을 제거하면 아치는 파괴된다. 야구에서는 유격수와 2루수를 합쳐서 키스톤 콤비라고 한다. 키스톤 콤비가 자리를 잡지 못하면 수비가 어수선해진다. 키스톤 플레이의 최고는 무엇보다 병살타를 잡는 데 있다.

병살타. 내가 친 공에 우리 팀 주자까지 아웃되는 최악의 상황. 흔한 말로 '물귀신 타구'라고도 한다. 타자 혼자만 죽으면 되는데 루에 나가 있는 우리 팀 주자까지 죽이니 말이다. 오죽

하면 '병살타 세 번을 치고 이기는 경기가 없다'는 속설까지 있겠는가.

병살타가 나오는 상황은 여러 가지다. 일단 타자가 타격을 하면 모든 선수는 다 수비수가 된다. 투수나 포수도 제2의 내야수가 된다. 병살타가 될 때 보통 타자가 친 공은 포수와 내야수 사이에 떨어지는 땅볼이 될 경우가 많다. 땅볼은 보통 유격수에게 간다. 유격수에서 다시 2루수로, 2루수에서 다시 1루수로 이어지는 플레이가 가장 흔한 병살타다. 공격하는 입장에서는 순식간에 흐름이 끊겨버리는 가장 기분 나쁜 상황이 바로 병살타다.

수비하는 입장에서 병살타 처리는 물론 쉽지 않다. 먼저 유격수가 깔끔하게 공을 잡아서 조금도 지체하지 않고 2루로 송구해야 한다. 2루수가 여기서 어물쩍거리면 주자는 아웃시켜도 1루로 뛰는 타자를 놓치는 일이 허다하다. 병살타를 잡는 내야진들은 마치 한 몸처럼 움직인다. 그들의 일사불란한 플레이를 지켜보면 중계플레이의 역동성과 아름다움 같은 것이 느껴진다.

"어, 유격수 쪽으로 공이 잘 갔어요. 내야 땅볼은 일단 됐는데요."

김 작가의 말대로 방망이에 힘없이 맞은 공은 내야를 넘기지 못한다. 유격수 승현이의 글러브 안으로 빨려 들듯이 공이 들어간다. 순발력 좋은 승현이가 재빨리 2루 베이스를 밟고 있는 명광이에게 토스한다. 센스 있는 승현이는 명광이의 신체 조건을 고려해서 공을 낮고 짧게 던진다.

'받기 쉬운 공이다.' 명광이가 안정감 있게 공을 잡는다. 아직 타자는 1루까지 반도 오지 않았다. 제대로만 던진다면 병살타를 만들 수 있는데. 명광이는 과연 이 상황에서 1루로 던질 수 있을까. 우려 반 기대 반으로 더그아웃의 모든 푸르미르야구단 선수들이 명광이의 오른손을 주시한다. 5초도 되지 않는 짧은 순간. 명광이가 공을 글러브에서 꺼내 침착하게 1루로 송구한다. 6-4-3 병살타! 채정이가 1루에서 "나이스!" 하고 외친다.

"잘했어, 명광아!"

승현이도 손을 크게 들어 격려한다. 첫 시합에서 잡은 첫 병살타. 승현이 형과 채정이 형 사이를 내가 연결하다니. 명광이의 마음이 으쓱하다. 첫 경기에서 가장 중요한 호수비를 내가 해냈다. 이 병살타로 어쩌면 명광이의 마음에 자존감이 스멀스멀 똬리를 틀기 시작할지 모르겠다.

6회 말 마지막 공격이 남았지만 기세는 푸르미르야구단으로 완전히 기울었다. 4대 0. 추가점 없이 경기는 종료된다. 푸르미르야구단 선수들이 모두 그라운드에 모여 승리의 환호를 외친다.

"잘했다! 여기 빨리 와서 짜장면 먹어라!"

첫 승에 기분이 좋은 박 경사가 큰소리로 외친다. 배고픈 줄도 모르고 경기하던 아이들. 짜장면 소리를 들으니 갑자기 허기가 몰려온다. 허 경장이 나와 김 작가를 챙긴다.

"선생님들도 와서 같이 드세요."

바지런하게 현장의 모든 일을 챙기는 허 경장. 아직도 아이들에게 젓가락을 배분하느라 바쁘다. 그러고 보니 허 경장은 늘 가장 마지막에 먹는다.

"경장님은 왜 같이 안 드세요?"

"아이들이 어떻게 또 변덕을 부릴지 모르니까요. 짜장면을 시켜놓고도 꼭 마음이 바뀌어서 짬뽕을 먹겠다는 애들이 나오거든요. 어쩌겠어요, 제가 남는 걸 먹어야죠."

박 경사가 있는 곳에 항상 뒤따라 붙어 있던 허 경장. 박 경사가 큰 목소리로 파이팅하는 성격인 데 반해 허 경장은 조용한 '그림자' 같다. 하지만 현장의 궂은 실무 하나부터 열까지 허 경장의 손이 닿지 않는 곳이 없다. 경기 시작 전 아이들에게 연락하고 장비를 챙기는 것은 기본이고, 이동할 때는 운전부터 장소 예약까지 모두 처리해야 하지만 허 경장은 척척 해낸다. 궂은일을 하면서도 표시내지 않던 허 경장이지만 오늘은 그도 첫 승에 가슴이 벅차오르는지 평소답지 않게 목소리가 높다.

"너희들, 오늘 정말 잘했다. 여기 만두도 더 있으니까 많이 먹어."

자기 앞에 놓여 있는 만두까지 덜어서 아이들의 그릇에 놓아 준다. 불어터진 짜장면과 짬뽕이 이렇게 맛있을 수 있을까. 오늘의 마무리 투수인 유주가 기분 좋게 한마디 한다.

"이건 짜장면이 아니라 승리의 맛이야. 그치. 왜 이렇게 맛있냐."

첫 경기 압승. 첫 병살타. 첫 세이브. 푸르미르야구단의 승승장구가 시작되었다.

6회

야구장 습격 사건

"승리하면 배울 수 있다.
그러나 패배하면 모든 것을 배울 수 있다."

-크리스티 매튜슨-

두 번째 공은 없다

날씨가 점점 선선해진다. 경기하기 딱 좋은 날씨로 바뀌고 있다. 시합을 하고 나니 알겠다. 연습보다 시합이 훨씬 재미있다. 첫 시합인 금성중야구부와의 경기는 다소 싱겁게 푸르미르야구단이 압승을 거두었다. 아이들은 반응이 빠르다. 시합 한 번 이겼다고 기고만장이다.

"어떤 팀이랑 붙어도 이길 것 같지 않냐?"

이제는 좀더 센 팀을 만나고 싶다며 큰소리를 친다. 몸이 근질근질한 분위기다. 박 경사가 시합 일정을 알린다.

"이번 상대는 동대문주니어 팀이다. 장소는 청량중학교."

기세가 오를 대로 오른 푸르미르야구단. 승리의 기억을 가지고 오늘의 상대를 맞는다. 오늘은 박 감독이 경기장에 나왔다. 아이들은 박 감독 없이도 지난 경기를 이겼는데 오늘은 박 감독까지 나왔으니 콜드게임을 거둬야 하는 것 아니냐며 재잘거린다.

그때 지나가던 청량중야구부 선수 세 명이 박 감독을 알아보고 다가와서 사인을 요청한다. '우리 감독님이야.' 푸르미르야구단 아이들은 뭔가 으쓱한 기분이 들고 더욱 자신감이 붙는다. 심지어 몇몇 아이들은 "오늘은 1진이 다 나갈 필요 있겠어? 그 동안 경기에 잘 나가지 못한 2진으로 경기를 하지 뭐"라며 거들먹거린다.

오늘도 더그아웃에서는 여전히 박 경사와 허 경장이 아이들을 챙긴다. 허 경장은 행동이 도드라지진 않지만 항상 눈은 아이들을 향한다. 혹시 홀로 있는 아이는 없는지, 몸이 불편한 아이는 없는지, 늦는 아이는 없는지… 허 경장이 바라보는 곳은 그 어딘가 빈 곳이다. 허 경장이 움직이면 빈틈이 생겼다는 뜻이다. 허 경장은 그 빈틈을 소리 소문 없이 메운다. 항상 그림자처럼 움직이지만 그래도 눈에 안 띌 수가 없다. 훤칠한 키와 깨끗한 마스크 덕분이다. 그래도 '그림자' 허 경장은 말없이 박 경사를 보좌한다.

"오늘 수철이랑 민우는 안 온대?"

박 경사가 불참한 아이들을 확인하자 허 경장이 다시 바빠진다.

"수철이는 외가에 갔다고 연락 왔구요. 민우는 오늘 못 온다고 부모님한테서 전화 왔어요. 이유는 말씀 안 하시던데요. 그리고 경기 마치고 식사는 김밥으로 주문해놓을까요?”

벌써 경기 마치고 아이들 밥 먹일 일까지 생각하는 허 경장. 박 경사가 허술한 편이지만 아이들을 아끼는 아버지 같다면, 허 경장은 말없이 살림을 챙기는 어머니 같다. 아이들을 진심으로 지도하는 박 감독까지. 나름 잘 갖추어진 푸르미르야구단의 삼각편대. 오늘 동대문주니어 팀과의 1차전도 문제없다.

“동대문주니어 팀은 우리처럼 몇몇 학교가 뭉쳐 있다. 그게 무슨 뜻인지 알지? 너희들처럼 그 안에도 수준 차이가 있다는 뜻이다. 오늘 선발은 공이 빠르다. 하지만 우리 선발도 에이스다. 지난 경기의 기세를 몰아서 신나게 한 번 해보자.”

박 감독은 아무 말이 없는데, 오늘도 역시 경기의 시작은 박 경사의 훈시다. 경기를 뛰고 싶어서 몸이 근질근질한 아이들. 1루수 채정이는 방망이 두 개를 들고 ‘붕붕’거린다. 방망이 하나로는 성에 안 찬다는 눈치다. 외야를 훌쩍 넘겨야 만족할 것 같다. 영훈이는 공도 없이 투구 훈련을 한다. 승현이가 “공도 없이 무슨 투구 연습이냐”고 핀잔을 주자, “이미지트레이닝”이라며 ‘퉁’친다.

1회 초는 동대문주니어 팀의 선공이다. 선발 투수로 마운드에 오른 유주의 공이 좋다. 동대문주니어 팀은 무득점. 1회 말 푸르미르야구단의 공격. 상대 선발도 공이 빠르다. 세 타자 연속 범타 처리 한다. 아마추어 경기에서 보기 드문 투수전 양상이 될지도 모르겠다.

처음 야구를 보기 시작했을 때는 안타, 홈런이 빵빵 터지는 경기가 박진감 있다고 여겼다. 주거니 받거니 하면서 점수가 터져서 도대체 경기가 언제 끝날지 알 수 없는 경기가 최고라고 생각했다. 야구를 보는 횟수가 늘어날수록 9회까지 0대 0의 상황이 계속되는 투수전이야말로 야구의 백미라는 것을 알게 되었다. 9회까지 0대 0이라면 스물일곱 번의 공격 기회를 아무도 득점으로 연결하지 못했다는 뜻. 터질 듯 터지지 않는 경기. 아무도 0대 0으로 끝내리라고는 생각지 않는다. 폭발은 예고되어 있다. 다만 폭발 순간만 모를 뿐이다. 시한폭탄의 심지가 야금야금 불을 먹는 순간을 보고 있는 듯한 짜릿함. 투수전의 묘미란 그런 것이다. 터질 듯 나지 않는 점수를 보고 있으면 그야말로 애간장이 탄다.

9회까지 무득점이라는 것은 또한 그때까지 마운드에 올라선 모든 투수가 다 호투를 했다는 이야기다. 선발이 초반을 잘 틀어막고, 선발이 지칠 때쯤 막강 불펜이 가동되어 중반전을 또 쫄깃하게 만든다. 양 팀 다 중반전 불펜 대결도 무승부. 이제 승부는 마무리 싸움이다. 이쯤 되면 그야말로 공 하나 하나에 혼을 불어넣는 투구를 하지 않을 수 없다. 일구이무一球二無. 선수에게 두 번째 공은 없다는 '야신' 김성근 감독의 좌우명이 절로 떠오른다.

역시 예상대로 투수전 양상이다. 4회까지 0대 0. 이제 양 팀 불펜 가동인가. 먼저 푸르미르야구단이 선발을 내린다. 오늘 불펜으로 나온 승운이가 먼저 1점을 내준다. 동대문주니어 팀 선발 이투수는 계속 호투한다. 4회 말까지 1대 0. 그때까지 상대 투수는 완투다. 이 기세라면 완봉도 가능하겠다.*

5회 초 동대문주니어 팀의 공격. 수비를 맡고 있는 승현이의 표정이 좋지 않다. 승현이는 감정에 솔직한 아이다. 표정을 숨기지 못한다. 좋으면 좋은 대로, 나쁘면 나쁜 대로 얼굴에 다 드러난다. 표정이 좋지 않다는 것은 뭔가 안 좋은 일이 일어나고 있다는 뜻이다. 살펴보니 2루에 출루한 선수와 뭔가 실랑이를 벌이는 모습이다. 무슨 일일까. 궁금하지만 지금은 아무 말도 할 수 없다.

6회 말, 주자 2사 1루. 마지막까지 왔다. 타석에는 영훈이. 선발 이투수는 여전히 지친 기색이 보이지 않는다. 1루 진영이는 무리해서 도루하지 않는 스타일. 영훈이가 외야까지 가는 안타를 쳐야 진영이가 3루까지라도 갈 수 있다. 원 스트라이크 원 볼. 마운드의 이투수가 포수와 길게 사인을 주고받는다. 초조

* 완투完投는 선발 투수가 홀로 경기 마지막까지 던지는 것, 완봉完封은 무실점으로 완투하는 것이다.

해진 쪽은 영훈이. '쨍' 하는 타구 음이 들린다. 방망이와 함께 영훈이의 몸이 크게 비틀거린다. 다시 스트라이크. 이제 카운트는 동대문주니어 팀이 절대적으로 유리하다.

"같은 코스로 들어와도 영훈이가 못 치겠는데요."

김 작가의 불길한 예언은 현실이 된다. 2대 0. 이투수의 6회 완봉, 완투에 힘입어 푸르미르야구단은 동대문주니어 팀에 2대 0으로 패했다. 아이들은 지켜보고 있는 박 감독에게 괜히 면목 없다. 더그아웃으로 들어오는 어깨가 전부 축 쳐져 있다. 아이들의 심정을 모를 리 없는 박 감독이 자신의 스타일대로 격려한다.

"오늘 경기 잘했다. 모두 수고했다."

말이 짧다. 호투를 하고도 승운이와 유주는 박 감독에게 죄송한 기분이 든다. 유주가 괜히 박 감독에게 배운 체인지업 그립을 잡아본다. 마음이 급한 아이들. 박 경사에게 이구동성 외친다.

"오늘 이상했어요. 터질 듯 터질 듯 안 됐어요. 다음에 꼭 2차전 해요."

박 경사가 허 경장에게 눈짓을 보내자 허 경장이 동대문주니어 팀 감독에게 다가간다. 푸르미르야구단 아이들의 눈이 모두 허 경장에게로 향한다. 더그아웃으로 돌아온 허 경장이 박 경사에게 귀엣말을 말한다.

"다음달 6일, 2차전이 이 장소에서 있다. 그때까지 모두 준비 잘 하자."

설욕전의 기회가 생겼다. 아이들 중 몇몇은 오늘 졌다는 사실은 금세 잊고 다음 경기는 이기기라도 한 듯 눈빛이 이글이글 불탄다. 낙천적이라고 해야 할까, 승부욕이 좋다고 해야 할까.

다 그런 것은 아니다. 오늘같이 타격이 터지지 않는 날 몇몇 아이들은 신경이 날카로워진다. 평소보다 잘하는 아이가 있는가 하면 못하는 아이도 있다. 비록 경기에는 졌더라도 평소 실력을 발휘한 아이들은 표정이 밝다. 반대로 제 실력을 발휘하지 못한 아이들은 기운이 없어 보인다. 승부욕이 남다른 승현이가 유독 분한 얼굴이다.

홈런보다 퇴장

승현이는 첫 면접 때부터 눈에 띄었다. 자연스러운 블루블랙 스키니진 차림. 한눈에 봐도 멋을 부린 게 확실했다. 말은 또 어찌나 잘하던지. 말이 많은 것은 아닌데, 자신의 생각을 조리 있게 풀어가는 솜씨가 대단했다. 유주가 한 말, "말로는 아무한테도 안 져요"라는 게 어떤 건지 실감이 갔다. 첫 연습 때는 혼자만 검은 장갑을 끼고 나타났다. 눈에 띄지 않을 수 없었다.

기분 좋은 첫 승을 거둔 금성중야구부와의 첫 경기. 모두 승리의 기쁨에 도취되어 있던 그때 휠체어를 챙기고 있는 나에게 승현이가 다가왔다.

"오늘 또 내려가셔야 하는 거예요? 선생님도 고생이 많으시네요."

나이답지 않게 주변 사람을 챙기는 어른스러운 면도 있었다.

주장의 뜻밖의 인사를 받고 나는 무슨 말을 해야 할지 몰라 대충 얼버무리려는데, 승현이가 모자를 벗어 90도로 인사했다. 뿌듯했다. 나는 그저 아이들의 경기를 지켜보고, 아이들의 이야기를 듣는 것뿐인데. 사실 불편한 몸으로 더그아웃에 앉아서 경기를 보다 보면 때때로 자괴감 비슷한 감정이 몰려올 때도 있다.

'나도 감독님처럼 경기를 직접 해보고, 가르칠 수 있다면 좋을 텐데.'

욕심이 많다고 할 수도 있겠다. 하지만 신나게 그라운드를 뛰는 아이들과 경찰, 감독을 보면 더그아웃에 앉아 있는 내 모습이 때로는 초라하게 느껴지는 것도 사실이다. 내가 경기장에서 뛸 수 있다면 아이들도 더 가까이 느낄 텐데.

마음이 위축되면 먼저 인사하는 것도 어색했다. 정식 경기를 하고 나니 그런 마음이 더 들었다. 이런 내 마음을 안다는 듯, 더그아웃에 외따로 있는 나에게 승현이가 먼저 손을 내민 것이다. 고마운 마음에, 늘 궁금했지만 한 번도 묻지 못했던 말을 용기 내어 물었다.

"승현아, 너는 휠체어를 타고 온 나를 보고 제일 먼저 무슨 생각을 했어?"

진지한 대답을 원했던 나에게 승현이가 큰 소리로 웃으며 말한다.

"아름다우시다, 이렇게 생각했는데요. 하하하."

당돌한 말에 나도 덩달아 크게 웃을 수밖에 없었다. 도대체 주저함이라고는 없는 아이이다. 저 당당함, 자신만만함이라니. 탄력을 받은 내가 다시 한 번 물었다.

"너는 몸이 불편하다면 어떨 것 같아?"

이번에도 승현이는 지체 없이 대답한다.

"상관없이 제가 하고 싶은 대로 할 거예요."

질문이 무색해지는 답변. 승현이는 어떻게 하면 사람들에게 호감을 사는지 본능적으로 알았다. 1학년 때는 소소하게 말썽도 부렸다는 것이 박 경사의 평가였는데.

"하하하. 이제 철들었어요. 그때는 어렸죠. 친구들도 좀 사귀어야 했고. 보세요, 지금도 그라운드를 지휘하고 있잖아요."

어떤 질문을 해도 호락호락하지 않다. 그렇다면 야구 이야기를 해도 그럴까.

"야구하면서 가장 해보고 싶은 건 뭐야? 홈런? 도루? 결승타?"

대부분의 아이들은 이 질문에 만루 홈런이라고 대답한다. 시크남 승현이에게 만루 홈런은 뭔가 좀 어울리지 않는 것도 같은데. 아니나 다를까, 이번에도 예상을 비켜난 답변이다.

"선생님, 저는요 퇴장 한번 당해보고 싶어요. 퇴장당하면 어떤 기분일지 궁금해요."

야구하면서 가장 해보고 싶은 게 '퇴장'이라는 이 아이의 마음속에는 도대체 무엇이 들어 있을까. 어쩌면 저건 승부욕의 또 다른 이름일지도 모르겠다. 전쟁에 빗대자면 퇴장당하거나 혹은 퇴장을 유도하는 선수는 일종의 선봉장이다. 단기필마單騎匹馬로 나서서 군에 사기를 불어넣는 장수다. 《삼국지》니 《초한지》 같은 이야기를 보면 항상 그 나라에서 가장 싸움을 잘하는 장수가 선봉장을 맡아 전투에 나서고, 그 장수의 전투력이 승패 여부를 결정짓는 경우가 많다.

야구에서도 비슷하다. 경기 흐름이 묘하게 돌아간다고 느낄 때 영리한 선수는 일부러 싸움을 유도한다. 기세 싸움이다. 그 상대가 상대 팀일 수도 있고, 판정을 애매하게 하는 심판일 수도 있다. 어쨌든 싸움을 걸면 대가를 치러야 한다. 심판이 퇴장을 선언한다. 예정된 수순이다. 선수는 받아들일 수 없다며 항의한다. 더그아웃의 우리 팀 선수 모두가 이 모습을 보고 일어선다. 벤치클리어링이 일어나는 상황. 그런 상황을 승현이는 두려워하지 않는다. 오히려 즐기는지도 모르겠다. 지금 보니 여유 있는 표정 뒤로 감춘 눈매가 날카롭다.

"스스로 생각할 때 승부욕은 좀 있는 것 같아?"

"경기하면서 승부욕이 없는 사람도 있어요?"

우문에 현답. 오늘 경기가 분한 것도 이해가 된다. 그때 박 경사가 승현이를 부른다.

"아까 왜 그랬어?"

"아, 진짜. 수비 보는데 계속 옆에서 말로 방해를 하잖아요. 야유하고 비꼬고. 우리 팀 투수가 실투를 해서 공이 몸 쪽으로 붙었는데 붙여라, 붙여라, 한 번 맞아보자, 라고 하지를 않나. 제구가 안 된다면서 방망이는 그냥 들고 있어라, 그러지를 않나. 그것도 한두 번이지. 매너가 아니다 싶었어요."

"그래서?"

"그래서 그냥 저도 한 번 살짝 비꼬아줬어요. 가만히 있으면 우리를 얕볼 것 같더라고요. 진짜. 아까 유니폼 입을 때 보니까 학년도 어린 것들이."

"그래, 어쨌든 형으로 잘 참았다. 그만하면 됐어."

박 경사는 승현이의 성격을 잘 안다.

"이번에는 져서 더 분한 걸 거다. 다음에는 상대도 안 되게 이겨주면 돼. 그래도 주장이 이렇게 화를 더 내면 어떻게 해? 다른 애들이 화를 내도 주장이 다독여야 하는 판에."

승현이가 박 경사의 말에 고개를 끄덕인다. 두 사람이 나누는 이야기를 모두 들었지만 나는 못 들은 척하기로 한다. 자존심 센 승현이는 그 모습을 나에게 들키고 싶어 하지 않으리라. 대신 나는 휠체어를 밀고 승현이에게 다가간다. 저 아이에게 필요한 방식으로 분을 풀어줘야겠다고 생각해 말없이 이온음료를 건넨다. 다른 말은 필요 없다. 이번에는 내가 승현이에게 쿨하게 말할 차례다.

"다음에 이기는 거 보러 또 올 거다. 알지?"

그제야 피식하고 승현이가 웃는다.

오늘은 기세가 너무 좋아서 졌다. 몸 상태가 너무 좋을 때 오히려 실수를 한다는 말이 있다. 그렇다고 일부러 기세를 죽일 필요는 없다. 적절한 조절이 중요하다. 과연 아이들은 오늘 그 교훈을 얻었을까. 아니다. 지금 이 활기찬 아이들은 다음 시합에서는 더 기세를 올려서 이기자고 할지도 모르겠다.

나는 십대의 마음을 모른다. 다음 시합이 예측이 안 된다. 그래서 다음 시합이 더 궁금하고 더 기대가 된다. 다음 시합은 동대문주니어 팀에 대한 설욕전이다.

'구멍'의 반격

"류 선생님, 지금까지 가장 많이 개근한 학생이 누구인지 아세요?"

느닷없는 허 경장의 질문에 잠시 말문이 막힌다. 오늘은 동대문주니어 팀과 2차전이 있는 날. 가을 하늘이 더없이 높고 맑아 야구하기 딱 좋은 날씨. 다른 팀과 경기가 있고부터 나는 아이들 한 명 한 명보다 경기 그 자체에 몰두하고 있었다. 게다가 내일모레부터는 프로야구 포스트 시즌이 펼쳐진다. 응원해 오던 팀이 11년 만에 가을야구를 하게 된 터라 한껏 기대에 부풀어서 어느새 나는 아이들 하나하나에 대해서는 신경을 조금 놓아버리고 있었다.

"글쎄요, 승운이도 많이 나온 것 같고… 3학년 중에는 유주, 승현이도 잘 나오고… 서진이랑 연우도 항상 나왔던 것 같은데요. 말수가 적어서 그렇지 진지하잖아요, 걔들이."

허 경장의 표정을 보니 답이 틀린 것 같다. 글쎄, 그럼 누구지? 참, 채정이도 야구에 재미를 붙인 것 같던데.

"선생님, 명광이랑 이야기 좀 나눠보셨어요? 저기 보세요. 오늘도 더그아웃에 앉아 있지만 그라운드를 뚫어지게 보고 있잖아요."

그제야 명광이에게 미안한 마음이 들어 나는 변명을 늘어놓는다.

"명광이가 낯을 많이 가리더라고요. 몇 번 물어봐도 자기 이야기를 잘 안 해요. 처음에는 명광이가 몇 번 나오다 말 줄 알았어요. 사실 저도 저 또래 새터민 아이들은 처음 봤어요. 무슨 생각을 하는지 통 짐작이 안 돼서 말이에요."

첫 면접부터 명광이는 유난히 눈에 띄었다. 푸르미르야구단의 유일한 1학년이자 새터민이다. 이 특별한 이력만으로도 관심을 가질 만한데 첫 면접에 나타난 명광이는 남들보다 키가 머리 하나는 작았다. 말 그대로 왜소한 체격. 면접 때 눈맞춤을 하지 않았을 뿐 아니라 대답도 단답형으로만 했다. 명광이에 대한 첫 인상이 그렇게 박힌 나는 이후에도 명광이를 눈여겨보지 않았다.

"유니폼 맞추러 야구아카데미에 간 날 투구 연습을 했잖아요. 그날 명광이가 칭찬을 받았어요. 체격이 작아서 못 던질 줄 알았는데 온몸으로 투구하는 모습이 인상적이라고 칭찬을 받았죠. 프로 선수들한테 칭찬을 받으니까 기분이 좋은지 그날은 계속 웃는 얼굴이더라고요."

허 경장의 말을 듣고 보니 그제야 기억이 난다. 치수를 재기 전 개인 투구 연습을 했다. 아이들의 투구 폼은 크게 둘로 나뉘었다. 팔에만 힘을 줘서 상체로만 던지는 아이, 하체에서부터 힘을 실어와서 온몸으로 공을 던지는 아이. 그러나 대부분이 팔과 손목을 이용해서 공을 던졌다.

명광이는 하체를 이용해서 공을 던지는 몇 안 되는 아이였다. 아니, 하체를 이용한다는 말도 사실 정확하지 않다. 말하자면 온몸을 활처럼 말아서 자신의 몸 자체를 하나의 방아쇠로 이용한다고 할까. 어쩌면 다른 아이들보다 머리 하나는 작은 체구로 공을 던지려면 이런 자세여야 한다는 걸 본능처럼 아는 것 같기도 했다. 혼신의 힘을 다해 공을 던지는 모습을 봐놓고도 나는 왜 명광이가 그저 남들보다 키가 머리 하나는 작은 아이라고만 생각했을까.

연습 중간이나 자신의 치수를 재려고 기다릴 때 명광이는 습관적으로 '열중 쉬어' 자세를 했다. 몸이 작아서 눈에 잘 띄지는 않았지만 몸에 밴 듯한 행동. 다른 아이들이 왁자지껄 떠들기 바쁜 것과는 확실히 대조되는 행동이었다. 약간 경직되어 보이는 그 행동을 본 뒤로 나는 명광이가 그렇게 혼신의 힘을 다해 투구하는 모습도 놓쳐버리고 말았다.

정신과 수련을 하면서 배운 칭찬의 요령이 문득 생각난다. '작은 일에서 포착하여 구체적으로 말할 것.' 말하지 않더라도 아이들은 몸으로 표현한다는 것을 다시 한 번 깨닫는다. 나는 명광이에게 호구조사부터 할 것이 아니라 투구 폼부터 말했어야 했다.

마음의 눈을 뜨자 '왜소하고 조용한 아이' 명광이가 다르게 다가왔고, 첫 연습 때가 기억났다. 이날 박 감독은 재미있는 훈련을 알려주겠다면서 다양한 프로그램을 진행했다. 공 던지기, 달리기, 2인 1조 공 던지고 받기 등등. 이날 훈련의 하이라이트는 일명 '펑고'였다. 펑고는 가르치는 사람이 방망이로 공을 치면 수비가 공을 보고 잡으러 가는 가장 기초적인 수비 훈련이다. 일흔이 넘은 노감독도 매일 수천 개씩 선수들과 한다는 야구 훈련의 기본 중 기본이다.

이날 펑고 연습 때 명광이는 자기 차례가 아닌데도 똑같이 자세를 취하며 예비 연습을 했다. 푸르미르야구단 아이들 중 유일했다. 어쩌면 저 아이의 작은 몸에 남다른 승부욕이 숨어 있을지도 모르겠다. 명광이는 예습에도 불구하고 계속 위치를 제대로 잡지 못해 공을 놓쳤다.

명광이를 관심 있게 지켜보던 허 경장이 다시 입을 연다.

"선생님, 저기 명광이를 보세요. 타격 폼이 많이 바뀌었어요.

방망이를 휘두르는 자세가 적극적이에요. 아직 하체가 약해서 몸의 회전이 안정적이지는 않지만. 예전에는 아예 기다리기만 했는데 지금은 '공아 덤벼라' 하는 자세로 타격을 하고 있어요."

동대문주니어 팀과의 1차전 경기. 교체 2루수로 기용되었지만 명광이는 여전히 공격의 '구멍'이다. 방망이를 휘두르기만 하면 헛스윙 삼진이 될 게 뻔해 보인다. 명광이의 첫 타석. 푸르미르야구단의 더그아웃에서 "기다려. 기다려!" 하는 소리가 크게 들린다. 포볼을 노리라는 이야기다. 상대 투수는 제구가 좋았고 이제 카운트는 투 스트라이크 투 볼로 명광이에게 불리한 상황이다. 공은 원하는 대로 포수 미트에 들어갔고, 명광이가 할 수 있는 것은 포볼밖에 없다, 라고 다들 생각했다. 투쓰리까지 갈 수 있을까. 과연 스트라이크 존을 정확하게 강타하는 공이 들어왔고, 명광이는 방망이 한번 휘두르지 못하고 삼진이 되었다.

같은 팀, 같은 투수와의 재대결. 근소한 점수 차로 푸르미르야구단이 앞서가는 상황. 5회 말 원 아웃. 다시 명광이의 타석이다. 이번에도 더그아웃에서는 "기다려! 기다려!" 하는 형들의 함성이 들린다. 이번에 명광이가 출루만 한다면 다음 타석은 인호. 가능성이 있다. 인호는 박 감독에게 "나쁜 공에는 방망이가 나가지 않고, 타격 스피드가 좋다"는 칭찬을 들은 적 있다. 제발 명광이가 그냥 포볼로 출루하면 좋을 텐데. 다행인 것은 5회가 되면서 상대 투수도 제구가 조금 흔들린다는 것이다.

모두들 명광이가 포볼로 출루할 것이라고 기대하던 그 순간, 명광이가 방망이를 휘두른다. 스트라이크 존으로 정확히 들어오는 공이다. '쨍' 하고 공이 방망이 밑과 부딪치는 소리가 난다. 스트라이크가 되기는 했지만 처음으로 명광이의 방망이가 공을 맞혔다! 기분이 이상하게 좋다. 더그아웃의 아이들은 여전히 이기고 싶은 마음에 "볼넷! 볼넷!"을 외쳐댄다. 명광이에게 저 소리가 들릴까. 타격 자세를 고쳐잡는 명광이의 표정이 진지하다.

명광이가 공을 맞힌 모습을 푸르미르야구단 아이들은 보지 못했지만 상대 투수는 정확하게 보았다. 무조건 삼진을 잡고 아웃카운트 하나는 잡고 갈 것이라고 생각했던 '구멍'이 내 공을 치다니. 상대 투수의 어깨에 힘이 들어간다. 포수 미트를 한참 벗어난 누가 봐도 확연한 볼이 연속 두 개 들어간다. 어느새 아웃카운트는 원 스트라이크 쓰리 볼. 지금 투수의 제구로 봤을 때는 포볼이 될 가능성도 상당히 높다. 과연 어떤 공이 들어갈까. 그리고 명광이는 어떤 선택을 할까.

코너에 몰린 동대문주니어 팀이 명광이에게 볼넷을 줄 리 없다. 아래쪽으로 살짝 걸치는 스트라이크. 이번에는 명광이의 방망이가 공보다 늦었다. 투쓰리. 이제 마지막까지 왔다. 삼진이냐 볼넷이냐. '딱!' 공이 방망이에 맞는 소리가 났다. 아이들의 시선이 일제히 그라운드를 향한다. 명광이가 멀리 칠 수 없을 것이라고 판단했던 동대문주니어 팀의 수비진은 내야에 중점을 둔 얕은 수비 포맷. 외야수는 아예 수비 위치조차 제대로 잡지 않았다. 공이 내야를 지나 점점 더 뻗어나간다.

"저러다가… 어… 어… 안타 되는 거 아냐?"

아이들의 시선이 다 함께 한방향으로 공을 따라간다. 아쉽다. 궤적은 잘 맞았지만 힘이 조금 약했다. 2루수의 키를 살짝 넘기고 공이 떨어진다. 앞으로 나와 있던 2루수가 급하게 뒤로 빠지면서 공을 잡았기에 망정이지 수비가 한 발만 늦었다면 우중간을 가르는 깨끗한 안타가 될 뻔했다. 투쓰리에서 나온 외야 플라이아웃. 아웃되기는 했지만 명광이의 표정이 밝다.

"수고했다."

더그아웃으로 들어오는 명광이에게 주장 승현이가 등을 가볍게 친다. 다른 아이들도 잘했다며 명광이의 어깨를 친다. 별것 아닌 듯이 치는 몸짓들. 명광이는 형들에게 인정받은 기분이 들어 으쓱해진다. 박 경사는 아예 하이파이브까지 하면서 명광이를 격려한다.

명광이의 끈질긴 승부 끝에 겨우 아웃카운트를 잡은 동대문주니어 팀. 감독이 분주하게 마운드로 올라간다. 결국 5회까지 삼진 쇼를 펼치던 상대 투수를 명광이가 마운드에서 끌어내렸다. 오늘 경기 5회 말, 주인공은 명광이다.

상담을 하러 오는 부모들 가운데 "우리 애가 너무 소심하고 겁이 많다"며 걱정하는 사람들이 종종 있다. 이 거친 세상에서 저렇게 뒤처진 채 살다가는 큰일 날 것 같다. 음악을 가르쳐도 못하고, 그래서 미술을 가르쳐도 못 따라간다. 아무래도 너무 나약한 것 같아서 태권도를 가르치니 이번에는 더 기가 죽는다. 대강 이런 하소연이다. 쉽지 않은 문제다. 하지만 이런 경우 가장 관건은 '얼마나 아이들을 기다려줄 수 있을까'다. 한번 주눅이 든 아이는 회복하는 데 시간이 걸린다.

사실 나는 명광이가 더그아웃으로 들어올 때만 해도 아이들이 "왜 안 기다려서 아웃이 돼!"라고 탓할 줄 알았다. 사실 제3자인 나만 해도 명광이가 그렇게 아웃 되는 게 아쉬운데 팀원들은 오죽할까 싶었다. 그러나 아이들은 내 예측을 보기 좋게 배반했다. 이날 푸르미르야구단의 누구도 명광이에게 "기다렸으면 볼넷인데 왜 방망이를 내서 아웃이 돼!"라고 면박을 주지 않았다. 면박은커녕 외야 플라이아웃을 당한 아이에게 툭 치면서 격려하고 응원해주었다.

시간만 주어지면 어떤 아이라도 두려움을 극복할 힘을 가지고 있다는 사실은 이미 알고 있었다. 그러나 푸르미르야구단 아이들이 보여준 회복 능력은 내가 아는 것 이상이었다. 아이들은 가르쳐주지 않아도 기다려줘야 한다는 것을 본능적으로 알고 있었다.

겁에 질린 달팽이의 더듬이를 만지면 더듬이는 더 깊숙이 안으로 몸을 숨긴다. 그러나 다른 달팽이가 그 옆을 지나가면 더듬이는 조심스럽게 더 앞으로 나온다. 더듬이를 꺼내려고 만질 필요가 전혀 없다. 그저 그 옆에서 지켜보고 응원하면서 지나가면 된다. 이런저런 생각이 지나가는데 허 경장이 한마디 한다.

"선생님, 명광이 말이 너무 없다고 걱정하셨죠? 아니던데요. 은근히 조곤조곤 말을 잘해요. 보세요. 지금도 형들 사이에 앉아 있잖아요."

나만 모르고 있었다. 혼자 따로 앉아 있던 명광이는 언제부터인가 푸르미르야구단 팀원들 사이에 어울려 앉아 있었다는 사실을. 명광이는 이제 단순히 더그아웃에만 앉아 있는 교체 2루수가 아니다. 푸르미르야구단 공격의 당당한 한 축이다. 가장 처지는 선수조차 공격적으로 상대 선발에게 덤벼드는 팀, 선수가 아웃 되어도 잘한 점을 보면서 격려하는 팀, 아웃 되는 결과보다 과정을 중요시하는 팀…. 푸르미르야구단은 서서히 강팀이 되어가고 있다.

7회

우리들만의 리그

"최선을 다하고 나머지는 잊어라."

-월터 앨스턴-

나도 뛰고 싶다.

이대호 선수처럼

“선생님이 제일 많이 부르는 아이가 누구인지 아세요?”

김 작가가 뜬금없는 질문을 던진다. 푸르미르야구단의 사진을 찍으면서 김 작가는 자연스럽게 아이들이 경기하는 모습이나 자세를 확인한다. 뿐만 아니라 아이들과 나의 상호작용에 대해서도 살펴본다. 내가 아이들의 관찰자라면, 김 작가는 아이들과 나의 관찰자다. 갑작스럽게 질문을 받으니 마땅히 대답이 떠오르지 않는다. 이때 채정이가 꾸벅 인사를 하고 지나간다. 반가운 마음에 나는 채정이의 이름을 부른다.

“채정이 왔네. 안녕.”

그 모습을 보고 김 작가가 씽긋 웃으며 말한다.

“오늘도 채정이의 이름을 제일 먼저 부르시네요.”

그 또래 남자아이들 대부분이 자기들끼리 모여서는 게임이다, 학교다, 선생님이다 이런저런 할 이야기가 끊이지 않으면서도 낯선 사람들과 이야기하는 것은 불편해한다. 나이가 한참 많고, 성별도 다르고, 관심사도 다른 내가 아이들에게 편할 리 없다. 게다가 나 역시 낯을 가리고 내성적인 면이 있어서 덩치가 산만 한 아이들이 마냥 편치는 않다.

여자아이들 같으면 아이돌 이야기나 아니면 가족 관계 이야기라도 해볼 텐데, 남자아이들은 사람들이 있는 곳에서 자기 이야기 하는 것을 별로 내켜하지 않는 것 같았다. 포수 진영이나 투수 승운이같이 내성적인 아이들은 운동장에서는 목소리조차 잘 내지 않는다.

말수가 많지 않은 것은 채정이도 마찬가지다. 그런데 아이들은 누구든 채정이의 이름을 부르고 찾았다. 심지어 나조차도 어느새 운동장에서 제일 먼저 찾는 이름은 채정이였다. 왜 그럴까.

"채정아, 애들이 항상 너를 찾더라. 별명도 부르고."

"제가 동네북이잖아요, 선생님."

그런 말을 하면서도 채정이의 얼굴은 여전히 싱글벙글 웃고 있다.

"인기가 너무 많은 것 아니야?"

"하하. 뭐 없다고 할 수는 없죠."

답변이 길지는 않지만 사람을 묘하게 편안하게 만드는 매력이 있다. 아니나 다를까 영훈이가 지나가면서 또 채정이를 놀린다.

"선생님, 재는 정말 오랑우탄을 닮지 않았어요?"

까무잡잡한 얼굴에 동그란 코가 그런 것 같기도 하다. 그사이 아이들이 채정이의 주변으로 몰려들어 한마디씩 한다.

"닮은 게 아니라 딱 오랑우탄이에요."

속이 편한 것일까, 이번에도 말없이 씩 웃는다.

"애들이 저렇게 말하는 거 싫지 않아?"

"에이, 선생님. 저거는 그냥 애들이 노는 거예요."

채정이는 한마디 툭 던지고는 방망이를 잡고서 타격 자세를 취한다. 지금 보니 큰 키는 아니지만 몸이 균형이 잡혀 있다. 하체도 탄탄하다. 학교에서는 가끔 포수 포지션도 한다는데 푸르미르야구단에서는 포수마스크를 벗었다. 이지 고잉 채정이.

"포수는 안 하고 싶어요. 힘들어요. 저는 1루수가 제일 좋아요."

처음 포지션을 정할 때부터 채정이는 포수 하기 싫다고 선언했다. 그때부터 내심 자신의 정체성을 거포 1루수로 정한 것이리라. 이승엽, 이대호부터 넥센 히어로즈의 4번 타자 박병호까지. 1루수는 거포가 가장 많은 포지션 중 하나다. 1루수는 다른 내야수에 비해 커버해야 할 수비 범위가 좁아서 수비는 상대적으로 가벼운 편이다. 1루수를 하고 싶다는 말은 사실은 거포 4

번 타자가 되고 싶다는 뜻인 것이다.

"채정아, 오늘은 홈런 한 번 쳐야지. 아직 한 번도 홈런이 안 나온 거 알지?"

"선생님, 걱정 마세요. 제가 딱 보여드릴게요."

채정이의 트레이드마크는 방망이 두 개 휘두르기다. 스윙이 가볍다. 오늘은 왠지 채정이가 일을 낼 것 같은 기분 좋은 예감이 든다.

진격의 야구왕

1차전 승리로 기세가 오른 동대문주니어 팀이 먼저 와서 여유 있게 몸을 풀고 있다. 푸르미르야구단도 정예 멤버가 출격한다. 선발은 승운이. 동대문주니어 팀이 선공, 푸르미르야구단이 후공이다. 지난번과 달리 오늘 경기는 타격전 양상이다. 양 팀 선발이 못하는 것은 아니지만, 타자들의 의욕이 하늘을 찌른다.

4회 말 4대 4. 1번 타자 영훈이가 몸에 맞는 공으로 출루했다. 당연히 영훈이는 베이스를 훔친다. 슬라이딩하며 2루 도루. 요즘 들어 영훈이는 슬라이딩에 맛을 들인 것 같다. 2013년 50번이나 베이스를 훔치면서 도루왕 타이틀을 얻은 NC 다이노스의 1번 김종호가 한 말이 떠오른다.

"경기 끝나고 옷에 흙이 묻어 있지 않으면 찜찜해요."

겨우 4회인데도 영훈이의 유니폼은 벌써 흙 범벅이다. 타고난 리드오프다. 한 베이스를 훔친다는 것은 단지 발만 빠르다고 해서 되는 게 아니다. 상황을 정확하게 읽어야 하고, 과감한 결단력이 있어야 한다. 지금 상대 팀의 투수와 포수가 나를 견제하는지, 지금 투수가 타자에 집중하는지 아니면 주자에 집중하는지, 지금 투수가 던질 공이 빠른 공인지 느린 변화구인지 등을 종합해서 파악해야 한다. 단지 발만 믿고 뛸 경우 살 확률은 매우 낮다. 뛰기도 전에 잡힐 수도 있다. 상대 투수의 투구동작을 보고 절대 견제를 못할 상태에서 뛰어야 한다. 즉 도루를 잘하는 선수는 매우 영리하다는 뜻이다.

과거에는 국가대표 육상팀 선수를 뽑아서 프로야구 선수로 썼다. 도루를 발로 한다는 오해가 만든 결과다. 처음에는 전직 육상선수가 도루왕이 될 것이라고들 예상했지만 오해였다. 그 선수는 도루를 하기는커녕 경기에 제대로 뛰지도 못하고 그라운드를 떠날 수밖에 없었다. 도루는 발뿐 아니라 머리로 하는 것이다. 영훈이는 발도 빠르지만 상황 판단 역시 빠르다.

영훈이가 출루했지만 후속타 불발. 양 팀 모두 득점 없이 4회를 마쳤다. 5회 말 무사 1루. 타석에는 주장 승현이. 1루에는 병수가 나가 있다. 병수는 발보다는 타격으로 승부하는 우직한 스타일이다. 한 번에 여러 개를 생각하지 않는다. 도루를 하기는 어렵다.

이때 승현이가 번트 자세를 취한다. 설마 희생 번트? 프로 선수라면 희생 번트를 해볼 만한 상황이지만 푸르미르야구단의 선수가 희생 번트 자세를 취하는 것은 처음이다. 작전이 떨어진 건가, 살펴보지만 따로 작전 지시는 없었다. 박 경사도 승현이의 번트 자세를 걱정스러운 눈으로 주시하고 있다.

또르르…. 3루수 쪽으로 천천히 굴러가는 공. 한 번에 잡기 힘든 위치로 공이 떨어진다. 번트 성공. 이때까지 내가 출루하는 경기를 하던 푸르미르야구단이 이제 남을 출루시키는 경기를 하고 있다. 나는 아웃되어도, 우리 팀이 득점을 할 수 있다면 된다는 생각이 자신도 모르게 아이들의 마음에 생긴 것이다. 희생타를 치기 시작했다는 것은 팀워크가 생겼다는 가장 확실한 증거다. 게다가 첫 희생타가 주장의 방망이에서 나왔다. 오늘 경기 예감이 좋다.

희생타. 내가 아웃 되어서 우리 팀의 다른 선수가 진루하는 상황을 말한다. 지금처럼 1루에 있는 선수를 2루로 보내거나, 2루에 있는 선수를 3루로 보내기 위해서 방망이 끝에 살짝 공을 대는 희생 번트도 희생타의 일종이다. 주자가 3루에 있을 때 내가 친 공이 안타가 되지 않더라도 외야에서 멀리 잡히면 주자는 수비수가 공을 잡은 순간부터 홈으로 뛰어 득점을 만들 수 있다. 나는 아웃되지만 팀에 점수를 만들어주는 상황. 외야 희생 플레이다. 이 경우 타자는 비록 안타를 때리지 못했지만 타율 계산에는 아웃으로 반영되지 않는다. 야구에서는 나를 희생해서 팀에 득점을 만들어주었다는 점을 다른 아웃과는 달리 높이 평가하기 때문이다.

프로야구에서는 희생타를 잘 때리는 선수를 높이 사고, 그런 선수가 많을수록 강한 팀이라는 평가를 받는다. 선수 하나하나가 뛰어나더라도 성적이 나쁠 수 있지만, 비록 개인의 실력은 떨어지지만 다 같이 팀을 위한 경기를 할 때 그 팀이 약하기는 쉽지 않다. '희생 플레이'는 매우 세련된 야구 기술이자 야구의 묘미 중 하나다.

승현이가 아웃되었지만 2루에 병수가 있다. 투 아웃 상황이다. 이때 2루 주자는 안타가 나면 무조건 뛰게 된다. 노 아웃이나 원 아웃 상황이라면 타구 방향이나 거리를 본 다음 뛰겠지만, 이미 투 아웃까지 되었으니 타구를 볼 필요가 없다. 안타 하나면 무조건 득점이다. 타석의 진영이는 오늘 감이 좋다. 깨끗한 적시타. 발이 느린 병수가 전력질주하면서 홈으로 슬라이딩한다. 홈으로 들어오는 병수를 보면서 대기 타석에 있던 인호가 세이프라면서 손을 쫙 뻗는다. 아이들이 팀플레이에 열중하고 한 팀으로 움직이는 모습.

경기가 점점 후반부로 갈수록 열기가 달아오르자 계단에 앉아 있던 아이들이 모두 일어나 그물에 붙어서 관람한다. 경기에 집중하면 몸이 알아서 움직이는 것일까. '일어나' '앉아'라고 따로 지시할 필요가 없다. 경기가 재미있고 열중하면 몸은 자동으로 반응한다. 더그아웃에 앉아 있는 아이는 아무도 없다.

6회 초 점수는 5대 5. 주거니 받거니 난타전이 계속된다. 동대문주니어 팀은 결코 만만한 상대가 아니다. 결국 6회 말이 되어서야 승부가 결정 나는 것일까. 6회 투 아웃. 베이스에는 아무도 없다. 채정이가 안타를 친다고 해도 다음 타자가 또 안타를 치리라는 보장이 없다. 연장 냄새가 솔솔 풍긴다.

타석에 선 채정이의 표정이 비장하다. 원 스트라이크 원 볼. 몸 쪽 공에 강한 채정이가 좋아하는 코스로 공이 들어온다. 딱! 소리가 경쾌하다. 안타인가…. 채정이는 공이 맞는 소리가 나자마자 달리기 시작한다. 거포 채정이. 출발은 느리다. 그러나 한 번 달리기 시작해 체중이 실리면 코뿔소처럼 달린다. 공의 궤적은 쳐다보지도 않고 무조건 1루로 질주한다.

프로 통산 타율 0.318 통산 타점 1,369점의 기록을 가져 '양신'이라는 별명이 있는 양준혁이 가장 잘했던 말이 떠오른다.

"일단 치고 나면 무조건 1루로 전력질주 해야 합니다. 전력질주를 하다 보면 아웃 될 것도 안타가 되고, 그렇지 않으면 안타 될 것도 아웃 됩니다."

공은 아직도 날아간다. 채정이는 정말 열심히 뛴다. 전력질주다. 2루까지 가면서 한 번도 뒤돌아보지 않는다. 채정이는

100미터 육상선수처럼 달린다. 아이들의 환호소리. 2루에서 3루로 가면서 그제야 한 번 뒤를 돌아본다. 중계플레이하는 공이 어디까지 갔는지 보기 위해서다. 이제야 우익수가 떨어진 공을 잡았다. 채정이도 많이 지쳤다. 많이 뛰었다. 루에서 루까지 거리는 27.43미터. 짧지 않은 거리다. 채정이는 벌써 홈에서 시작해 1루, 2루, 3루까지 달렸다. 게다가 루에서 루까지 뛰려면 길게 포물선을 그리면서 뛰어야 한다. 이제 다리가 슬슬 '풀릴' 때가 되었다.

그럼 야구에서 좀처럼 나오기 힘들다는 3루타인가. 아니다. 채정이는 내친김에 3루에서 또 한 번 뛴다. 홈까지 쇄도할 기세다. 상대편 야수진의 당황하는 모습이 멀리서도 눈에 띈다. 멀리 치긴 했지만 안타를 치고 홈까지 달리리라고는 아무도 예상하지 못했다는 증거다. 숨을 헉헉거리면서 홈으로 들어오는 채정이. 발이 공보다 한 발 빨랐다. 그라운드 홈런이다! 109.72미터 거리를 채정이는 한 번도 쉬지 않고 달렸다. 오늘만큼은 그라운드에서 채정이는 우사인 볼트다.

그라운드 홈런. 프로야구에서도 시즌에 하나 나올까 말까 한 희귀한 기록이다. 30년이 넘는 한국 프로야구 사상 가장 많은 그라운드 홈런을 친 선수의 기록도 세 개에 불과하다. 2013년 프로야구에서도 그라운드 홈런은 김선빈, 정수빈, 노진혁 선수 세 명만이 기록했다. 채정이는 오늘 동대문 야구 역사에 큰 획을 그었다.

사실 3루타도 쉽게 나오기 힘든 기록이다. 홈런보다 더 치기 어려운 게 3루타고, 3루타보다 훨씬 어려운 게 바로 그라운드 홈런이다. 그라운드 홈런이 나오려면 여러 가지 조건이 맞아야 한다. 우선 타자가 친 공이 외야까지 잘 가야 한다. 보통 펜스 끝까지 가거나 펜스 양쪽 구석 자리에 박히는 공일 때 그라운드 홈런이 될 가능성이 높다. 그렇다 하더라도 보통은 2루타다.

그라운드 홈런의 두 번째 조건은 주자의 다리가 빨라야 한다. 더불어 상대 팀 수비수도 도와줘야 한다. 외야 수비가 단번에 공을 잡지 못하고, 외야수와 내야수가 공을 중계하는 과정이 매끄럽지 못하고, 다시 내야수가 포수에게 던질 때 허둥대면서 각종 실수가 나온다. 이렇게 한두 번 실수가 이어질 때 인사이드파크 홈런, 그라운드 홈런이 터진다.

펜스를 넘기지 않았으니 안타라 해야 하지만 이 경우는 '홈런'이라는 말이 붙는다. 왜냐하면 홈런과 똑같이 1득점 1타점이기 때문이다. 1득점은 본인이 홈베이스를 밟을 때, 1타점은 주자가 홈베이스를 밟을 때 주는 기록. 본인이 안타를 쳐서 본인이 홈까지 들어오는 경우는 오로지 홈런밖에 없다. '북 치고 장구 치는' 형국이다. 어찌 보면 상대 팀으로서는 홈런보다 더 맥 빠지는 상황이 바로 그라운드 홈런이다. 상대 팀 수비수를 초토화시키는 안타이기 때문이다.

최종 점수 6대 5. 승부는 역전 그라운드 홈런에서 났다. 이날의 그라운드 홈런은 승부를 결정짓는 결승타였다. 결승타, 역전타, 그라운드 홈런… 듣기만 해도 아드레날린이 솟구치는 단어들. 이 모든 것을 채정이가 한 방에 해냈다. 진영이와 유주가 홈에서 두 팔 벌려 채정이를 맞는다. 다른 아이들도 모두 더그아웃에서 홈으로 뛰어나간다. 그 모습을 흐뭇하게 지켜보던 김 작가가 나에게 묻는다.

"매일 싱글벙글거리기만 하더니 채정이가 저렇게 전력질주하는 모습은 처음 봤어요. 여기 사진 한번 보세요."

오늘의 결정적인 순간. 김 작가의 렌즈에 홈에서 1루, 2루, 3루를 돌아 다시 홈으로 돌아오는 채정이의 얼굴이 낱낱이 기록되어 있다. 처음 보는 얼굴. 문득 채정이가 학교에서도 저렇게 전력질주 한 적 있을까, 수업 시간에 저런 얼굴인 적 있을까 궁금한 생각이 든다. 지금 채정이는 '두 얼굴'이다. 그라운드 안의 모습이 진짜일까, 학교 안의 모습이 진짜일까. 나는 채정이의 우주가 궁금해졌다.

내 마음의 4번 타자

"꿈이오? 아직 그런 거 없는데요."

푸르미르야구단에서 아이들을 만나기 전, 나는 아이들 대부분이 자기 미래에 대해 꿈이 있을 것이라고 짐작했다. 아니, 좀 더 솔직하게 말하면 꿈이 있는 아이는 건강하고 꿈이 없는 아이는 건강하지 않을 것이라고 생각했다. 위험한 선입견이었다. 특별하게 심각한 것 없이 학교 잘 다니고, 친구들과 하루하루 재미있게 지내는 아이들 중에는 구체적으로 자신의 미래를 생각하지 않는 아이도 많았다. 사실 어른 중에도 자신이 무엇을 좋아하는지, 잘하는지 아는 사람은 거의 없지 않은가.

"문과, 이과요? 그런 거 생각 안 해봤는데요. 고등학교 2학년 되면 정한다던데요."

분위기 파악도 하지 못하고 문과/이과 같은 질문을 던진 나. 이쯤 되니 채정이의 캐릭터를 알 것도 같다. 나는 장난스럽게 다시 말을 건다.

"채정이는 친구도 많고 사람들도 좋아하니까 이제 진짜 공부만 하면 되겠네."

"하하하. 지금부터 하려고요. 선생님, 서울대에서 봐요."

뭐, 서울대? 이 낙천성이라니. 갑자기 할 말을 잃는다.

"선생님, 서울대가 서울 안에 있는 게 아니잖아요. 경기도에 있는 걸로 아는데. 초등학교 때 선생님하고 연세대랑 서울대에 가봤어요. 선생님이 공부 잘하는 애들 몇 명 데리고 갔거든요. 그때 저도 같이 갔어요."

서울대가 서울 안에 있는 게 아니라고? 다시 한 번 어안이 벙벙해진다. 무슨 말을 해야 할까.

"언제 가봤어?"

"5학년 땐가 6학년 땐가 그랬어요."

"기분이 어땠어?"

"울었어요. 나는 여기를 못 오겠구나 하는 생각이 들었거든요. 꿈이에요, 꿈."

이런 이야기를 하면서도 채정이의 얼굴은 여전히 밝다. 저 밝은 기운 때문에 친구들이 항상 주변에서 끊이지 않는 것이리라. 푸르미르야구단에 대해서는 어떻게 생각할까.

"한 살 더 어려지고 싶어요. 그러면 1년 더 야구 할 수 있잖아요."

더 질문이 필요 없다. 이곳에서 채정이는 거포 1루수다. 껄끄러운 기억도 있을 텐데.

"지난번에 애들이 동대문주니어 팀이랑 싸웠잖아."

"그쪽에서 먼저 시비를 건 걸로 알아요."

대수롭지 않게 대답한다. 짓궂은 마음이 들어 나도 모르게 유도신문을 하고 만다.

"우리쪽에서도 내부 시비가 있었던 걸로 아는데?"

이번에는 채정이가 싱긋 웃으면서 답변한다.

"선생님, 이번에는 노코멘트할래요."

또 졌다. 넘어가지 않는다. 의리가 있다. 장점이 많은 아이다. 나는 채정이에게 뭔가 힌트를 줘야 한다는 마음이 바쁘게 들기 시작한다.

"너는 사업 하면 정말 잘하겠다. 사람들이 좋아하지, 의리 있지."

"하하하. 그런가요. 근데 선생님, 밖에서 애들이 기다리는데요, 이제 그만 가면 안 될까요?"

면담실 밖을 보니 아이들이 모두 채정이를 기다리고 있다. 과연 인기남답다. 문득 나도 이 아이와 친구가 되고 싶다는 생각이 든다. 친구들이 놀려도 장난으로 퉁치는 대범한 아이, 항상 웃고 있지만 남의 단점은 먼저 말하지 않는 의리 있는 아이.

전형적으로 사회지능이 높은 아이다.

청소년 진료를 하다 보면 지능지수를 측정해야 할 때가 있다. 지능지수라고 불리는 IQ에는 기억력, 문제해결력, 분석력, 공간지각력 등을 측정하는 문제들이 죽 있다. IQ가 높으면 아무래도 시험 문제를 푸는 데는 유리하다. 성적이 잘 나올 확률이 높아지는 것이다. 그런데 지능지수가 높은 아이들이 친구들과 잘 지내는가, 다른 예술적 재능이 있는가, 라고 묻는다면 대답은 '글쎄요'다.

몇 년 전부터 지능에는 지적지능 외에 다른 종류들이 있다는 이야기들이 나왔다. 타인의 감정을 이해하고 그에 대해 반응할 수 있는 감성지능, 사회적 맥락에서 최선의 선택을 할 수 있는 능력을 뜻하는 사회지능 등이 논의되었다. 인생을 살아갈수록 지적지능 외에 이런 지능지수들이 실상은 더 중요할 수 있다는 사실 또한 지적되었다. '아스퍼거 증후군'*을 보면 그 반대 극단이 어떤 양상일지 짐작되지 않는가.

그런데 지금 우리나라는 아스퍼거 증후군과 반대의 경우, 즉 지적능력은 조금 낮더라도 사회적 지능이 좋은 아이들이 서 있

---

* 아스퍼거 증후군은 인지능력은 이상이 없으나 양방향 사회 교류가 되지 않는 경우를 일컫는다. 공룡, 사통차, 로봇 등 특정 주제에 빠져서 그에 대해서는 백과사전적 지식을 갖는 경우도 있다. 하지만 상대방의 말을 액면 그대로 받아들이고 함의를 짐작할 수 없기 때문에 외톨이가 되거나 따돌림을 당하기도 한다. 아스퍼거 증후군을 앓는 경우에 그 가족들이 겪는 어려움은 말할 것도 없다.

을 자리가 없는 것이 더 문제가 아닐까 하는 생각이 문득 든다. 채정이처럼 사회성이 좋고 원만한 아이가 초등학생 때부터 자신은 서울대를 갈 수 없는 운명이라는 생각이 들어서 눈물을 흘렸다니. 왠지 모르게 화가 난다.

어떻게 보면 나는 혜택을 받은 경우에 속한다. 나뿐 아니라 이 경정도 그렇다. 이 경정에게 왜 경찰이 되었냐고 물은 적이 있다.

"사실 거창한 이유는 없어요. 말하자면 저는 시험에 특화된 인간이에요. 제일 잘하는 게 시험이지요. 사람들이 오해하는 경우가 많은데, 저는 그저 시험을 잘 치는 사람이에요. 공부를 좋아하지도 않고요. 이 사회 시스템에서 그런 것은 유리했죠."

나 역시 비슷한 고민을 했다. 공부를 잘한다는 이유로 사람들이 나를 좋게 봐주는 경우가 있었다. 행복한 비명이라고 할 수도 있겠지만 꼭 그렇지만은 않았다. 이 경정이 말을 이었다.

"경찰이 되면 그런 건 좋아요. 나는 그저 내 일을 할 뿐인데 사람들한테 인정을 받죠. 도둑을 잡는 것은 경찰이 하는 일이에요. 그런데 도둑 한번 잡아주면 너무 고마워하세요. 은행에서 일하는 분들이 고객들한테 통장 정리를 해주고 칭찬을 받지는 않잖아요. 사실 다 똑같은 일인데. 경찰이 그런 점은 좋아요."

나 역시 비슷한 생각이다. 의사, 그것도 남의 이야기를 듣는 정신과의사. 물론 좋은 직업이지만 다른 직업과 비교해서 우월한 직업은 아니다. 《공부가 가장 쉬웠어요》라는 책으로 공전의 히트를 친 장승수 씨가 2013년 한 일간지와 가진 인터뷰가 생각난다. 그는 지금은 변호사로 일한다.

"사실 변호사라는 게 안정적인 직업 같지만, 저는 저보다 대단한 친구들을 많이 알고 있어요. 대학을 나오지 않고도 훨씬 젊은 나이에 기업체를 일군 친구도 많이 알고요. 아무도 흉내낼 수 없는 예술적 재능을 타고난 친구도 알아요. 저는 그저 남들보다 시험을 좀더 잘 치는 재주가 있었을 뿐이죠. 과대평가된 것 같아요. 그 사실 하나로."

배부른 푸념이라고 생각할 수도 있겠다. 본인은 시험을 잘 치는 재주로 혜택을 누렸으면서, 욕심도 많다고 말하는 사람도 있을 것이다. 하지만 성적만으로 모든 사람을 평가하는 세상에서 커트라인 위에 있는 사람이 항상 행복한 것은 아니다. 커트라인 아래에 있는 사람이 불행해야 하는 것도 아니고.

공부를 잘하는 게 수많은 재주 가운데 하나로 평가될 수 있는 날이 올까. 누구보다 친구를 잘 사귀는 채정이가 '서울대'를 갈 수 없을 거라는 생각으로 눈물 흘릴 필요가 없는 날이 올까.

이런저런 생각이 지나가는데 채정이가 예의 그 밝은 웃음을 띠며 나에게 묻는다.

"그런데 선생님은 지금 뭐가 제일 하고 싶으세요?"

나는 1초도 망설이지 않고 대답한다.

"채정아, 나는 저 야구 그라운드를 한 번 뛰어보는 게 소원이야. 오늘 너처럼 그라운드 홈런을 친다면 얼마나 신날까. 너 홈으로 들어올 때 기분이 어땠어?"

"최고죠. 정말 너무 신나서 아무 생각도 안 들어요."

사람은 어쩌면 자신이 갖지 못하는 것을 동경하는지도 모른다. 건강을 갖지 못한 내가 가장 하고 싶은 것은 뜀박질. 성적이 나쁜 아이들이 가장 갖고 싶은 것은 좋은 성적표. 이 사실 자체는 어쩌면 당연하다. 문제는 우리나라 청소년들에게는 성적이 유일한 기준이라는 데 있다. 성적도 중간에 선을 그어서 나눈다면 반 정도는 우월할 텐데, 상위 10퍼센트 정도는 되어야 그나마 인정해준다. 그러니 90퍼센트 정도에 해당하는 아이들은 성적이 나쁜 아이, 열등한 아이로 분류된다. 게다가 그 기준이 계속 올라가고 있다고 하니 이대로 시간이 더 흐르면 대한민국 청소년 가운데 99퍼센트가 열등한 아이로 분류되지 않을까.

만약 기준이 달라져서 대한민국 청소년을 나누는 기준이 건강이고, 그게 유일한 기준이었다면 어땠을까. 100미터를 13초에 못 들어오면 열등생, 턱걸이 스무 개를 못하면 열등생, 제자리멀리뛰기 2미터를 못 뛰면 열등생, 멀리던지기 50미터를 못 던지면 열등생… 세세한 기준을 나눠서 분류했다면? 나는 이 모든 시험에서 다 탈락했을 것이고 열등생 중의 열등생, 베스트 열등생으로 낙인찍혔을 것이다. 그랬다면 심한 자괴감에 시달렸을 테고 의욕도 전혀 생기지 않았을 것이다. '판'이 불리하게 짜여 있는데 무슨 의욕이 생기겠는가.

공부를 못하는 아이들 중에서 일부러 공부를 못하고 싶은 아이는 아무도 없다. 지난 학창시절을 돌아봐도 공부를 못하기 위해 애쓰는 아이를 본 적은 없다. 해도 해도 안 되니까, 아니면 어떻게 해야 할지 방법을 모르니까 이미 포기해버린 선생님과 학교, 채찍질만 하는 부모 사이에서 갈팡질팡하는 아이들을 숱하게 보았다. 내용을 전혀 이해하지 못하는 수업시간에 나가기도 그렇다고 수업에 참여하지도 못하는 상태로 앉아 있는 아이들을 많이 보았다. 그 아이들이 할 수 있는 유일한 방법은 멍하니 있는 것이다. 아니면 졸든지. 그 방법 말고는 그 난감한 상황을 벗어날 길이 없다.

멍하니 있거나 존다고 해서 그 아이들이 공부를 포기했다고 할 수는 없다. 그 아이들은 모두 공부를 잘하고 싶어 하는 열망을 갖고 있기 때문이다. "공부 안 해도 돼"라고 쿨하게 말하는 아이를 본 기억이 없다. 왜냐하면 우리나라에서는 공부만이 인정받는 길이니까. 게다가 자유로워지는 길이니까. 공부를 잘하면 뭐라도 하나 더 생기고, 공부를 못하면 있는 것 하나도 빼앗긴다.

상황이 이러니 다들 너도 나도 공부를 잘하고 싶어 한다. 손재주가 많은 진영이의 꿈도 '전교 1등'이고, 인기남 채정이의 꿈도 '서울대'다. 성적이 좋으면 인정받고, 인정받으면 행복해진다는 착시. 이렇게 다양한 아이들이 있는데 하나의 기준을 적용한다는 것이야말로 어쩌면 가장 큰 '학교폭력'일지도 모르겠다.

운동장으로 눈길을 돌리니 아이들이 채정이를 신나게 밟고 있다. 아이들한테 밟히면서도 채정이는 행복한 표정이다. 만약 전혀 사정을 모르는 누군가가 단지 이 장면만 봤다면 '학교폭력'이라고 오해할 수 있는 상황이다. 그렇다면 그 어른이 이 아이들에 대해 다시 생각해봐야 한다. 그런 선입견으로 아이들의 놀이와 영혼을 '폭력'으로 매도한 적은 없는지 자문해봐야 한다.

오늘 이 그라운드에서는 '공부 1등주의'라는 판이 갈아엎어졌다. 아이들은 자신들이 만든 새로운 판에서 신나게 놀았다. 오늘 새로운 판의 주인공은 그라운드 홈런을 친 채정이다. 이 자리에서만큼은 전교 1등도 서울대생도 부럽지 않다.

그 순간 바닥에 엎드려 있던 채정이가 벌떡 일어나 관중석 쪽을 향해 두 팔을 벌려 환호성을 지른다. 관중석의 어른들에게 보내는 승리의 세리머니. 나도 덩달아 두 팔을 번쩍 올린다. 오늘 내 마음의 4번 타자는 채정이다.

이유 있는 반항

우려하던 일이 벌어졌다. 내야가 어수선하다. 유격수를 맡고 있는 주장 승현이가 동대문주니어 팀의 김주자와 실랑이를 하는 것 같다. 지난 1차전 때도 비슷한 일이 있었다. 승현이의 표정이 좋지 않다. 상황을 더욱 악화시킨 것은 그라운드 스탠드에서 경기를 지켜보던 한 아주머니의 한마디.

"야! 너 왜 욕하고 그래?"

경기 도중이었지만 멀리서도 들릴 만큼 큰 목소리였다. 프로야구 경기에도 때때로 관중이 끼어들어 경기 흐름을 방해한다. 우리 팀이 져서 분해서 그럴 수도 있고, 다른 팀의 플레이가 얄미워서 그럴 수도 있다. 어쨌든 '관람자'여야 할 관객이 경기 흐름에 영향을 주는 행동을 한다면 선수 입장에서는 더욱 신경이 쓰인다. 그렇지 않아도 화가 잔뜩 난 승현이가 그만 냉정을 잃고 만다.

“왜 그러세요! 쟤가 먼저 그랬는데.”

누구인지 알지 못했는데 나중에 알고 보니 아주머니는 김주자의 어머니였다. 휴일을 맞아 아들의 경기를 응원하러 왔다가 그라운드에서 승현이와 선수로 뛰는 자기 아들이 티격태격하는 모습을 본 것이다. 중요한 것은 어찌되었든 경기가 진행되는 것이다. 오늘 푸르미르야구단의 감독을 맡은 박 경사가 서둘러 그라운드로 가서 승현이와 김주자를 진정시킨다.

“경기 도중에 이게 무슨 짓이야!”

아이들은 둘 다 서로 분하다. 할 말이 없는 쪽은 없다.

“쟤가 지난번부터 계속 그러잖아요. 1차전에도 몸 쪽으로 붙여라, 그래도 못 친다 이러면서 말로 깐죽대더니.”

“내가 언제 몸 쪽 얘기를 했어. 그리고 그날 솔직히 제구가 안 된 건 사실이잖아요. 그 정도 말도 못 해요?”

“아, 이 자식이! 진짜 쪼그만 게.”

이쯤 되니 박 경사도 슬슬 화가 치민다. 평소 좀처럼 화를 내지 않는 박 경사지만 그만 목소리가 높아진다.

“사내자식들이 경기하면서 이게 다 뭐하는 거야. 둘 다 경기 끝나고 보자! 알겠어!”

경기는 다시 속개된다. 박 감독이 있었다면 어땠을까. 박 감독이 있었다면 상대 팀 애들은 더 야코가 죽었을 텐데. 승현이는 오늘 경기를 정말 이기고 싶다. 다행히 아슬아슬한 점수 차로 역전승. 채정이가 그라운드 홈런을 쳐서 설욕전은 단단히 했다.

오늘의 주인공은 채정이. 아이들은 모두 채정이 주위에서 채정이를 밟고 신이 났다. 이긴다는 것은 이래서 좋은 것일까. 경기를 이기고 나니 승현이도 아까 일은 일단 잊어버린다. 푸르미르야구단의 주장으로서 오늘의 수훈갑 채정이에게 하이파이브를 한다. 밟고, 하이파이브하고, 때리고. 승리 세리머니 한번 거창하다.

이 기분에 찬물을 끼얹은 것은 지나가던 어른. 40대 초반이나 되었을까. 추리닝을 입은 모습이 학부형 같지는 않다. 뭐 하는 사람인데 여기 왔을까. 그러고 보니 아까 경기 중간부터 경기를 지켜보고 있었다. 그가 세리머니를 하는 아이들에게 다가와서 승현이를 콕 집어 부른다.

"야, 너 이리 와봐."

알지도 못하는 어른이 대뜸 불러내니 승현이는 약간 황당하다. 아이들은 여전히 기쁨에 들뜬 상태. 내가 주장인데, 아이들의 흥을 깰 수는 없다. 승현이가 아이들의 무리를 빠져나와 혼자서 어른에게 다가간다.

"너 빨리 저 아주머니한테 사과드려."

"네?"

"네가 아까 저쪽 애들하고 싸워서 아주머니가 화나셨잖아."

당돌한 승현이는 '당신이 누군데?'라는 생각이 머리끝까지 치솟지만 꾹 참는다. 보아하니 경기를 구경하던 동네 주민 같은데, 옆에 있던 어른이, 그것도 여자가 화를 내니까 자신이 상황을 정리해야 한다는 영웅심리 같은 게 발동한 것 같다. 왜 지하철 같은 데서도 흔하게 일어나는 일 아닌가. 자신보다 어리고 약한 사람이면 무조건 훈계부터 하려고 드는 사람들. 그는 상황과는 아무 상관이 없는 제3자다. 어떻게 보면 이건 경기에 끼어드는 관중보다 더 짜증나는 상황이다. 어쨌거나 승현이는 시끄럽게 하고 싶지 않다. '추리닝'의 말대로 언쟁을 벌인 아주머니 앞에 가서 선다.

"너, 아까 왜 경기하면서 우리 애한테 욕해?"

욕한 건 맞다. 승현이도 부인하지 않는다. 그렇지만 말로는 누구에게도 지지 않는 승현이가 아닌가. 따박따박 자신의 할 말을 한다.

"그건 죄송합니다. 그런데 아주머니도 오해가 있으세요."

"뭐? 오해?"

"오늘 아주머니는 2차전만 보고 말씀하시는 거잖아요. 지난 1차전부터 계속 아드님이 경기 흐름에 방해될 정도로 수비 보는데 비아냥거렸어요. 야유하고 비꼬고 하면서요. 그것도 한두 번이지요."

“그래서 학생은 잘못이 없다는 거야?”

“물론 저도 오늘 못 참았으니까 잘못은 있어요. 하지만 시작은 엄연히 그쪽에서 먼저 했어요. 저는 몇 번이나 참다가 터진 거고요.”

승현이가 논리정연하게 대답하자 아주머니는 말문이 막힌다. 이 모습을 ‘추리닝’이 놓칠 리 없다. 아이들이 입바른 말을 하면 무조건 싸가지 없다고 보는 어른들이 있다. 자신의 주장을 펴는 아이는 못된 아이다. 권위적인 어른에게 소통은 없다. 상명하달만 있다. 1백 가지를 잘했다고 하더라도 한 가지를 잘못하면 어리다는 이유로 혼이 나야 한다고 생각하는 어른들.

“야! 너 지금 어른한테 무슨 말버릇이야. 옆에서 보니까 정말 기가 막히네.”

사실 아주머니도 ‘추리닝’이 반갑지만은 않다. 자신이 오해한 면도 있다는 것을 들었기 때문이다. 그렇지만 이 사람을 역성들 수도 없는 애매한 상황. 별말 없이 서 있는데 멀리서 박 경사가 보고 있다. 경찰이 지도하는 팀에서 싸움이라도 벌어진다면, 그것도 학부형을 끼고서. 생각만 해도 끔찍한 일이다.

박 경사가 이리로 오려고 하자 승현이가 재빨리 사과를 한다. 자존심이 센 승현이는 다른 사람들이 이 상황을 알게 되는 것이 싫다.

“죄송합니다, 아주머니. 어쨌든 제가 좀 더 참았어야 했어요.

죄송합니다."

어쨌든 승현이는 자신의 입장을 다 이야기했다. 기쁨에 들떠 있는 푸르미르야구단 아이들의 흥을 깨는 일도 하고 싶지 않다. 무엇보다 오늘은 우리가 이겼지 않은가. 승현이가 허리를 90도로 꺾어 인사를 한다. 마뜩잖은 표정의 아주머니도 승현이가 이렇게 나오니 자신도 더 오래 이야기하기는 어렵다.

"됐다. 그만하면."

나는 승현이에게 이런저런 이야기를 해보고 싶지만 좋은 타이밍이 아니다. 말하기 싫을 때 귀찮게 말 거는 구차한 어른은 되기 싫다. 어깨를 툭 치며 그저 한마디 한다.

"괜찮니?"

아직도 분한 기분이 완전히 가라앉지는 않은 모습.

"다 괜찮아. 애들이 기다리잖아. 빨리 가봐."

사실 나는 아이들의 신나는 판에 어른들이 끼어들었다는 것 자체가 좀 불편했다. 그런 경우 있지 않은가. 아이들 싸움이 어른 싸움 되고, 아이들은 화해하고 아무 일 없이 지내고 싶은데 어른들 사이에 남아 있는 앙금 때문에 그렇게 하지 못하는. 오늘 만약 푸르미르야구단에서 학부형이 몇 명 왔다면, 싸움에 동네 주민들이 몇 명 또 끼어들었다면.

승현이는 푸르미르야구단의 주장이다. 무슨 일이냐고 묻는 아이들에게 긴 말 없이 대답한다.

“아, 좀 짜증나는 일이 있었는데 다 정리됐어. 그나저나 채정이 이 자식! 웬일이냐, 그렇게 뛰고. 오늘 너 살 좀 빠졌겠다.”

아이들도 더 묻지 않는다. 어쩌면 이런 게 스포츠의 매력이겠지. 야구는 야구장 내의 일과 밖의 일로 구분된다. 그라운드 밖에서 일어나는 일은 그것이 무엇이든 간에 결국은 경기 외의 ‘기타 등등’이다. 오늘은 멋진 설욕전의 날이다. 소소한 실랑이가 있었지만 중요하지 않다. 먼저 시비를 건 팀이 이긴 것도 아니고, 먼저 화를 낸 팀이 이긴 것도 아니다.

멀찍이 김주자가 분해하는 모습이 보인다. 사실 김주자도 오늘 분이 난 것은 승현이와 싸워서가 아니다. 져서 그렇다. 이겼다면 크게 상관없었을 것이다. 왜냐하면 결국 이기고 싶어서 싸움을 거는 것이니까.

승현이는 승자의 여유가 생긴 것일까. 채정이에게 농담을 거는 모습을 보니 평소의 승현이로 돌아왔다. 이제 내가 질문을 던질 차례.

“승현이 너, 만약 다음에 똑같은 상황이 생기면 어떻게 할래?”

승현이는 항상 거침이 없다. 답변에는 시간이 걸리지 않는다.

“한 번 더 참을 거예요. 그리고 오늘보다는 유연하게 대처할 거예요.”

유연, 대처 같은 단어를 들으니 역시 영리한 아이구나 하는 생각이 든다. 아쉬움은 없을까.

"제일 아쉬운 거요? 그야 오늘 경기를 박 감독님이 못 보신 거지요. 아, 오늘 진짜 명승부였는데."

승현이는 누구보다 박 감독을 따랐다. 일단 박 감독은 강요하는 법이 없다. 그리고 말이 짧다. 항상 아이들보다 30분 먼저 와서 몸을 풀면서도 아이들에게 왜 늦었냐고 잔소리를 하는 법이 없다. 아이들은 어른의 거울이라고 하든가. 감독이 솔선수범하니 아이들은 자연스럽게 바뀌었다. 처음에는 절반 이상 지각을 하던 아이들이 가을이 되면서는 지각생이 현저하게 줄어들었다.

승현이가 가장 싫어하는 것은 강요당하는 것. 승현이와 '문장 완성 검사'를 했다. 그 결과를 보고 정말 컬러가 확실한 아이라는 생각을 했다.

- 현재 나의 가장 큰 즐거움은 내가 나인 것
- 만일 내가 지금 나이보다 열 살 위라면 그런 것 생각 안 한다
- 무엇보다 좋지 않게 생각하는 것은 자기 자신을 낮추는 것

승현이의 자존심은 자연스럽게 박 감독과 오버랩 된다. 문득 박 감독과 나눈 대화 내용이 떠오른다.

"감독님, 좀 급작스럽게 마운드를 떠나서 아쉬움이 많으시겠어요."

"뭐 그렇게들 이야기하는 사람도 있죠. 다른 팀이라도 가서 선수생활 더 해라. 그런데 저는 스타일이 그래요. 어디 가서 테스트 받고, 받아달라 그러고 싶지 않아요. 구단이 원하면 가겠지만. 사람들은 '네가 야구 열정이 없구나' 그런 말을 하기도 해요. 그러면 속으로는 '너희들이 뭐 알겠어' 하지요. 저는 프로 꼬맹이 때부터 고참 형들이 1년이라도 더하기 위해서 뛰는 모습이 좋게 보이지 않았어요. 그냥 저런 모습으로 2군 가서 있다가 부르면 한 번씩 해야 하나, 1군에서 좋은 모습 보이지 못하면 그만둬야지 하는 생각을 했어요. 물론 그 사람들만의 스타일이 있고, 저는 제 스타일이 그런 거죠. 저렇게까지 야구를 해야 하나, 할 만큼 했으면 그만둬야 하는데, 이런 생각요."

박 감독답다. 그에게는 '가오'가 중요하다. 처음에는 낯을 가리지만 일단 낯을 트고 나면 담백하게 이야기를 하는 재주가 있다.

"얼마 전 진짜 오랜만에 '톡'으로 초등학교 때 친구한테 연락이 왔는데 그런 말을 하더라고요. '너 아직도 그냥 너답게 살고 있냐?' 제 '톡' 명이 '그냥 나답게'거든요. 그런데 제가 어릴 때부터 그런 말을 하고 다녔대요."

'자신을 가장 사랑하는 아이' 승현이가 '항상 나답게'를 품고

사는 박 감독을 좋아하고 따르는 것은 당연했다. 승현이가 보기에는 박 감독이 멋진 남자의 표상이 아닐까. 강요는 절대 하지 않는다, 말은 짧고 행동은 간결하다, 아쉬우면 너희들이 나에게 오라는 자부심이 몸에 똘똘 뭉쳐 있다.

승현이가 가장 갖고 싶은 선물은 박 감독의 이름이 새겨진 글러브다. 승현이는 오늘 경기를 박 감독에게 보여주고 자랑하고 싶은 마음 아니, 더 정확하게 말하면 자신이 멋있다고 생각하는 사람한테 인정받고 싶은 마음이 굴뚝같을 것이다. 그런데 왜 오늘 감독이 안 나왔을까. 오늘같이 멋지게 경기를 한 날. 박 감독이 없어 조금 아쉬운 기분이다. 감독과 주장의 '상남자 빅매치'는 다음 이닝을 기약한다.

8회

야구의 계절

"야구가 위대한 점은 매일 위기가 존재한다는 것이다."

– 게이브 폴 –

진짜 승부, 라이벌전

기다리던 그날이 왔다. 서울시 최강 목성중야구부와의 대결. 그라운드에 모인 푸르미르야구단은 오늘따라 긴장한 기색이 역력하다. 푸르미르야구단의 주축인 태양중학교 3학년생들은 목성중학교와 두 번의 소프트볼 경기를 모두 한 점 차로 패한 전력이 있다. 소프트볼은 공이 야구공보다 조금 크고 부드럽고, 구장이 조금 작다. 몇 가지 작은 차이가 있지만 소프트볼과 야구는 대부분의 룰이 같다.

상대가 누구인가. 2013년 소프트볼서울시교육감배와 전국대회 우승 트로피 2관왕을 거머쥔 중학교 소프트볼의 최강자다. 태양중학교 소프트볼도 만만한 팀은 아니다. 2013년 5월부터 8월까지 벌어진 서울시 학교스포츠클럽리그전에서 태양중학교는 화성중학교, 명왕중학교, 청량중학교를 각각 8대 0,

15대 2, 6대 4로 대파한 실력파다. 목성중학교 역시 명왕중학교, 청량중학교를 13대 1, 15대 0으로 대승한 전적이 있다. 두 중학교의 대결이 사실상의 결승이었다.

5월 25일 목성중학교 대 태양중학교의 1차전. 접전 끝 목성중학교가 8대 7로 태양중학교를 이겼다. 미국 대통령 케네디가 야구에서 가장 재미있는 스코어라고 하여 일명 '케네디 스코어'라 불리는 8대 7. 아까운 패배였다. 2013년 7월 20일, 목성중학교 대 태양중학교의 2차전. 이번에도 7대 6으로 태양중학교가 패배했다. '왜 목성중만 만나면 한 점 차 패배를 하는 거야!' 태양중학교 아이들이 분할 만도 했다.

"태양중으로 뛸 때는 두 번 싸워서 두 번 다 아깝게 졌어요. 오늘 푸르미르야구단으로 나와서는 꼭 이겨보고 싶어요."

주장 승현이가 승부욕에 불탄다. 오늘 경기가 벌어지는 곳은 목성중학교. 운동장 상황까지 상대 팀에 더 유리하다.

오늘 푸르미르야구단의 감독을 맡은 박 경사 역시 이런 사실을 잘 안다. 항상 사람 좋은 미소를 머금고 다니던 박 경사도 오늘은 사뭇 긴장한 듯 보인다. 경기 전 몸을 푸는 푸르미르야구단을 불러 모아 진지하게 이야기를 한다.

"너희들도 알다시피 저쪽은 최강 팀이다. 그렇지만 우리도 좋은 팀이다. 명승부를 펼쳐보자."

선수들 중 몇몇은 머플러를 하고 있지만 구름 한 점 없는 맑은 날씨에 약간 쌀쌀한 기온까지 야구 하기에는 최상의 상태다. 푸르미르야구단은 파란 유니폼, 목성중야구부는 하얀 유니폼. 오늘 경기는 유니폼 색깔만큼이나 대조적인 면이 많다. 서울시 대회를 제패하며 기량을 검증받은 목성중야구부 선수들. 태양중학교 학생들이 주축이지만, 다양한 선수층으로 구성된 외인구단 푸르미르야구단. 그러나 푸르미르야구단도 결코 만만한 상대가 아니다. 그 동안 특훈을 하며 기량이 많이 성숙했다. 처음에는 과연 잘할 수 있을까 우려했던 나 역시 금성중야구부, 동대문주니어 팀과의 경기를 보고 나니 '오늘은 어쩌면 이길 수도 있지 않을까' 하는 기대를 하게 된다.

"자, 일렬로 모여서 서로 인사하고 경기를 시작합시다. 선수들은 운동장으로 모이세요."

심판까지 겸한 박 경사가 운동장으로 선수들을 모은다. 양 팀 주장이 모여 공수 순서를 정한다. 푸르미르야구단의 선공이다. 목성중야구부의 선발은 김투수. 중학생답지 않은 제구력과 스피드를 모두 갖춘, 목성중야구부의 에이스다. 김투수가 마운드에 올라가자 1번으로 출전한 영훈이에게 박 경사가 주문을 한다.

"이제 시작이야. 자신감 있게 휘둘러."

말 많고 덜렁대며 성격이 급한 영훈이의 장점은 겁이 없다는 점이다. 오늘같이 중요한 경기에서 1번 타자로서 기세를 잡는

데는 약간 붕 떠 있는 듯한 영훈이가 유리할 수 있다. 게다가 내야에서 잡히는 일이 대부분이었지만 요즘 들어 방망이에 공을 맞히는 횟수도 부쩍 늘어났다. 첫 타석 영훈이가 투수의 공을 계속 걷어낸다면 카운트가 불리하게 되더라도 상대 투수를 긴장시킬 수 있다. 리드오프로서 영훈이의 또 다른 장점은 발이 빠르다는 사실이다. 출루를 하기 전부터 영훈이의 발은 도루를 하고 싶어서 꿈틀거린다. 전형적인 1번 타자감이다.

'딱.' 소리가 경쾌하다. 코스는 안타코스. 2루수의 키를 살짝 넘기는 내야안타를 치고 1회 초 첫 타자부터 기선을 잡는다. 영훈이는 계속 1루에서 다리를 몇 발걸음씩 움직이면서 투수의 심기를 건드린다. 이어 도루 성공. 아웃카운트 하나 없는 상황에서 득점 찬스가 만들어진다. 2번 타자는 아웃. 푸르미르야구단의 포수를 맡고 있는 진영이에게 1회 초 득점 찬스가 왔다. 진영이가 과연 첫 득점을 만들어낼 수 있을까.

갈팡질팡해도 괜찮아

포수로서 진영이는 백점 만점에 백점이다. 과묵하고 표정 변화가 거의 없어서 더그아웃에 앉아 있을 때도 존재감이 두드러지지 않는다. 포수가 어떤 포지션인가. 팀이 수비를 할 때도 항상 쪼그리고 앉아서 투수의 공을 받아야 하는 고달픈 포지션이다. 선발 투수에게 상대 타자의 성향을 파악해 구질을 주문하는 것도 포수의 몫이다. 상대 타자가 출루라도 하게 되면 이번에는 도루하려는 것까지 파악해 도루까지 잡아야 한다. 그라운드의 지휘자이자 안방마님이라는 별명이 붙어 있지만, 마스크를 쓰고 내내 쪼그리고 앉아 있는 포수가 경기에서 빛이 나는 경우는 드물다.

야구에서 역시 가장 빛이 나는 것은 투수, 그중에서도 선발 투수다. 사실 아무리 잘 치는 타자가 있어도 선발 투수의 공이 끝내주면 그날 경기는 어렵다. 그라운드에서 삼진 쇼를 하면서 상대 팀을 무력하게 만들고, 이닝이 바뀌면 표표히 마운드에서 내려오는 선발 투수를 보고 있노라면 아이들은 대부분 '아, 나도 투수 한번 해보고 싶다'는 생각을 하게 된다. 에너지가 넘치는 사춘기 중학생 남자아이들은 더욱 그렇다.

한번은 푸르미르야구단 아이들에게 "투수 안 해보고 싶어?"라고 물은 적 있다. 절반은 해보고 싶다고 말하고, 절반은 희미하게 웃는다. 후자는 아마도 '하고는 싶지만, 우리 팀에는 에이스가 두 명이나 있잖아요'라는 생각일 것이다. 다시 포지션을 바꿔서 "포수는 안 해보고 싶어?"라고 물었다. 이번에는 이구동성이다. "포수는 별로인데요." 이유를 물어볼 필요도 없다. 오히려 포수를 하고 싶다는 아이가 있다면 그 아이가 별종이다. 그 아이에게 이유를 물어야 한다. 포수 마스크를 자주 쓰는 진영이는 선발 투수를 해보고 싶지 않을까. 질문을 바꿔서 던졌다.

"포수 힘들지 않아?"

"괜찮아요."

"너도 투수도 하고 그러고 싶지 않아?"

"글쎄, 괜찮은데요."

어떻게 묻든 '괜찮다'는 대답. 이것은 예스인가, 노인가. 속을 알기 어려운 아이이다. 구체적으로 물을 필요가 있다.

"학교에서는 무슨 포지션을 주로 했어?"

"포수요."

"앞으로는 무슨 포지션 계속 하고 싶어?"

"포수요."

"왜?"

"그냥… 익숙하고요. 애들이랑 호흡도 잘 맞아요."

"그럼 사인도 하고 그래? 나한테 가르쳐줄 수 있어?"

그제야 진영이가 나를 한 번씩 쳐다보고면서 말한다.

"에이, 사인은 못 가르쳐주지요. 경기 중간에도 투수가 바뀌면 사인도 바꾸는데 그걸 어떻게 가르쳐줘요."

입이 무겁고 성실한 진영이에게 포수는 천직 같아 보인다. 하지만 이게 다일까. 이것 말고도 다른 모습이 숨어 있지 않을까. 나는 시큰둥한 진영이에게 또 다른 질문을 던진다.

"진영이는 게임하고 야구 중에 어느 게 더 좋아?"

"솔직히 말하면요… 게임이오."

"게임을 잘하나보네?"

"잘하는 건 아니고 좋아해요. 컴퓨터, 기계 이런 쪽으로요."

과묵한 진영이가 기계 쪽으로 관심이 있다는 사실을 표현했다. 말수가 적은 아이가 관심 분야를 말하기 시작했을 때는 바로 이에 대해 질문할 필요가 있다. 그러나 기계치인 내가 생각할 수 있는 질문의 수준이란 고작 이 정도.

"어릴 때 시계 같은 것도 분해하고 그랬어?"

무뚝뚝한 표정은 그대로지만 진영이는 이제 고개를 조금 들고 눈맞춤을 시작한다. 작긴 하지만 목소리에도 자신감이 조금 묻어난다.

"당연하죠. 그런 건 어릴 때 다 해봤죠."

이전까지 내가 알던 진영이가 했던 말과는 사뭇 다르다.

"그럼 그쪽으로 계속 나가고 싶겠네?"

"네. 저는 고등학교도 특성화 고등학교로 갈까 생각 중이에요. 아버지는 좀 싫어하시는데 저는 대학 가는 것보다 빨리 기술 익혀서 돈 벌고 싶어요."

"그럼 대학은 안 가려고 결심한 거네."

"네."

중학교 3학년인 아이가 대학을 가지 않는다고 스스로 결심했다고 하니 조금 의아하기도 하고 대견하기도 했다. 어쩌면 대학을 가지 않으려고 생각한 것처럼, 진영이는 자신이 포수일 때 가장 잘하리라는 것을 어렴풋하게 느끼고 있는 것은 아닐까.

연습이 거듭될수록 푸르미르야구단 단원들은 진영이가 포수 마스크를 쓰는 것을 당연하게 여겼다. 타율이 높지는 않지만 푸르미르야구단의 주전 포수 진영이의 정체성은 점점 그렇게 한 부분으로만 규정되고 있었다. 이제 타자로서의 모습까지 확인해 진영이를 입체적으로 보는 일은 내 몫이리라는 생각이 든다. 타자로서의 진영이는 어땠지?

포수로서의 진영이가 백점이라면 타자로서의 진영이는 사실 그보다 점수가 떨어졌다. 진영이의 고질적인 문제점은 자신의 스윙을 하지 못한다는 점이다. 타격에 있어서 진영이는 공을 따라다니는 것으로 여러 번 지적을 받았다. 좋은 공이 들어오면 장타를 치기도 하지만, 나쁜 공이 오면 덩달아 타격 자세도 무너졌다. 요컨대 타자로서의 진영이는 공에 따라서 안절부절 못하는 면이 있었다. 맺집 좋은 포수로서의 모습과는 어찌 보면 어울리지 않는 태도였다. 그런데 사실 진영이의 마음에는 아직 '자신도 어쩌지 못하는' 모습이 똬리를 틀고 있었다.

기계를 좋아하고, 그래서 대학을 가지 않고 기술로 빨리 돈을 벌고 싶다고 말하던 진영이. 그 모습을 기억하고 나는 진영이에 대해서 자신의 앞날에는 크게 스트레스 받지 않을 것이라고 지레짐작했다.

푸르미르야구단 활동이 막바지로 치닫던 어느 날, 나는 아이들의 마음을 좀더 알아보고 싶어서 설문지를 나눠주고 각 질문에 해당하는 생각을 작성하게 했다. 가장 기본적인 것은 아이들의 꿈. 진영이의 꿈은 놀랍게도 '첫째는 전교 1등, 둘째는 전교 2등, 셋째는 전교 3등'이었다.

혼란스러웠다. 진영이가 누구던가. 기계를 좋아해서 대학은

가지 않을 것이라고 작지만 단호하게 말하던 푸르미르야구단의 주전 포수가 아닌가. 문득 진영이가 기계를 잘 다룬다는 사실로 다른 사람에게서 인정을 받았던 기억이 얼마나 있을까 하는 생각이 들었다. 모르긴 해도 성적이 좋은 아이들이 받는 인정과는 비교가 되지 않을 것이다. 자신이 잘하는 것, 좋아하는 것이 무엇인지 알면서도 정작 그것을 인정받지 못하자 진영이의 마음에 양가감정*이 생겼던 것은 아닐까. '공부를 안 하고 다른 일을 할 것이다, 그러나 인정을 받으려면 공부를 잘해야 한다.'

진영이에게 공부는 신포도였다. 포도가 너무 먹고 싶은 여우는 말한다. "저 포도는 맛없고 시기만 할 거야." 포도가 먹고 싶지만 먹을 수 없는 여우가 할 수 있는 선택은 그렇게 자신을 세뇌시키는 길밖에 없었다. 세상에는 포도 말고도 먹을 것이 널려 있다는 사실을 여우가 알았다면 어땠을까. 따기 힘든 포도를 보고 군침을 흘리면서 "저건 맛이 없어"라고 자기를 속일 필요는 없지 않았을까.

1회 초 원 아웃. 2루 주자는 발이 빠른 영훈이. 타석의 진영이에게 첫 득점의 기회가 왔다. 이번에는 공을 따라다니지 말고 호쾌하게 자기 스윙을 하기를. 공부 말고도 잘하는 것이 너무

---

* 동일 대상에 대해 갖게 되는 모순되는 두 감정. "너를 미워하지만 사랑한다" "담배를 끊고 싶지만 피우고 싶다"와 같은 것이 전형적인 예다.

많은 진영이를 마음으로 응원한다. “와아!” 아이들의 함성이 들린다. 진영이가 선취점을 내는 깨끗한 중전안타를 쳤다. 1대 0. 모두의 예상과 달리 푸르미르야구단이 선취점을 냈다.

야구는 투수 놀음

야구에 관해 수많은 명언이 있지만 그중 최고를 꼽으라면 역시 '야구는 투수 놀음'이라는 여러 야구감독들의 일성일 것 같다. 텔레비전 중계를 볼 때는 잘 모르다가 그라운드에 나와서 직접 야구를 보면 그 말을 더욱 실감하게 된다. 다이아몬드의 그라운드, 홈에서 출발하여 세 개의 베이스를 돌아서 홈으로 다시 돌아오는 경기. 그 가운데 남들보다 높은 위치에 투수가 있다. 투수가 공을 던지는 지점인 마운드는 투수가 공을 던지기 쉽도록 30센티미터 정도 흙이 쌓여 있다. 투수는 서 있는 곳도 다른 선수들보다 높다. 과연 '그라운드의 꽃'이라고 할 만하다.

숙적 목성중야구부와의 대결에서도 박 경사가 가장 신경 쓴 것은 선발 투수였다. 푸르미르야구단의 투수 주축은 승운이와 유주. 같은 학교 동급생이면서도 투수로서의 둘은 전혀 달랐다. 좌완 승운이는 체구는 작지만 제구력이 정교하다. 차분한 성격으로 수싸움에도 능하다. 타자가 무엇을 노리는지 판단한 후 구종을 선택한다. 주종은 커브. 야구 체험전에서 구속을 측정했을 때 최고 구속으로 시속 97킬로미터를 찍었다. 승운이는 마무리도 종종 맡는다. 선발이든 마무리든 보직에는 별로 신경 쓰지 않는 편이다. 오늘도 굳이 선발을 하고 싶은 바람은 없다.

유주는 큰 키에 탄탄한 하체를 자랑하는 우완 정통파다. 직구 구속은 승운이보다 빠르다. 다만 승운이보다 구종이 단조롭고, 상황에 따라서 제구가 들쭉날쭉하는 편이다. 타자와의 승부에서도 승운이가 볼카운트를 의식하면서 수싸움을 하는 편인 데 반해 유주는 삼진을 빨리 잡고 스피디하게 경기를 진행하려는 스타일이다. 최근 유주는 자신의 단조로운 구종을 보완해줄 필사의 무기를 익혔다. 체인지업. 박 감독에게 배운 그립이다. 실밥을 따라 검지와 중지를 벌리고, 공을 던지는 순간 마지막에 힘을 빼고 털어내듯이 던진다. 그러면 직구처럼 가다가 마지막에 각도가 떨어져 타자들이 속는다. 커브는 아무리 해도 각도가 잘 나오지 않았는데, 의외로 체인지업은 생각하는 대로 공이 간다. 유주는 내심 선발로 뛰었으면 하는 바람을 숨기지 못한다. 과연 오늘의 선발은?

"오늘 선발은 승운이가 하고, 포수는 진영이가 맡아서 한다."

1대 0으로 앞선 상황. 승운이가 첫 이닝을 무실점으로 막아 주면 초반 기세는 푸르미르야구단이 유리하다. 승운이의 어깨가 무겁다. 어쩌면 경기의 중요성을 생각해서 박 경사는 승운이를 선발로 낙점한 것은 아닐까.

"유주가 공은 좋지요. 그런데 결정적으로 유주는 경기에 따라 제구가 좀 흔들려요. 쟤가 덩치는 저렇게 커도 마음이 여린 데가 있어요. 저도 처음 유주를 봤을 때는 덩치가 산만 한 애가 얼굴에 상처까지 있으니 성질 좀 있겠구나 했거든요. 점점 겪어보니 순둥이예요, 순둥이. 오늘 같은 경기는 긴장해서 아마 처음에 자기 공 던지기가 쉽지 않을 거예요. 승운이는 애가 항상 차분하잖아요. 잘 안 흔들리고. 지난번에는 그런 말을 하더라고요. 자기는 솔직히 선발보다 마무리가 좋다고요. 중학생 남자애들이 그런 말을 잘 안 하거든요. 그만큼 승운이가 은근히 강심장이라는 거죠. 보기보다는."

승운이를 선발 투수로 기용한 데 대한 박 경사의 의견이다. 1회 초, 기대대로 승운이는 무실점으로 틀어막았다. 선수 한 명을 출루시키기는 했지만 이후 내야 뜬공을 자신이 캐치해서 잡는 순발력까지 보여준다. 프로 선수들도 투수 앞으로 떨어지는 공은 허둥대다가 놓치는 경우를 종종 봤는데. 박 경사가 말한 대로 승운이의 차분한 플레이가 돋보인다.

이닝 교체 전 오늘 가장 바쁜 사람 중 한 사람인 박 경사가 주문을 한다.

"너희도 봤듯이 선발 대결에서는 우리가 목성중야구부에 절대 밀리지 않아. 앞으로도 우리 투수를 믿고 계속 적극적으로 타격하면 된다."

박 경사의 칭찬에 에이스 승운이는 우쭐할 법도 한데 표정은 여전히 그대로다. 2회 초 푸르미르야구단의 공격이다.

일단 선취점을 내고 여유가 생기자 푸르미르야구단은 2회에 연속 안타까지 터뜨린다. 순식간에 1사 1, 2루가 된다. 장타가 나온다면 2득점까지 가능한 상황. 아이들의 다리가 바쁘게 움직인다. 틈만 나면 도루를 하려는 아이들. 설마 더블스틸까지 노리는 건가?

프로야구 경기에서도 더블스틸은 흔히 볼 수 없는 작전이다. 그라운드의 선수들이 모두 한 몸처럼 움직여서 두 개의 베이스를 동시에 훔치는 과감한 작전이다. 아이들의 욕심이 너무 과한 것이 아닐까 생각하는데 어느새 주자는 2, 3루에 가 있다. 이제 공이 멀리 외야까지 가지 않더라도 단타 하나면 2점이 들어온다. 그리고 거짓말처럼, 다시 한 번 적시타가 터진다. 순식간에 점수는 3대 0.

한번 흐름을 타기 시작하자 경기는 계속 푸르미르야구단에 유리하게 진행된다. 야구는 확실히 기세 싸움이다. 5대 0까지 점수 차이가 벌어진 채 2회 초가 종료된다. 목성중야구부의 더그아웃이 선발 투수를 둘러싸고 웅성웅성한다. 예상치 못한 초반 큰 점수 차이. 박 경사는 푸르미르야구단 선수들보다 더 기분이 좋아서 흥분해 있다.

"점수 차이가 크게 나니까 어쩌면 저쪽에서는 선발 투수를 내릴지도 모른다. 조기 강판이 될 수도 있는 거지. 그렇다면 우리가 절대적으로 유리한 거다. 모두 다시 한 번 파이팅하자!"

2회 말. 승운이가 다시 한 번 등판한다. 승운이는 오늘 몸 컨디션이 좋다. 포수 미트를 크게 벗어나는 공이 거의 없다. 볼 끝에도 위력이 있다. 상대가 공을 맞추더라도 내야를 넘기지 못한다. 승운이의 호투와 불붙은 타격. 2회까지 푸르미르야구단의 압승이다. 목성중야구부는 국면 전환이 필요해 보인다. 조기 투수 교체라는 강수를 쓸 것인가. 아니면 한 번 더 믿고 경기를 진행할 것인가.

3회 초 푸르미르야구단의 공격. 김투수가 한 번 더 마운드에 올라온다. 타석에는 한 바퀴 돌아서 다시 1번 영훈이다. 1회에 본 김투수의 공은 기대만큼 위력적이지 않았다. 서두를 이유가 없다. 이번에는 몸에 맞는 볼. 공이 영훈이의 허벅지를 살짝 스쳤다. 영훈이가 출루했다는 사실만으로 상대 팀의 배터리는 또 골치가 아프다. 아니나 다를까. 벌써부터 도루를 하려고 몸을 꿈틀대는 영훈이. 김투수는 영 신경이 쓰인다. 김투수의 견제구가 나가기도 전에 벌써 영훈이는 2루에 가 있다.

이어 2번 타자는 주장 승현이다. 첫 타석에서 아웃이 되기는 했지만 이기고 싶은 마음은 푸르미르야구단에서 가장 크다. 주로 유격수로 출전하는 승현이는 큰 것 한 방을 노리는 스타일이 아니다. 영훈이의 빠른 발을 생각하면 내야를 벗어나기만 해도 점수를 뽑을 수 있다. 승현이가 상대 수비진의 포맷을 죽 훑는다. 아까 보니 상대 2루수가 공을 잡을 때 순발력이 떨어진다. 2루수와 3루수 사이 간격도 넓다. 바로 저기다. 승현이가 방망이를 짧게 잡는다. 좌중간을 깨끗하게 가르는 내야안타. 원했던 코스로 정확하게 빠지는 안타. 승현이의 안타에 푸르미르야구단 더그아웃은 크게 환호한다. 믿을 수 없다. 3회 초 점수는 7대 0으로 크게 벌어진다.

즐겁게 지자

3회 말이 시작되기 전, 박 경사가 승운이를 부른다. 최근 연습 훈련에서 승운이는 주로 마무리로 등판했다. 선발로서의 긴 이닝을 소화하는 게 괜찮을지 걱정이 된다.

"괜찮아?"

오늘 승운이는 컨디션이 좋다. 이대로라면 무실점 완봉도 가능할 것 같다. 하지만 신중한 승운이는 "오늘은 끝까지 던지고 싶습니다. 컨디션이 최고입니다" 같은 말은 하지 않는다.

"네, 괜찮습니다."

3회 7대 0. 처음 예상과는 달리 푸르미르야구단이 압도적으로 앞서가고 있다. 여유가 생긴 것일까. 박 경사가 유주를 부른다.

"3회부터는 유주 네가 던져라."

승운이의 호투가 이어지던 터라 유주는 다소 당황한 표정이다. 예상외의 투수 교체에 승운이도 당황하기는 마찬가지다. 지고 있는 목성중야구부도 아직 투수를 교체하지 않았는데 왜 크게 이기고 있는 상황에서 선발 교체를 하지? 주장 승현이의 표정에 의구심이 서린다. 오늘 경기를 꼭 잡고 싶은 승현이. 아무리 7대 0으로 앞서간다고 해도 상대가 누구인가. 서울시 제패의 목성중학교가 아닌가. 타선이 물꼬를 트기 시작하면 의외로 서너 점 정도는 쉽게 날 수도 있다.

야구에서 가장 어려운 것 중 하나가 바로 투수 교체 타이밍이라고 한다. 선발이 잘 던져주면 선발을 믿고 가면 되지만 만약 선발이 조기에 무너지면 이때부터 투수코치는 머리가 복잡해진다. 그렇다고 선발이 제구가 되지 않는다고 바로 강판시킬 수 있는 것도 아니다. 선발로서의 자존심도 고려해야 하고, 또 이어 올라온 불펜 투수가 선발만큼 잘 던질 수 있다는 보장도 없다. 그래서 대부분 선발이 코치나 감독의 바람만큼 잘 던져주면 그날 경기는 쉽게 풀려가는 것이다.

프로야구에서 잘 던지는 선발을 마운드에서 내리는 경우는 투수가 갑작스럽게 부상을 당하는 경우를 빼고는 거의 없다. 선발을 내리는 박 경사의 투수 운용은 지나친 여유가 아닐까. 물론 여러 투수에게 공 던지는 기회를 골고루 나눠주고 싶다는 감독의 바람일 수도 있지만. 유주도 물론 잘하지만, 승현이는 마음이 편치 않다.

3회 말 등판한 유주. 몸이 굳어 있다. 목성중야구부가 쉽게 선취점을 낸다. 이런 경기는 난타전 양상이다. 4회 말은 유주의 제구가 불안하다. 상대가 추가점을 내자 유주는 마음이 급해진다. 어깨에 힘이 들어간 것이 보인다. 이럴 때일수록 카운트 싸움을 해야 하는데, 유주는 빨리 삼진을 잡으려고 하는 것이 틀림없다.

"유주가 피지컬은 한 번에 봐도 눈에 띄지요."

박 경사의 말처럼 면접 때 만난 유주는 가장 눈에 띄었다. 큰 키에 벌어진 어깨, 탄탄한 하체까지. 잘생긴 얼굴에 오른쪽 눈가에는 작은 흉터가 있었다. 어떻게 하다가 생긴 흉터일까. 험한 일을 많이 겪은 아이가 아닐까. 나는 말을 걸기가 조심스러웠다.

"선생님, 안녕하세요."

세 번째 훈련이었을까. 휠체어를 타고 나타난 나에게 유주가 먼저 말을 걸었다. 내 모습이 좀 어색하고 불편할 수도 있었을 텐데 그런 기색은 전혀 없다. 나도 편해져서 유주에게 말을 건넸다.

"유주는 몸이 좋아서 나중에 운동하고 싶은 생각도 있겠네."

"아니오. 프로 선수는 마음 없어요. 그냥 동호회 같은 것만 하고 싶어요."

"다른 운동도 해?"

"네. 농구도 좋아해요."

"나중에는 그럼 뭐하고 싶어?"

"아직은 모르겠는데, 그냥 스포츠업계에서 일하고 싶어요."

큰 체구와 상처만 보고 카리스마가 넘칠 것이라고 지레짐작했는데, 이야기를 나눠보니 유주는 마음이 여리고 순한 아이였다. 나는 조금 짓궂은 질문을 던져보기로 했다. 어떤 대답을 할까.

"푸르미르야구단에 어린 친구들이 많아서 아무래도 팀으로는 조금 손해 아니야?"

유주의 대답이 궁금했다.

"걔들도 열심히 하니까 괜찮아요. 그리고 저희가 더 열심히 하면 되니까."

나의 이기적인 질문이 무색해지는 이타적인 답변이었다. 그렇다면 승운이에게 라이벌 의식을 느낄 것이라는 것도 나의 괜한 추측일지 모르겠다.

"승운이랑 친해요. 승운이가 저보다 제구가 좋아요. 저는 공은 좀 빠른 편인데 제구가 안 될 때가 있어요. 하하. 서로 점수 주면 그것 가지고 놀리고 그래요. 지난번에 제가 승운이한테 '김삼점'이라고 놀렸어요. 제가 점수 많이 주면 그때는 저를 또 놀릴걸요. '이오점' 이러면서요."

착한 답변만 계속하는 유주. 어른들에 대해서는 어떻게 생각할까.

"저는 잘 모르겠어요. 우리 학교는 일진 그런 것도 없는 것 같아요. 담임선생님이랑도 이야기 많이 해요. 저희는 교장선생님도 좋은 분 같아요. 급식도 나눠주고 그래요."

'교장선생님도 좋은 분'이라고 말하는 데서 나는 항복을 선언한다. 졌다. 이것이 대한민국 중학교 3학년 남학생이 할 수 있는 말인가. 나의 완벽한 패배였다. '카리스마도 있고 자뻑도 있고 그래서 때로는 이기적'일 줄 알았던 유주는 순하고 이타적인 아이였다. 유주의 '반전'이었다. 설문지에 답한 유주의 꿈은 이랬다.

- 내 생애 가장 행복한 날은 유니폼 받은 날
- 내가 가장 두려워하는 것은 범죄
- 내 첫째 소원은 돈 많이 벌어 옷 사는 것

과연 덩치와는 어울리지 않게 유순하고 소박하다. 유주가 저런 캐릭터라면 이렇게 따라오는 상황이 너무 부담스럽지 않을까. 나는 슬슬 염려가 되기 시작했다. 승부가 조여올수록 더 이기고 싶어하는 아이도 있지만, 승부보다는 게임 자체를 즐기고 싶어 하는 아이도 있다. 유주는 후자다. 문득 유주가 했던 말이 생각난다. 유주와 승운이로 선발 투수를 하고 연습경기를 한

날 근소한 차이로 유주가 속한 팀이 패했다. 그런데 유주의 표정이 어둡지 않았다. 내가 의아해하며 물었다.

"분하지 않아?"

"선생님, 저는 즐겁게 지면 된다고 생각해요."

충격이었다. 나는 '즐겁게 진다'는 것에 대해 한 번도 생각해 본 적이 없었다. 지는데 즐거운 것도 있나? 쿨한 어른이고 싶어서 아이들과 눈높이를 맞추기 위해 애쓴다고 자평했는데, 내 머릿속은 오랫동안 대한민국 교육제도가 심어둔 승패, 위계 같은 것에서 한 번도 자유로운 적이 없었던 것이다. 이런 마음을 가진 유주에게 점점 조여오는 승부의 긴장감은 어쩌면 짐이 될지도 모르겠다.

4회 말 유주가 대량 실점을 한다. 점수는 7대 5. 이제 잠시도 안심할 수 없는 상황이다. 김투수를 믿고 나간 목성중야구부 감독의 뚝심도 대단하다. 7대 0 상황에서 7대 5까지 따라오자 5회 초 김투수의 공이 조금씩 낮게 깔리는 게 보인다. 기세는 목성중야구부의 상승세. 5회 초 푸르미르야구단 공격. 도망치는 점수가 절실하다.

각본 없는 드라마

흔히 야구를 인생에 비유한다. 야구만큼 선수들의 체격이 다양한 운동도 드물다. 기아 타이거즈의 유격수 김선빈은 키 165센티미터, 몸무게 70킬로그램이고, 두산 베어스의 최준석은 키 185센티미터, 몸무게 115킬로그램이다. 팀에는 키가 작더라도 빠른 발을 자랑하는 선수도 필요하고, 뛰는 것조차 힘들어 보이는 거구더라도 한 방 능력이 있는 선수도 필요하다.

투수 역시 마찬가지다. 먼저 투수는 우완과 좌완으로 나뉜다. 투구 폼에는 정통파, 언더핸드, 사이드암이 또 있다. 시속 160킬로미터의 강속구를 뿌리는 투수가 있는가 하면 시속 130킬로미터의 저속으로도 구석구석 찔러넣는 제구로 타자를 요리하는 투수도 있다.

이렇게 다양한 사람이 모여 있는 종목이다 보니 야구 경기

도중 발생하는 상황도 다양하다. 갑자기 부상을 당한 선발 투수를 대신해서 올라온 2군 투수가 위력적으로 삼진을 잡아서 주변을 놀라게 한다. 이제 막 입단한 무명의 신인이 최고의 마무리 투수를 상대로 결승 적시타를 치기도 한다. 2013년 한 경기에서는 유니폼이 없어서 다른 선수의 등번호를 단 선수가 급하게 출전해 안타를 치기도 했다.

박 경사가 노린 것도 이런 계산이었을까. 흔들리는 유주를 잡기 위해서는 분위기 반전이 절실했다. 난타전에서 가장 쉽게 분위기를 반전할 수 있는 카드는 뭐니 뭐니 해도 홈런. 누상에 주자가 한 명 있으니 이런 상황에서 홈런이 나온다면 순식간에 2점이 된다. 그런데 푸르미르야구단이 홈런을 친 적이 있던가. 지난번에 채정이가 그라운드 홈런을 치긴 했지만, 그라운드 홈런은 엄밀하게 말하면 펜스 밖으로 넘어가는 홈런과는 차이가 있다.

"신인철, 이제 네가 2루 보고 서진이 타석에 들어서라."

신인철? 처음 듣는 이름이다. 면접 당시 명단에서 본 것 같기도 하고… 유니폼을 입은 것을 보니 유니폼까지는 맞춘 것 같다. 기억을 더듬어본다. 아이들도 표정이 뜨악하다.

초반 투수 교체 타이밍은 조금 잘못되었다. 박 경사도 이 사실을 안다. 박 경사는 타격으로 만회해야 한다고 생각한 것일까. 기대 반 염려 반. 인철이가 타석에 들어선다.

드라마보다 더 드라마 같은 야구. 거짓말처럼 인철이가 친 공이 계속 뻗어나간다. 설마… 설마! 공은 외야를 넘어가 라인 밖으로 계속 뻗는다. 푸르미르야구단의 첫 홈런. 푸르미르야구단 주전 멤버와는 거리가 한참 먼 2학년 인철이가 푸르미르야구단의 1호 홈런을 쳤다. 아이들의 환호소리. 점수는 다시 9대 5까지 벌어진다.

가장 재미없는 게임은 한 쪽이 일방적으로 끌려가는 게임이다. 그렇다면 가장 재미있는 게임은? 몇 번 엎치락뒤치락하면서 투수가 마지막 공을 던지는 순간까지도 승부를 예측할 수 없는 게임이다. 그렇다면 오늘 목성중야구부와의 경기는 과연 재미있는 경기의 백미라 할 만하다.

6회 말 목성중야구부의 타격이 불을 뿜은 가운데, 어느새 점수는 10대 9. 턱밑까지 따라왔다. 마운드에는 여전히 유주. 3회부터 6회까지 혼자서 공을 던졌다. 불펜이지만 선발 같은 불펜이다. 라이벌전 양상의 경기라서 멘탈도 극도로 피곤해졌다. 무엇보다 어깨는 괜찮을까. 유주가 박 경사에게로 다가간다.

"경사님, 저 힘들어요. 바꿔주시면 안 돼요?"

유주의 마음을 모르는 것은 아니지만 지금같이 중요한 상황에 바꿀 사람이 없다.

"조금만 더 수고해라."

7회 연장전이 펼쳐지고 유주의 역투가 계속된다. 연장 7회 말, 12대 11. 푸르미르야구단의 한 점 차 리드. 1사 주자 2루 상황. 타석에는 오늘 안타가 두 개 있는 35번 오주자. 지금 내가 치는 이 공이 오늘의 운명을 결정짓는다. 오주자의 표정이 사뭇 비장하다. 투 스트라이크 투 볼 카운트에서 오주자가 호쾌하게 스윙을 휘두른다. 반드시 안타를 칠 필요도 없다. 외야 플라이만 쳐도 2루 주자는 충분히 홈으로 들어온다. 길게 방망이를 잡고 장타를 노리는 폼이 역력하다.

'딱!' 저 정도면 내야를 넘기기에 충분하다. 공은 점점 내야를 넘어 외야수 채정이 앞으로 떨어진다. 지난 경기에서 그라운드 홈런을 치며 기세가 오른 채정이. 아이들의 눈이 일제히 채정이의 글러브로 향한다. 공은 채정이의 글러브 속으로 들어가는 듯하더니… 야속하게 다시 빠져나왔다. 놓. 쳤. 다! 채정이가 고개를 떨군다. 점수는 12대 12 동점. 이로써 승부는 다시 원점이다.

이기려는 목성중야구부 선수들의 패기를 꺾어야 한다. 초반 압승 분위기를 이어가지 못한 푸르미르야구단도 여기서 물러설 수 없다. 서울시 1위 최강팀이라는 타이틀의 목성중야구부도 저력을 보여줘야 한다.

양 팀 감독이 승부치기를 제안한다. 프로야구 규정에는 승부치기가 없지만 아마추어 야구에서는 종종 승부치기가 행해진다. 승부치기란 주자 1, 2루 상황을 만들어놓고 타자가 타석에 올라가서 안타가 나와 먼저 1점을 내는 팀이 이기게 된다.

8회 초 푸르미르야구단은 점수를 내지 못한 채 8회 말 목성중야구부의 공격 기회다. 안타 하나면 오늘 경기는 끝난다. 경기 경험이 많은 목성중야구부는 무리하지 않고 공에 방망이를 툭 갖다 댄다. 야속한 공은 내야수 다리 사이를 빠져나간다. 주자 홈인.

푸르미르야구단의 뼈아픈 역전패다. 목성중야구부의 함성 소리가 하늘을 찌른다. 채정이는 머쓱해하면서 고개를 숙이고 더그아웃으로 들어온다.

"야! 그걸 놓치면 어떻게 해."

누군가가 채정이에게 한마디 한다. 나라도 채정이를 위로해야 할 것 같은 기분이 든다.

"채정아, 속상하겠네. 애들이 괜찮다고 그러지?"

"아니에요. 욕먹었는데요. 하하."

"속상하지 않아?"

"무슨요. 욕먹을 만했잖아요. 그걸 잡았으면 영웅인데 놓쳐 가지고 역적 됐어요."

"그런데 왜 그렇게 된 거야?"

"아, 제가 긴장해서 놓친 것 같아요. 손가락이 부러져서 잘 못 잡은 것도 있고. 며칠 전 농구하다가 부러졌거든요. 손가락에 끼는 것을 씌우고 경기를 했어요."

"진짜? 경사님이나 애들도 다 알아?"

"네, 알아요. 그래도 제가 필요하니까요. 하하."

"부상 투혼이네?"

"꼭 이기고 싶었으니까요. 박 경사님도 그랬던 것 같아요. 애들도 그렇고. 지난 경기에서는 영웅이었는데 이번에는 역적이네요."

쿨하게 상황을 정리하는 채정이. 영웅과 역적을 한 번씩 경험하면서 푸르미르야구단에 자신의 존재를 확실히 각인시켰다. 자신보다 팀을 먼저 챙겼던 주장 승현이는 지금 무슨 생각을 할까.

"속상하죠. 이번에는 꼭 이기고 싶었는데. 이상하게 목성중이랑만 하면 끝에 안 풀리네요."

연이은 패배. 원인을 분석할 필요가 있다.

"오늘의 패인이 뭐라고 생각해?"

사람들의 주목을 받는 것을 즐기지만 막상 경기에 들어가면 자신보다 팀을 먼저 생각하는 푸르미르야구단의 주장. 상황 파악을 잘하고 순발력이 좋은 승현이는 느닷없는 질문을 받고 잠시 생각하더니 말문을 연다.

"솔직히 말씀드리면 투수 교체 타이밍의 실패죠. 유주가 너무 오래 던졌어요. 유주가 지쳐서 다른 선수로 바꿔야 했는데 그러질 못한 거죠. 해왕중학교의 병수가 공이 괜찮아요. 유주가 지쳤을 때 병수로 바꿨으면 승기를 잡았을 거예요."

경기하기도 정신없었을 텐데 승현이는 꽤 깊이 생각을 했다.

"왜 병수로 바꾸지 않은 것 같아?"

"병수는 소극적이라서 먼저 말을 안 해요. 유주가 말을 했는지는 모르겠어요. 나는 바꿨으면 했는데 병수가 말을 안 하고, 박 경사님도 유주로 가야 한다고 생각하는 것 같아서 더 말을 할 수가 없었어요."

다잡은 줄 알았던 경기를 뼈아픈 승부치기 끝에 내준 푸르미르야구단. 세 게임 연속 한 점 차 패배. 게다가 역전패. 푸르미르야구단 아이들은 얼마나 분할까. 3차전을 고대했던 것처럼 4차전을 고대하지 않을까. 만약 4차전이 열린다면 똑같이 한 점 차 역전승으로 되갚아주고 싶을까, 아니면 지난 세 게임을 송두리째 앙갚음하기 위해 3점 차 이상의 대승을 바랄까. 알 수 없다. 하지만 이것은 확실하다. 푸르미르야구단 선수들이나 푸르미르야구단을 아끼는 사람들은 틀림없이 4차전을 고대할 것이라는 사실을. 넌지시 다음 경기에 대해 물어본다.

"승현아, 다시 또 그런 상황이 온다면 어떻게 할 것 같아?"

"주장으로서 바꿔야 한다고 말할 것 같아요."

한 치도 망설이지 않고 대답한다. 그 당찬 모습에 믿음이 간다. 주장 승현이는 어쩌면 벌써부터 설욕전을 그려보고 있는지도 모르겠다. 그날이 기다려진다.

9회

찬란한 이별

"희망이 사라질 때까지 결코 불가능이란 없다."

– 짐 애보트 –

야구하는 의사

훈련 6개월째 성실하게 참가하던 명광이가 훈련에 지각을 했다. 유니폼은 입었는데 슬리퍼를 신고 있다.

"감독님, 제가 다리가 아파서 훈련을 할 수 없을 것 같아요."

"저쪽에서 쉬어. 안 나올 수도 있었을 텐데 이렇게 나온 것은 참 잘했다. 다른 아이들이 훈련하는 것 잘 봐. 보는 것도 훈련 중 하나니까."

박 감독이 명광이의 어깨를 다독인다. 명광이가 고개를 푹 꺾고 벤치에 앉는다. 나는 명광이와 이야기를 나누기에 좋은 기회다 싶어 명광이 옆으로 가서 앉는다.

"많이 다쳤니?"

"아니오. 그냥 조금 삐었어요."

"짜증나겠다. 너 야구 하는 거 좋아하잖아."

"네…."

고개를 푹 숙인 채 양손을 조물거릴 뿐 나를 쳐다보지 않는다.

"나도 솔직히 여기서 보고만 있으니 심심하다. 나랑 얘기나 할래?"

"네…."

무슨 얘기를 해야 할까. 네 이야기가 책으로 나온다는 말을 꺼내볼까.

"명광이는 책 좋아하니?"

"별로 안 읽어요."

"그러면 안 되는데. 너희들 얘기가 책으로 나오는데."

그제야 명광이가 관심을 보인다. 자기들의 이야기가 책으로 나온다는 게 신기한 것 같다.

"만화책은 봐요. 그림이 많은 책도 좀 보고요. 우리 책에도 그림을 많이 넣어주면 읽어볼게요."

방금 '우리' 책이라고 말했다. 아까와 달리 눈빛이 반짝이고 목소리도 커졌다.

"그림 넣는 것은 내가 결정할 사항이 아닌데 어쩌지. 네가 읽게 하려면 출판사에 부탁해봐야겠다."

슬쩍 친한 척을 해본다. 나는 왜 명광이가 소심하다고만 생각했을까. 이야기를 나눠보니 자기 생각을 조곤조곤 잘 전달한다.

"명광이는 꿈이 뭐야?"

"의사가 되는 거요. 수술하는."

"그래? 나도 나름 의사인데. 수술은 안 해도."

"선생님이 의사이신지 몰랐어요. 그런데 의사가 되려면 공부를 많이 해야 하죠?"

명광이의 첫 질문. '의사=공부'라고 물으니 할 말이 떠오르지 않는다. 멋없는 나의 대답.

"좀 그렇기는 하지. 네가 공부는 좀 하는구나. 의사가 되려는 걸 보니 말이야."

명광이가 말없이 고개를 좌우로 흔든다. 까짓 공부. 기죽을 필요 없다.

"공부는 지금부터라도 하면 되는 거니까 괜찮아. 시간 많다. 그나저나 명광이는 어떤 의사가 되고 싶어?"

"큰 병원 의사요."

전혀 예상하지 못한 대답이어서 더 반갑다.

"왜 큰 병원이야?"

"크면 좋잖아요."

단순하지만 명쾌한 해석. 역시 애들은 보기와는 다르다. 웃음이 나오려는 것을 간신히 참는다. 이 상황에서 웃으면 명광이가 다시 말을 거둘지 모른다.

"그러면 야구는 어떻게 할 거야? 야구도 좋아하는 줄 알았는데."

"의사가 되면 야구는 못하겠죠. 어쩔 수 없이 하나는 포기해야죠."

명광이의 입에서 '포기'라는 말이 나오는 순간 망치로 맞은 것 같았다. 나는 명광이의 말에 조바심이 난다.

"운동장에서 야구 할 때 그렇게 신나하면서 웬 포기? 의사라고 야구를 못하나 뭐. 사회인야구단도 많고. 야, 대한민국 남자 열에 한 명은 야구 해."

명광이가 피식 웃는다. 웃을 때 보이는 보조개가 귀엽다.

"야구도 하고 의사 일도 하면 되지. 그러면 되겠다. 명광이가 우리나라 최초로 야구하는 의사가 되면 되겠네. 야, 그거 내 꿈인데 네가 빼앗아간다."

이 순간 왜 내가 더 기분이 좋았을까. 그제야 명광이도 씩 웃는다. 눈을 바닥으로 내리깔고 있던 아이가 이제 고개를 든다. 시선은 그라운드로 향한다. 시속 150킬로미터로 공을 던지는 의사를 그려보고 있을까. 생각만 해도 멋있다. 포기 같은 건 나중에 해도 늦지 않다.

웃으며 안녕

푸르미르야구단이 출범하고 어느덧 6개월이 지났다. 처음에는 어색했던 박 감독과 아이들도 서로 많이 적응했다. 짐짓 아무렇지도 않은 듯 동료 선수들의 운동화를 건네주던 박 감독에게서 짠한 감동 같은 것도 느꼈다. 박 감독은 아이들에게 먼저 말을 거는 법이 없다. 대신 몸으로 보여줬다. 스트레칭하고 달리고, 그리고 나서 아이들을 모은다. 연습 기간 중 가장 강조한 것 중 하나는 팀워크. 조금 체격이 작거나 실력이 떨어지는 아이들도 절대 외면하지 않았다. 아니, 오히려 그 반대다. 공 던지기 훈련을 할 때 가장 먼저 부르는 것은 서진이와 명광이. 아무래도 송구 능력이 떨어지는 1, 2학년생들을 먼저 훈련시켰다. 포지션을 선정하면서도 아이들에게 기회를 골고루 주는 것에 가장 중점을 두었다.

"송구가 좀 안 되면 2루수에 두면 됩니다. 아무래도 1루까지 던지기 좀 쉬우니까요. 달리기가 느리면 외야에 두면 됩니다. 공이 외야까지 가는 일은 잘 없으니까요."

요컨대 누구라도 포지션 하나는 소화할 수 있다는 이야기다. 하나의 장점만 있다면 경기를 할 수 있다. 야구라는 스포츠의 매력이기도 하고, 기회를 균등하게 주고 싶어 하는 박 감독의 철학이기도 하다.

문득 고등학교 때 내가 다니던 학교가 생각난다. 입학 당시부터 성적에 따라 우등반/열등반으로 반을 나눴다. 특반/평반. 반 이름에도 차별성이 진하게 묻어났다. 특반에서 성적이 떨어지는 아이들 중 몇몇은 학년이 바뀌면서 평반으로 갔다. 성적이 떨어지는 아이를 먼저 배려하는 모습? 그런 것은 기대할 수 없는 환경이었다. 성적이 떨어지면, 평반으로 가는 것이었다.

그런데 푸르미르야구단은 기량이 떨어지는 아이들을 먼저 배려했다. 감독이 알아서 그 아이들을 먼저 배려하니 나머지 아이들도 자연스럽게 그것을 받아들였다. 푸르미르야구단 아이들 중 누구도 '왜 우리에게는 먼저 안 가르쳐주시지'라고 서운하게 생각하지 않았다. 경쟁 근성이 몸에 밴 나는 아이들이 그렇게 생각할까봐 조금 염려스러웠다. 물론 기우였다.

"감독님이 2학년들을 먼저 가르쳐주면 너희들은 기분이 어때?"

대답은 모두 한결같았다.

"당연히 재들이 먼저 많이 배워야죠. 그래야 팀이 다 잘하는 데 도움이 되잖아요."

"그래도 재들이 계속 좀 뒤쳐지면 짜증 안 나?"

"그런 거 없어요. 한 팀인데 그런 게 어디 있어요. 저희가 더 잘하면 되는데요. 뭐, 감독님도 그러시잖아요. 너희들 다 비슷비슷해. 더 잘하는 애들, 더 못하는 애들 그런 거 없어. 장난삼아 그런 말씀 하세요."

솔선수범하면서 성실하게 자신의 역할을 다하는 감독. 배려와 팀워크를 가르쳐주는 감독. 아이들은 자연스럽게 박 감독을 자신들의 정신적 지주로 모셨다. 지각대장 수다쟁이 영훈이도, 먼저 와서 몸을 풀던 승운이도, 왁자지껄하게 몰려오는 채정이와 유주도 연습시간이 되면 가장 기다리는 사람은 박 감독이다. '오늘도 감독님이 먼저 와서 몸을 풀고 계시겠지.' 그런데 오늘 박 감독이 보이지 않는다. 이런 일은 없었는데.

박 경사와 허 경장이 아이들을 불러 모은다. 뭔가 할 말이 있는 표정이다. 제법 심각한 모습.

"오늘이 너희가 박 감독님과 하는 마지막 연습이 될 것이다. 감독님이 넥센 히어로즈에 코치로 가시게 됐다."

뜻밖의 소식. 아이들이 웅성웅성한다. 너무 갑작스러운 소식을 들으면 어떤 감정도 나오지 않고 그저 멍해진다. 기뻐해야 하는 건지 슬퍼해야 하는 건지, 잘된 건지 아쉬운 건지… 모든 감정들이 통째로 섞여서 그저 어리둥절해진다. 어리둥절하기는 나도 마찬가지다.

야구아카데미에서 처음 봤을 때 나는 박 감독이 말은 하지 않았지만 얼떨결에 감독직을 맡았음을 직감했다. 현역에서 나온 지 얼마 되지 않았는데 이런 프로젝트의 감독 역할을 잘할 수 있을까, 반신반의했던 것도 사실이다. 게다가 가장 외로운 자리인 마무리 투수를 하던 경력이 있지 않은가. 이런 '짬뽕 외인구단'을, 그것도 대한민국에서 가장 무섭다는 중학생 외인구단을 그가 잘 꾸려갈 수 있을까.

하지만 모두의 우려를 박 감독은 특유의 성실성과 카리스마로 단번에 잠재웠다. 운동선수다운 방법이었다. 별말 하지 않고 몸으로 보여주고, 성심껏 가르쳤다. 6개월이 지난 지금, 아이들에게 감독은 오로지 박 감독 한 분뿐이다. 그러니 그만큼 이번 소식이 놀라울 수밖에.

프로젝트를 옆에서 지켜본 나는 또 한편으로는 다른 입장에서 걱정이 되었다. 물론 박 감독 개인적으로는 매우 잘된 일이다. 하지만 아이들이 '우리를 이렇게 놔두고 간다'는 식으로 받아들여서 상처를 입는다면 어떻게 하지. 그렇지 않아도 몇몇 아이들은 그런 상처가 있다. 아주 어릴 적에 가족한테 그런 상처를 받은 아이도 있다. 아이들이 슬퍼할 모습이 상상되어 걱정이 되었다.

결론적으로 오판이었다. 아이들의 회복탄력성은 내가 상상하는 이상이다. 주장 승현이가 먼저 말문을 연다.

"야! 감독님 오신다!"

박 감독이 멀리서 아이들에게 다가왔다. 아이들은 이제 상황을 모두 알고 있다.

"들었겠지만 내가 넥센 히어로즈의 코치로 가게 됐다. 앞으로는 다른 감독님이 오실 거다. 새로 오시는 감독님 말씀도 잘 듣고, 재미있게 연습하고 경기해라."

자신들을 가르친 보스와 하는 마지막 연습경기. 아이들은 여느 때처럼 캐치볼을 하고 펑고를 한다. 마지막 스트레칭. 평소와 똑같이 가르치고 배우는 모습이 더 짠하게 다가온다. 더그아웃의 나는 괜히 눈물이 나려 하는데 아무도 울지 않는다. 아니, 울기는커녕 오히려 더 크게 말하고 웃는다. 항상 분위기를 먼저 띄우는 영훈이가 이날도 예외는 아니다.

"감독님! 제 글러브에 사인 좀 해주세요."

영훈이의 말이 떨어지자 아이들이 저마다 자신의 글러브와 공을 내민다. 무표정하게 사인을 하는 박 감독. 나는 별일 아니라는 듯이 행동하는 아이들이 너무 신기하기도 해서 묻지 않을

수가 없다.

"너희들 괜찮아?"

항상 낙천적인 채정이가 먼저 말문을 연다.

"솔직히 아쉽지만 괜찮아요. 잘 배웠잖아요. 그리고 감독님이 이제 텔레비전에 나오시는 거 아니에요?"

단순하지만 명쾌하다. 주장 승현이는 어떨까.

"아, 헤어지는구나. 그런 생각이 들어요. 잘 가르쳐주셔서 감사하고요."

제법 의젓하다. 가장 많은 가르침을 받은 푸르미르야구단의 에이스, 유주는 어떤 기분일까.

"감독님이 넥센 히어로즈 코치로 가시게 돼서 되게 좋아요. 감독님이 잘되신 거잖아요. 제가 그런 분한테 배운 거잖아요. 그것도 좋아요."

아이들이 슬퍼하기만 할 줄 알고 걱정했던 내 시야가 얼마나 좁았던가. 자신이 동경하던 사람과 자신을 동일화하는 아이들. 마음속으로는 자연스럽게 자긍심이 생겨나 있다. 외부 상황이 힘들어져도 자신은 이제 예전의 그 약한 아이가 아니다. 내가 멋있게 생각하던 사람과 닮아 있다. 슬퍼할 필요가 없다. 그저 우리는 한 발 더 전진하는 것이다. 아이들은 생각한다.

'경기장에서는 모두 다 자기 역할이 있다. 오늘 우리를 떠나 더 큰 곳으로 가는 것이 감독님의 역할이다. 우리의 역할은 여

기 남아서 끝까지 경기를 하는 것이다.'

그렇다면 경찰의 역할은? 오늘의 이 장면을 사진으로 남기는 것. 찰칵. 박 감독의 주변으로 푸르미르야구단 아이들이 몰려들어 '인증샷'을 찍는다. 그리고 경찰에게는 또 하나의 역할이 있다. 마지막 행사일까. 박 경사가 박 감독에게 말한다.

"감독님, 저희가 감사장을 드리고 싶은데요."

박 감독은 사람들 앞에서 그런 것을 받는 것을 좋아하지 않는다. 아이들의 마음속에 자신의 존재는 충분히 각인되었다. 감사장. 그런 종이는 중요하지 않다. 하물며 사람들 앞에서, 아이들이 보는 앞에서 그런 것을 받는다는 것은 박 감독에게 아무 의미가 없다.

박 감독은 투수다. 투수는 공을 던지고 스트라이크를 잡는다. 방어율을 계산하고, 승수를 계산하고, 그에 따라 상을 주고, 환호하고 하는 것은 경기를 지켜보는 사람들의 몫이다. 투수는 삼진을 잡고, 아웃카운트를 잡고 나면 마운드를 내려온다. 투수란 그런 것이다. 오늘 마지막 수업으로 박 감독은 자신의 공을 다 던졌다. 감사장이라. 박 감독에게는 어색하고 불편한 일이다. 게다가 아이들 앞에서라면 더더욱 내키지 않는다. 그런 것을 받으면서 무게 잡고 싶지 않다. 조용히 박 경사에게 말한다.

"그건 나중에 제가 시간 될 때 따로 경찰서에 혼자 가서 받겠습니다."

박 경사도 박 감독과 6개월을 넘게 보냈다. 박 감독이 이렇게 나올 줄 어느 정도 짐작은 했다.

"역시 우리 감독님은 끝까지 스타일이 있으시군요."

나에게 귀엣말을 말하면서도 박 경사는 아쉬운지 한마디 덧붙인다.

"애들 실력이 정말 많이 늘었어요. 박 감독님이 정말 잘 가르쳐줬어요. 이제 어떤 팀이랑 붙어도 호락하지 않을걸요."

지금 박 감독은 어떤 심정일까. 아이들에게 어떤 마음일까. 묻고 싶은 게 많지만, 역시 오늘도 돌아보니 이미 사라지고 없다. 해가 뉘엿뉘엿 지고 있는 그라운드. 아이들은 사인이 들어간 공과 글러브로 자기들끼리 모여 다시 연습을 한다. 동대문 주니어 팀과의 마지막 3차전이 눈앞에 있다. 감독님께 승리 소식을 알려드려야 한다. 그러려면 시간이 얼마 없다. 자, 다시 시작이다.

마지막 승부

겨울이 부쩍 가까이 다가왔다. 12월 15일. 동대문주니어 팀과 3차전을 치르기 위해 푸르미르야구단 아이들이 청량중학교에 다시 모였다. 지금까지 전적은 1승 1패. 2차전은 채정이의 역전 그라운드 홈런으로 극적인 승리를 했다. 그때까지 푸르미르야구단을 이끌어주던 박 감독을 대신해 새로 심 감독이 와서 한 달여 간 아이들을 지도했다.

심 감독은 한화 이글스의 타자 출신. 1군보다는 2군에 있는 시간이 훨씬 많았다면서 자신을 선수로 소개하는 것을 쑥스러워한다. 사람 좋은 인상. 박 감독이 말없이 아이들을 카리스마로 이끄는 스타일이라면 심 감독은 편하게 가르치는 스타일이다. 대타로 들어선 감독자리가 어색할 만도 한데 심 감독은 사교적인 사람. 아이들과 잘 어울렸다.

“아이들이 감독님을 참 편안하게 생각하네요.”

“아, 그래요? 다행이네요. 하하. 저는 사실 사범대학에서 체육교육을 전공했거든요. 교사 자격증도 있어요. 애들은 저도 뭐, 편하죠.”

프로야구 선수라기보다는 편한 체육선생님 같은 모습이다. 박 감독의 빈자리가 느껴지지 않도록 그는 아이들을 잘 다독거리면서 한 달간 푸르미르야구단을 끌어왔다. 강조하는 것은 단 하나.

“저는 아이들이 무조건 그냥 신나고 재미있게 하기만 바라요. 와서 보니까 분위기도 좋던데요. 다들 운동하는 것 좋아하고요.”

근 8개월의 시간을 달려왔다. 오늘은 동대문주니어 팀과의 3차전이자 푸르미르야구단 1기의 마지막 시합. 눈이 엄청나게 내린다. 극적인 장면을 연출하는 것도 좋지만 이러다 시합은 할 수 있을까. 나는 그게 더 걱정이다. 다행히 눈발은 점점 약해진다. 그라운드 사정이 이 정도라면, 역시 아이들은 ‘문제없다!’ 고 외친다. 설욕전을 벼르는 동대문주니어 팀도 마찬가지다. 그 모습을 카메라에 담던 김 작가가 사진을 보여주며 한마디 한다.

“선생님, 이것 보세요. 오늘은 지각한 애가 한 명도 없어요. 이건 정말 놀라운 일인데요.”

아이들은 누가 시킨 것도 아닌데, 경기 전에 모두 와서 몸을 풀고 있다. 목부터 어깨, 다리 그리고 스트레칭. 한켠에서는 외야에서 그립을 잡고 공을 던지는 아이도 보인다. 모두 자발적으로 하는 준비운동. 그 모습이 대견하기도 하고 놀랍기도 하다.

경기는 빨리 진행된다. 선발은 좌완 승운이. 역시 안정감 있다. 3회까지 1점만 내주고 마운드를 내려온다. 4회까지 4대 1. 경기가 수월하게 풀린다.

마지막까지 알 수 없는 게 야구라지만, 오늘 아이들은 여느 때보다 몸이 가볍다. 몸이 가벼우니 상대의 안타성 타구를 몸을 날려 잡는 호수비도 나온다. 공격 때 스윙도 부드럽다. 스윙이 부드러우니 힘이 잘 실린다. 보통 같으면 수비에 막힐 타구가 딱, 하고 빈 공간을 뚫고 안타가 된다. 현재까지의 기세는 푸르미르야구단. 이 기세만 유지하면 어렵지 않게 이길 수 있을 것 같다.

오늘은 푸르미르야구단 1기의 마지막 시합. 박 경사는 선물을 주기로 한다.

"영훈이 네가 승운이 뒤에 던져봐라."

분위기 메이커인 영훈이는 투수를 하고 싶다는 말을 자주 했다. 하지만 경기를 이어가기 위해서는 스트라이크를 넣을 수 있는 사람이 투수를 해야 했다. 다른 포지션은 종종 바뀌어도 투수는 거의 유주, 승운이 두 사람 체제였다.

박 경사는 오늘의 임시 감독이다. 아이들과 가장 많은 시간을 보낸 그가 영훈이의 마음을 모를 리 없다. 갑작스러운 박 경사의 말에 영훈이는 잠시 당황하지만 이내 신나서 몸을 푼다. 한 번도 투수로 나온 것을 못 봤는데. 게다가 덜렁대는 성격의 영훈이. 걱정했는데 의외로 몸이 유연하다. 공을 강하게 뿌리는 스타일이라기보다는 힘들이지 않고 던지는 스타일. 공도 제법 스트라이크 존에서 논다. 역시. 박 경사가 그냥 등판시킨 게 아니었다.

영훈이는 이날 숨겨놓았던 재능을 뽐내며 마지막 이닝까지 자신의 공을 뿌렸다. 감격스러운 기분. 푸르미르야구단의 승리가 확정되고, 아이들이 모두 영훈이를 둘러싸고 수고했다면서 박수를 쳐준다. 역대 전적 2승 1패. 첫 경기를 내줬지만 두 번째 경기의 신승, 세 번째 경기는 쉽게 이겼다. 푸르미르야구단 아이들은 승리의 기쁨에 도취되어 이 경기가 마지막 경기라는 것도 잠시 잊는다.

진행은 경찰의 임무. 흥이 한껏 오른 아이들에게 박 경사가 다가온다.

"8개월 동안 모두 수고했다. 알겠지만 오늘이 푸르미르야구단 1기 해단식이다. 모두 서로 가자."

허 경장은 오늘도 묵묵히 장비를 챙긴다. 마지막까지 운전도 역시 그의 몫이다. 아이들을 차에 태우고 경찰서로 이동한다.

우리들의 행복한 시간

8개월의 대장정. 푸르미르야구단 생활은 아이들에게 많은 것을 바꾸었다. 지각쟁이들을 알아서 모이게 했고, 성질부리던 자신을 스스로 반성하게 했다. 자신보다 기량이 떨어지는 아이들을 챙길 줄 알게 만들었고, 무엇보다 게임만큼 아니 게임보다 재미있는 게 야구라는 것을 가르쳐주었다. 그리고 또 하나. 경찰서에 대한 아이들의 생각도 바꾼 것일까. 해단식을 위해 경찰서에 들어오면서 오늘의 마무리 투수 영훈이가 먼저 말문을 연다.

"경사님, 저희 경찰서에 그냥 놀러와도 돼요?"

그 티 없는 질문이 황당하다. 경찰서에 놀러오다니.

"야, 너는 경찰서가 무슨 놀이터냐. 놀러오게."

내가 반문하자 영훈이는 오히려 더 정색한다.

"왜요. 여기 오면 야구도 하고, 끝나면 맛있는 것도 먹고 좋잖아요."

영훈이뿐 아니라 다른 아이들도 마찬가지였다. 너도 나도 "선생님, 저희 여기 또 놀러와도 돼요?"를 연신 외친다. 어이없기는 하지만 경찰도 그 모습이 싫지만은 않다. 싱긋 웃는 걸 보니 "그래, 놀러와라, 놀러와" 하면서 말할 것도 같다. 그러나 역시 그것은 나의 오산. 대한민국 경찰이 그렇게 호락하지 않다.

"이 녀석들! 사고 쳐서 들어오려고 그러지."

아이들도 지지 않는다. 분위기 메이커 채정이에게 유주가 장난으로 시비를 건다.

"경사님, 얘 어제 오토바이 타고 피시방 갔어요."

"아냐. 지금은 SM5 타고 다녀. 아, '수미파이브'. 광란의 질주를 했다."

채정이는 놀 줄 안다. 저렇게 가볍게 농담으로 받아치니 아이들이 좋아하는 것이겠지. 유주는 신나서 채정이에게 한마디 더 한다.

"어제 맥주는 좀 마셨어?"

"야, 무슨 맥주. 맥주는 안 취해서 안 마셔."

해단식 날에도 농담을 멈추지 않는 아이들. 무거운 분위기라고는 없다. 아이들의 힘이기도 하겠지만, 야구의 힘이기도 할 것이다.

우울증이 생기는 데는 수많은 이유가 있겠지만 최근 세로토닌이라고 하는 신경전달물질이 부족한 것과 관련이 많다는 것이 알려졌다. 놀랄 만한 사실은 몸을 쓰는 행동, 운동 그 자체가 세로토닌 같은 신경전달물질을 분비하는 데 기여한다는 것이다. 기분이 다운되어 있는 사람에게 운동을 하라고 하는 것은 그러니까 그 자체로 처방이 될 수 있다는 뜻이다. 몸을 쓰면 피곤해져야 할 것 같은데 더 기운이 솟는 이 신비한 역설. 8개월 동안 나는 이론으로만 알던 것을 내 눈으로 직접 목격했다. 푸르미르야구단이 나에게 준 선물이었다.

해단식이라는 거창한 이름이 붙었지만 역시 경찰에 가장 중요한 순서는 사진촬영이다. 아이들의 모습을 렌즈에 담아온 김작가가 입단식 때의 사진을 보여준다.

"선생님, 차이를 알겠죠?"

정말 그랬다. 아이들의 표정이 한결 밝아졌다. 진료현장에서 하는 '기분 척도 검사' 같은 것을 해볼 필요도 없었다. 아이들은 표정으로 지난 8개월이 어땠는지를 다 이야기하고 있었다. 입단식 때 표정이 굳어 있던 채정이의 얼굴이 환했다. 말이 없는 승운이가 이빨을 드러내며 웃는 모습이 처음 렌즈에 그대로 드러났다. 주장 승현이는 역시, 관중을 의식하는 표정이 엿보인다. 아이들은 역시 투명했다. 그 모습을 보니 나까지 기분이 좋아진다. 일종의 감정 전염이다.

'감정은 전염된다'는 말을 환자들에게 많이 했다. 한 병동 안에 감기가 돌면 폐쇄병동 같은 경우 감기가 죽 같이 돈다. 24시간 생활을 같이하니 사실 어쩌면 피할 수 없을지도 모르겠다. 문제는 감정 역시 마찬가지라는 사실. 보통 사람보다 연약한 자아를 가진 환자들의 경우 옆 사람의 감정을 고스란히 받기도 한다. 나 혼자 우울하다고 끝나는 게 아니다. 나의 우울은 나쁜 공기가 되어서 다른 사람의 숨으로 스멀스멀 전파된다. 그렇다면 기쁨, 즐거움 같은 감정은 어떨까. 역시 마찬가지다. 보이지 않는다고 없는 게 아니다. 슬픔처럼 기쁨도 전염된다. 바람을 타고, 기쁨은 전파된다.

"자, 모두 고생했다. 이건 선물."

아이들에게 해단식 직전 받고 싶은 선물을 물어보았다. 태블릿 피시, 유에스비, 시계 같은 것들이 압도적으로 많았다. 주장 승현이는 역시, 박 감독이 쓰던 글러브라고 했다.

어떤 선물일까. 아이들은 기다리지 않는다. 받자마자 선물을 개봉하는 아이들. 경찰의 선택은?

"이제까지 신나게 놀았으니까 앞으로는 공부 열심히 해야지."

독서대다. 야구단 해단식 선물이 독서대라니. 과연 경찰답다. 아이들 역시 그냥 넘어가지 않는다.

"이거 도마 아냐? 김치 썰면 되겠다."

푸하하. 아이들의 그 외면이 귀엽다. 저마다 독서대의 다른 용도에 대해 한마디씩 한다.

"자, 여기 말 안 듣는 애들, 이걸로 맞자."

"수업시간에 이렇게 세우고 자면 딱이겠네."

아이들은 현재에 충실하다. 앞으로 이제 청량중학교에 모여서 야구를 하지 못한다는 사실 같은 것은 생각하지 않는다. 일정을 진행하는 것은 역시 경찰의 몫. 박 경사가 마이크를 잡는다.

"이제 방학이지. 이걸로 푸르미르야구단 1기는 마무리한다. 그리고 내년부터는 2기를 시작할 거다. 자, 허 경장님 나오시죠."

허 경장을 왜 부를까. 허 경장은 항상 주변에서 일을 챙기는 게 일이었는데. 언제나처럼 희미한 웃음을 머금은 미소년 허 경장이 앞으로 나온다.

"나는 다른 곳으로 보직 이동이 있어서 2기는 허 경장님이 이끌 것이다. 이중에 3학년들은 고등학교로 가니까 보기 힘들겠지만, 또 어떻게 될지 모르지. 아무튼 인사해라."

그림자 허 경장이 이제 전면에 나선다. 예의 그 희미한 미소를 지으면서. 그러고 보니 저 웃음이 은근히 무섭게도 느껴진다.

"지금까지 박 경사님 덕분에 잘 놀았지. 앞으로도 잘해보자."

허 경장이 인사를 하자 이제 푸르미르야구단을 떠날 3학년들은 갑자기 아쉬운 기분이 든다. 채정이가 마지막으로 한마디 한다.

"선생님, 저희들 그냥 2학년이다 생각하고 한 번 더 하면 안 돼요?"

처음에는 푸르미르야구단이 유지될 수 있을까 다들 반신반의했다. 일단 아이들은 시간이 없다. 공부에, 학원에 또 공부에, 학원에…. 거의 매주 모여서 주말마다 연습하고 시합하는 것이 아이들의 입장에서는 꽤 큰 시간 투자다. 게다가 푸르미르야구단에는 다양한 아이들이 모여 있다. 부모가 집에 없을 때는 집을 봐야 하는 아이도 있다. 그저 소소하게 사고치는 것으로 자신의 정체성을 드러내는 아이도 있다. 푸르미르야구단이 큰 경기를 준비해야 하는 전문 야구팀도 아니다. 아이들이 규칙적으로 모이기나 할까. 모두 우려했다.

아이들은 어른들의 우려를 잠재우기 위해 보란 듯이 모였고 연습했고 즐겼다. 이유는 어쩌면 간단했다. 어떤 사연을 가졌든 아이들은 출구가 필요했다. 아이들에게는 출구가 없었다. 피시방이 재미있는 이유는 꼭 게임이 재미있어서라기보다 그곳이 시험 스트레스를 주지 않는 공간이기 때문은 아닐까. 운동장에 오면 아이들은 해방되었다. 그곳에는 성적에 따른 차별도 줄 세우기도 없었다. 이렇게 해야 한다, 저렇게 해야 한다는 강요도 없었다. 병살타를 쳐도 삼진이 되어도 신났다. 성적이 떨어져서 잔소리를 듣고 스트레스 받는 것에 비하면 병살타나 삼진은 아무것도 아니니까.

독서대를 하나씩 챙겨들고 경찰서를 나서는 아이들. 문득 나의 눈에 우등생 승운이가 보인다. 생각해보니 승운이랑은 제대로 대화를 나눠본 적이 없다. 면담 차례가 가기에는 승운이는 모든 것을 다 너무 잘했다. 경기 전에는 항상 먼저 와서 몸을 풀고, 말수는 적지만 친구들과도 잘 어울리며, 경기가 시작되면 좌완 에이스로 맹활약해 제구력이 좋은 투수로 변신하고 항상 자기 몫을 다한다.

승운이에 대해서는 박 경사도 허 경장도 항상 칭찬이다. 나도 승운이에 대해 당연히 그렇게 받아들이고 한 번도 제대로 이야기해볼 생각을 하지 못했다. 그런데 생각해보니 오히려 그게 더 이상했다. 물론 이런저런 아이들이 모인 야구단이라고는 하지만, 푸르미르야구단은 애초 기획할 때부터 학교 공부에 흥미가 없는 아이, 학교생활에 적응이 힘든 아이들을 우선 대상으로 했다. 승운이 같은 정통 우등생이 참여하기에는 좀 어울리지 않는 곳이었다. 하지만 승운이는 누구보다 열심히, 꾸준히 야구단에 참가했다.

처음에는 나도 역시 공부를 잘하는 애니까 이런 것도 열심히 하는구나, 생각했다. 아니, 오늘까지도 그렇게 생각했다. 재는 다 잘하니까. 하지만 지금 푸르미르야구단을 떠나는 승운이의 표정을 보니 누구보다 아쉬워하고 있다. 어쩌면 승운이는 푸르미르야구단을 가장 즐겼던 아이가 아니었을까. 애초 기획 취지에는 가장 거리가 먼 우등생 승운이에게 어쩌면 푸르미르야구단이 가장 큰 해방구였던 것은 아닐까. 이야기를 들어보고 싶다. 뭐든지 다 잘하는 애라서 그저 야구도 열심히 하는 것뿐이었을까. 정말 그게 다일까.

어른 친구

"어? 승운아, 글씨는 오른손으로 쓰네?"

승운이가 설문지를 작성하기 위해 펜을 든 손은 오른손이었다.

"아, 네. 원래 왼손잡이인데 어릴 때 글씨는 오른손으로 써야 한다고 해서 바꿨어요."

반가웠다. 공통점을 찾았다.

"나도 그랬는데. 아마 내가 야구를 했다면 너처럼 좌완 투수가 되었을 거야."

반가워서 한 말인데 승운이는 항상 신중하다. 그냥 고개만 들어서 까딱 하고 수긍하는 모습. 내가 조금 더 오버한다.

"나도 어릴 때 왼손잡이였는데 초등학교 2학년 때 글씨 배우면서 바꿨어. 어른들이 바꾸라고 해가지고. 그래도 아직 양치

질이랑 칼질 같은 건 왼손이 더 편해. 너도 그렇지?"

물어볼 필요가 뭐가 있을까. 공을 왼손으로 던지는데 말이다. 패닉은 「왼손잡이」라는 노래까지 만들었지만, 야구는 왼손잡이가 가장 유리한 스포츠 종목 중 하나다. 대한민국을 대표하는 투수 류현진, 김광현 모두 왼손이다.

왼손은 몇 가지 측면에서 유리하다. 모든 스포츠가 그렇겠지만 야구 또한 관성을 이겨내야 하는 종목이다. 우리나라 사람은 대부분 오른손잡이. 우리의 눈과 손, 팔, 근육은 대부분 오른손에 익숙하다. 왼쪽으로 운전하기만 해도 어색한 것처럼 왼쪽에서 날아오는 공도 꽤 어색하다. 즉 왼손 투수는 낯설다는 게 강점. 또 하나는 오른손 타자 입장에서 볼 때 왼손 투수가 던진 공은 바깥쪽에서 자기 몸 쪽으로 들어온다. 내 몸으로 다가오는 것처럼 느껴져 무척 위협적이다. 그래서 '좌완 강속구 투수는 지옥에서도 데려 온다'는 속설이 있는 것이리라.

2008년 골든글러브를 수상하며 투수에게 주는 상이란 상은 모두 휩쓴 김광현의 한마디. "혹시 왼손 글러브로 제작된 트로피를 받나 했는데 역시 오른손 글러브네요." 이 장면은 두 가지를 보여준다. 왼손이 야구에서 유리할 수 있다는 사실과 그럼에도 우리 현실은 아직 오른손잡이 위주로 이뤄져 있다는 것.

승운이는 야구할 때는 왼손이지만, 학교에서는 전형적인 오른손잡이다. 전교 10등 내외의 빼어난 성적. 말수가 없지만 아이들과도 친하다. 어른 말을 거역하는 법이 없고 착실하고 성실하다. 승운이의 마음속에는 그런 착한 아이만 살고 있을까. 진부하지만 가장 확실한 질문 한 가지를 먼저 던진다.

"승운아, 네가 만약 백만장자라면 어떻게 할래?"

대부분의 아이들은 이 질문을 던지면 신나한다. 마치 손에 돈을 쥔 것처럼 사업을 한다, 집을 산다는 아이들이 많고 조금 배포가 큰 아이들은 기부를 한다와 같은 답변을 한다. 승운이의 대답은 간단했다.

"저는 해외로 가고 싶어요."

말수가 없고 신중한 아이 아닌가. 모험심이 많은 아이처럼 보이지 않았는데. 이유를 묻는다.

"그냥 여기 말고 다른 데로 가고 싶어요."

해외란 그러니까 '여기 말고 다른 데'의 대명사였다. 비슷한 질문을 한 번 더 던진다.

"이번 방학 때 꼭하고 싶은 건 뭐니?"

"여행이오."

낯선 곳을 가고 싶은 것이 아니다. 중요한 것은 여기를 벗어나는 것이다. 공부를 잘한다고 해서 학교 스트레스, 공부 스트레스가 왜 없을 것이라고 생각했을까. 내가 누구보다도 그 심정을 잘 알면서. 어쩌면 승운이는 주위의 기대에 부응해야 한다는 부담감에 어깨가 더 무거울지도 모른다. 그렇지만 혹시 부담감이 많니, 라고 물을 수는 없다. 승운이는 그런 말을 해서 나에게 염려를 끼치는 것을 원하지 않는다. 그런 질문을 던지면 그저 고개를 떨구면서 "괜찮아요"라고 말할 것이다. 괜찮지 않아도 괜찮다고 말하는 것이 익숙한 아이. 승운이는 말하자면 초자아가 강해서 자아를 억압하는 상황이었다.

프로이트 식으로 말하면 인간은 이드, 자아, 초자아로 구성되어 있다. 이드는 쾌락 원칙에 따라 행동하는 요소. 본능에 가깝다. 자아는 이드의 요구와 현실상황을 고려하며 적절한 타협안을 찾는 중재자. 현실 원칙에 따라 움직인다. 초자아는 도덕, 양심, 규범 같은 곳에 내재화되어 있는 것을 말한다. 셋은 물론 따로 떨어져 있는 것은 아니고 유기적으로 연결되어 있다. 이드가 너무 강한 경우 욕망에 따라 통제되지 않는 삶을 산다. 초자아가 강하다고 해서 꼭 좋은 것만은 아니다. 초자아가 지나치게 강할 경우는 엄격한 심판관이자 가혹한 비판자인 부모가 마음속에 사는 것과 같다.

이제 중학교 3학년인 승운이는 어떤 과정을 거쳐서 저렇게 초자아가 발달하게 되었을까. 기대에 부응해야 한다는 부담, 주변의 시선 같은 것들이 자아를 억압했을 것이다. 물론 그로써 좋은 성적이라는 선물을 받는다. 그러면 또 다시 시작되는 기대, 부담, 다시 한 번 억압…. 아이는 자신을 억압해야지 주변의 칭찬을 받는다는 것이 몸에 배어 있다. 승운이가 설문지에

작성한 답변에도 어두운 내용이 많았다.

- 만일 내가 지금 나이보다 열 살 위라면 두렵다
- 내가 가장 자신하는 것은 없다
- 내가 요즘 제일 걱정되는 것은 공부

이런 승운이의 소원은 무엇일까.

- 첫째 소원은 세상이 공평해지는 것
- 둘째 소원은 없다
- 셋째 소원은 없다

승운이의 소원은 단 하나, 세상이 공평해지는 것이다. 야구도 잘하고 공부도 잘하는 우등생 승운이, 항상 듣는 것은 칭찬뿐인 승운이의 소원이 공평한 세상이라니. 승운이는 불공평한 세상에서 자신은 혜택을 받는 축에 속하는 아이이다. 매일 전교 꼴등하는 아이가 세상이 공평해지기를 바란다면 이해가 된다. 자신은 차별을 받으므로. 그런데 이 상황은 뜻밖이다. 승운이는 어찌 보면 불공평한 세상의 앞줄에 서 있지 않은가. 어떻게 해석해야 할까. 앞줄에 있는 아이. 앞줄에 있으면 행복할 것이라고 생각했던 것은 나의 큰 착각이었다.

앞줄에 있어도 행복하지 않다. 왜일까. 일단 내가 앞줄에 있다고 해도 내 앞에는 또 누군가가 있다. 그 말은 내가 가진 차례에서 앞으로만 나가야 하지 절대 뒤로 가서는 안 된다는 말이다. 우등생이 가장 걱정하는 것은 '공부'다. 불공평한 세상에서 우등생이라는 것은 부담감의 또 다른 이름이다. 어쩌면 뒤에서 따라가야 하는 아이들만큼이나 스트레스가 심할지도 모른다.

아니, 어쩌면 우등생의 스트레스가 더 심할 수 있다. 왜냐하면 우등생은 스트레스 받는 것을 표내서는 안 되기 때문이다. 스트레스가 있어도 표내는 것은 어른들을 걱정시키는 일이다. 해서는 안 된다. 이쯤 되면 출구가 없다. 이중고다. 어른을 실망시키는 나쁜 아이가 될 수 없다. 결국 방법은 하나다. 참는다. 참고 공부한다. 또 참고 공부한다.

성적이 유지되거나 오르면 다행이지만 그렇게 했는데도 성적이 떨어지면 죄책감에 고개를 들 수가 없다. 마음이 오그라들어 있는데 어른들은 '실망했다'고 말한다. 실망한 어른들 때문에 마음은 또 다시 작아진다. 성적을 유지해야 본전인 현실. 당연히 아무리 공부를 잘해도 다가올 미래는 두렵기만 하다.

왼손잡이였으나 억지로 오른손잡이로 바꾼 아이. 남들은 모두 칭찬하지만 현실이 부담스럽기만 한 아이. 승운이는 바로 20년 전 내 모습이다. 승운이는 절대 어른을 실망시키는 말을 하지 않는다.

"지금 승운이는 세상이 공평하지 않아서 좀 그렇구나."

고개만 까닥인다.

"왜 네가 잘해서 다른 애들한테 미안한 마음도 있고 그래?"

어리석은 질문이다.

"그런 건 아니에요. 그냥…."

자신을 그렇게 착한 아이로 포장할 필요는 없다는 뜻이리라. 여전히 나는 '우등생' 승운이의 틀에 갇혀서 사고하고 있었다. 승운이는 지금 자신의 문제만으로도 충분히 힘들다고 말하는데.

푸르미르야구단은 애초 학교생활에 적응을 잘 못하는 아이들을 많이 뽑으려고 했다. 다양한 아이들이 첫 면접에 왔지만 학교생활에 크게 적응을 못하는 아이들은 연습과정부터 불참했다. 대신 성적은 별로 좋지 않지만 야구를 좋아했던 아이들이 꾸준히 참여했다. 말수가 많고 적음의 차이는 있지만 기본적으로 대부분 성격이 밝고 성적은 중하위권인 아이들이 많았다. 승운이는 푸르미르야구단에서 별종이었다.

아이러니다. 소위 부적응자를 선도하려고 시작한 푸르미르야구단에서 어떻게 보면 가장 기쁨을 얻은 아이는 승운이였다. 해방구가 없는 것은 공부를 잘하든 못하든 마찬가지기 때문이다. 아무도 승운이가 공부 외의 다른 길을 꿈꿀 것이라고 생각하지 않았다. 승운이의 마음을 어렴풋하게나마 알게 된 지금, 나는 그때까지 아무도 승운이에게 물을 생각조차 못했던 질문을 던진다.

"승운이는 프로야구 선수가 되고 싶니?"

승운이는 짧고 굵게 "네"라고 말한다. 푸르미르야구단의 누구도 프로야구 선수가 되고 싶다고 말을 한 아이는 없었다. 푸르미르야구단이 주로 연습을 한 장소는 청량중학교 운동장. 초등학생 때부터 야구선수가 될 목적으로 운동을 했던 아이들이 모여 있는 학교다. 청량중야구부 선수들은 덩치부터 달랐다. 어른들이 꼭 집어서 말하지 않았어도 푸르미르야구단 아이들은 자신이 전문 선수가 되기 어렵다는 것을 알고 있었다. 프로 선수가 되기에는 대부분 너무 늦었고, 너무 작고, 덜 절실했다. 그런데 여기 승운이는 프로 선수가 되고 싶다고 말한다. 중학교 3학년, 작은 체구. 그렇다면 승운이가 되고 싶은 이유는 단 하나. 절실함 때문일 것이다. 스트레스에서 도피할 수 있는 해방구로서의 야구.

또 한 번 나의 유년기가 오버랩 된다. 아이는 음감이 좋았다. 피아노와 바이올린을 좋아했다. 악기를 연주하고 있으면 아무 생각이 들지 않았다. 아이는 음악을 좋아하는 것이었다. 그것을 두고 선생님은 집중력이 좋다고 표현했다. '집중력이 좋은' 아이는 성적이 잘 나왔다. 이제 악기 연주는 아이의 집중력을 키워줬으니 더 할 필요가 없었다. 공부에 방해가 되니까.

공부 외에 장기가 있는 아이. 이 아이가 두 가지 재능이 있으니 행복한 고민을 한다고 할 수 있을까. 이 경우 99퍼센트는 공부를 위해 다른 장기는 희생된다. 피아노를 잘 치는 아이가 공부를 잘하면 이제 피아노와는 끝이다. 아이에게 더 좋아하는 것이 무엇인지 물어보는 어른이 있을까. 실망시키지 말아야 한다는 이유로 하는 공부와 좋아하는 피아노. 그런 것은 중요하지 않다. 공부에 대한 스트레스가 커질수록 피아노에 대한 그리움도 그에 비례해서 커졌다. 아무도 생각하지 못했지만 승운이가 프로야구 선수가 되고 싶어 하는 것처럼.

물론 승운이가 프로야구 선수가 되기는 거의 불가능할 것이다. 내가 초등학교 이후 피아노 앞에 앉아보지 못한 것처럼. 먼저 승운이의 초자아가 강력하게 브레이크를 걸 것이다. '야구를 좋아하지만 잘하는 공부를 포기하고 야구인의 길을 간다는 것은 우등생답지 못한 일'이라고. 만에 하나 승운이가 그 벽을 뚫고 야구를 하고 싶다고 말한다면 주변의 반응이 어떨까. "아, 그랬니. 네가 야구를 좋아했구나." 이렇게 말하는 어른이 과연 몇 명이나 있을까. 열에 아홉은 "네가 제정신이니? 배가 불렀구나. 공부 잘하다가 갑자기 웬 야구니" 하면서 정색하지 않을까.

해단식 자리에서 승운이의 얼굴이 유난히 쓸쓸했다. 승운이는 어렵다. 사랑이 부족한 아이라면 사랑을 주면 된다. 기가 죽어 있는 아이에게는 너에게도 장점이 있다면서 격려를 해주면 된다. 이미 자신 혼자 감당하는 데 너무 익숙한 승운이에게 섣부른 위로는 하나도 들리지 않는다. "너무 부담 갖지 마"라는 말은 무책임하게 들릴 것이 뻔하다. 유년기의 내가 그랬으므로. 할 수 있는 게 없다. 나는 그저 너만 그런 것은 아니라는 말밖에 할 수가 없다.

"나도 왼손잡이여서 좋았어. 피아노 칠 때 왼손을 잘 쓰니까 되게 유리하더라고. 네가 야구할 때 그런 것처럼."

승운이는 알고 있을 것이다. 내가 그 이후로는 피아노를 치지 못했다는 것을. 그래도 나는 네가 분출할 곳을 하나 발견했다는 것을 승운이에게 이야기해주고 싶다. 그리고 어른친구. 내가 유년시절 한 번도 만나보지 못한 사람들. 강요하지 않고 내 이야기를 한 번이라도 제대로 들어주는 어른이 있다면 얼마나 좋았을까. 성적이 좋지 못한 친구들에게 나의 외로움을 이야기할 수는 없었지만 나도 힘든데, 라고 나는 비명을 지르고 있었다. 누군가 한 번이라도 내 이야기를 들어줘.

"승운아, 고등학교 가면 더 힘들 텐데 그래도 선생님은 잘 견디라고 그렇게 말하기는 싫어. 그냥 선생님한테는 승운이가 힘들다고, 그렇게 말해주면 너무 고마울 것 같아. 나는 승운이보다 나이도 많고, 여자고, 몸도 불편하고 그래서 승운이랑 같은 점이 하나도 없는 것 같지만 사실은 비슷한 점도 꽤 많거든. 외로웠고, 부담스러웠고, 왼손잡이고 또… 공부도 잘했고."

공부도 잘했다고 내가 먼저 웃으면서 말하자 그제야 승운이도 살짝 웃는다. 저 아이의 친구가 될 수 있을까. 나는 필사적이다.

"나중에 책 나오면 또 보자. 되게 보고 싶을 것 같아."

너무 일찍 철이 들어버린 승운이에게 내가 철없이 '들이댄다.' 그렇게라도 해서 이 아이의 친구가 되고 싶다. 아니, 친구가 되어야 할 것 같다. 그래, 내년에는 같이 야구장을 또 한 번 가자고 하면 어떨까. 박 감독님이 가신 넥센 히어로즈의 경기가 좋겠지. 승운이에게 말하고 싶지만 이건 깜짝 선물로 남겨두기로 한다.

"선생님을 보면서 수고가 많으시다고 생각했어요. 살펴가세요."

승운이는 다시 실망시키고 싶지 않은 우등생 모드를 켠다. 푸르미르야구단이 끝나서 엄청 섭섭할 텐데 또 나를 챙기는 모습. 갑자기 그 모습이 안타까워진다.

"승운아, 또 야구할 기회가 오겠지. 야구장을 갈 수도 있고 말야."

끝까지 비밀로 하고 싶었는데. 승운이에게 선물을 주고 싶은 마음이 급해져서 나도 모르게 그만 발설하고 만다. "진짜요?"

하면서 흥분하면 좋을 텐데 승운이는 끝까지 섣부른 대답은 하지 않는다.

"네, 감사합니다."

좋아도 좋다고 말하지 않고 감사하다고 말하는 아이. 자신의 바람보다 어른들이 원하는 정답을 말하는 데 익숙한 아이. 승운이는 푸르미르야구단의 유일한 좌완 에이스다.

클로징

최고의 선물

푸르미르야구단 1기를 해단한 지도 어느새 두 달. 나에게 겨울은 프로야구를 하지 않는 계절이다. 10월 이후 처음 몇 주 동안은 6시 반만 되면 초조하고 안절부절 못하면서 텔레비전 채널을 괜히 이리저리 돌렸다. 텔레비전에서는 전혀 흥미가 생기지 않는 드라마나 각종 예능만 하고 있었다. 브라운관 안에서는 웃고 떠들지만 나는 심드렁하기만 할 뿐. 4~5분 정도 켜놓다가 그냥 꺼버린다. 일종의 금단증상이다.

봄은 야구와 함께 찾아오기 시작한다. 언론에서 스프링캠프 소식을 전하기 시작했다. 오키나와, 애리조나. 겨울을 피해 선수들은 기후 좋은 그곳에서 한 시즌을 준비하기 위해 구슬땀을 흘렸다. 나의 아드레날린도 봄이 오면서 슬슬 분비된다. 좀 있으면 시범경기 개막이다.

시범경기는 시즌 전 선수들이 몸도 점검하고 경기감도 익히는 때다. 이번 시즌에는 어떤 루키가 일을 낼까. 시범경기의 가장 큰 재미 중 하나는 프로 무대에 처음 데뷔하는 신인들을 보는 것이다. 모두들 고등학교 때까지 천재 소리를 들었을 그들. 이제 무대 데뷔를 앞둔 배우의 심정일까. 두려움도 있겠지만 설렘이 훨씬 클 것 같다.

"조상우 선수, 공이 위력적인데요. 직구 구속이 시속 150킬로미터가 나오는데요. 삼진 세 개를 연속으로 잡는군요. 탈삼진 행렬입니다. 괴물 신인이 탄생하는군요."

아나운서의 흥분한 목소리. 넥센 히어로즈의 루키 조상우가 신입답지 않은 공을 뿌리고 있다. 시즌을 앞두고 각 팀 모두 젊은 불펜을 점검하느라 바쁘다. 점점 불펜의 중요성이 커지는 현대 야구에서 선발의 승리를 지킬 수 있는 강력한 불펜은 아무리 강조해도 지나침이 없다.

시범경기가 시작되자 야구 뉴스들이 쏟아진다. 오늘 뉴스의 탑은 단연 넥센 히어로즈의 조상우다. 그러고 보니 조상우에 대한 기억이 있다. 아마 경기장에서 직접 봤기 때문일 것이다. 현장에 있던 나는 한 이닝을 던지며 시속 150킬로미터를 던지는 모습을 눈앞에서 봤다. 연속으로 직구를 던지며 삼진을 잡는 모습에 입이 쩍 벌어졌다.

조상우는 2012년 전체 1순위로 들어왔다. 고등학교를 졸업

한 탑클래스 선수들 중에서도 가장 주목을 받았다는 뜻이다. 작전에 능하고 수가 많아서 '염갈량'이라는 별명이 붙은 넥센 히어로즈의 염경엽 감독이 직접 조상우에 대해서 "시범경기 첫 등판인데도 훌륭한 피칭을 했다"며 좋은 평가를 내린 것이 언론에 도배된다. 조상우가 더 궁금해진 나는 이번 시즌 스프링캠프 때 기사를 찾아본다. 그러자 뜻밖에 익숙한 이름이 나온다.

"제구력을 높일 것을 강조했는데 불펜코치인 박승민 코치가 길잡이 노릇을 잘해줘서 조상우, 김영민의 제구력이 좋아졌어요."

박승민은 박 감독이 선수를 은퇴한 후 개명한 이름. 오랜만에 들으니 반가웠다. 박승민 코치. 맞아, 그랬지. 넥센 히어로즈에 코치로 갔다고 했지. 두 달 만에 연락을 취했다.

넥센 히어로즈와 NC 다이노스의 시범경기를 보러 마산구장을 찾았다. 불펜 뒤에 자리를 잡았다. 선글라스를 낀 박 코치가 불펜에서 선수들을 상대로 뭔가 이야기하고 있는 모습이 보였다. 화창한 봄 날씨. 야구 정규시즌 개막이 이제 코앞이다.

◆ ◆ ◆

경기 후 만난 박 감독은 피부가 구릿빛으로 타 있었다. 오랫

동안 입어온 자주색 넥센 히어로즈의 유니폼이 잘 어울렸다. 고향으로 돌아온 그의 모습은 여유가 있었다. 조상우 선수 이야기로 말을 시작했다.

“조상우 선수가 요즘 뉴스에 많이 나오던데요.”

“아, 상우요. 네, 잘하죠.”

“감독님의 이야기도 기사에서 봤어요. 조상우 선수의 제구를 잡아주셨다고요.”

“기술적인 건 다 잘하니까요. 저는 무한긍정을 심어주는 것밖에 없어요. 잘한다, 잘하고 있다, 계속 이야기를 하는 거지요. 야구라는 게 계속 실패할 수밖에 없으니까, 네 나이에 그 정도는 너무 잘하는 거다. 이렇게요. 좀 안 좋아도 이건 실패가 아니라 경험이다. 그렇게 말을 하죠. 물 주고 햇빛 쐬어주어야 하니까.”

무한긍정. 쉽지 않을 텐데.

“그렇죠. 강한 질책이 필요한 선수도 있는데, 될 수 있으면 어린 선수들, 하려는 친구들에게는 무한긍정을 주려고 해요. 충분한 기회를 주지 않았으니까, 무한긍정을 주고, 잘할 수 있다고 이야기를 하려고 하죠, 물론 나중에 경험이 많은 선수들에게는 현실을 직시하도록 알려주는 분들도 계시다고 해요. 그런데 저는 이제 막 시작한 사람이라서 어린 선수들 격려해주고 들어주고 하는 게 일이지요.”

오랜 2군 생활을 했고 수많은 부상과 재활을 경험한 박 감독. 선수들의 이야기를 듣는 데는 도움이 될 것 같다.

"감독님도 2군 선수들의 마음은 잘 아시죠?"

"잘 알죠. 사실 기량이 많이 떨어지는 친구는 그렇게 많지 않아요. 주눅 들고 자기 자신한테 의구심을 갖고. 물론 그것조차도 기량이라고 평가할 수도 있겠지만요."

어떻게 극복할 수 있을까.

"글쎄요. 계기가 필요한 것 같아요. 자기만의 성공 사례 같은 게 필요하지요. 저 같은 경우는 있는 그대로 표현하긴 그런데, 속으로 욕하면서도 했거든요. '아이, 네가 뭐 있냐.' 그렇게도 할 수 있어야 해요. 이겨낼 수 있는 자기만의 방법이 있어야 하거든요. 연습을 많이 하면서 '이렇게 연습했으니까 잘할 수 있다.' 이렇게 생각하는 계기를 갖든지요. 어쨌든 연습을 많이 했건 안 했건 한두 번의 계기를 발판 삼아서 올라갈 수 있어야 하지요. 계기가 중요해요."

기량보다 멘탈 때문에 행동이 위축되는 2군 선수들. 푸르미르야구단 아이들과 어딘지 닮은 것 같다.

"사실 2군에서 던질 때는 공이 괜찮다가 불펜에서 다르고, 마운드에 올라가면 또 다른 선수들이 있어요. 그런 건 역시 멘탈이죠. 푸르미르야구단 애들도 처음에 제가 이야기를 들었을 때는 적응 못하는 애들도 많다고 들었어요. 초기에 애들이 안 나오고 하니까 '아, 이거 몇 번 못하겠구나' 이렇게 생각했어요. 그런데 막상 만나보고 야구 해보니까 밝은 구석이 많더라고요. 점점 시간 약속도 지키고, 재미있게 하고요."

박 감독은 운동하는 사람 특유의 순수함과 담백함 같은 것이 있었다. 아이들에 대해서도 편견이 전혀 없었다. 푸르미르야구단이 그에게는 어떤 경험이 되었을까.

"제가 코치를 하는 데 있어서도 그렇고, 저에게는 2013년 그 1년 공백기의 기억이 중요한 도움이 됐던 시기라는 생각이 들어요. 그때 그 친구들을 만난 게 인생에 도움이 되었지요. 생각의 폭도 좀 넓히고, 시야도 넓힐 수 있는 계기가 되었어요. 제가 너무 어렸을 때부터 야구만 하고 그랬거든요. 다른 관점에서 할 수 있는 일을 했다는 점에서 도움이 되었지요."

아이들만 박 감독에게서 받았다고 생각했는데, 지금 박 감독은 자신도 아이들에게 도움을 받았다고 말한다. 그가 바라는 아이들의 모습이 있을 것 같다.

"저는 그냥 아이들이 밝게 자랐으면 좋겠어요. 그 아이들, 운동하는 시간만큼은 누구보다 밝았어요. 그런 에너지가 있다는 것을 이번에 봤거든요. 공부를 못하고 운동을 못하는 애들이라고 해도, 사람이 그렇잖아요, 누구나 하나는 좋아하는 게 있고, 잘하는 게 있잖아요. 아무리 모든 것을 못하는 사람같이 보여도요. 저는 그게 어른의 역할인 것 같아요. 잘하고 좋아하는 것을 찾아주는 것이요."

나와 같은 생각을 하고 있었다. 아이들 누구나 장점이 하나씩은 있다. 좋아하는 것이 하나는 있다. 하나의 조건으로 줄 세우기 전에 장점과 특기를 발굴해서 그것을 꽃피울 수 있는 세상이라면, 그런 세상은 얼마나 더 신나고 활기찰까.

이런 나를 보고 너는 아이가 없어서, 학교 현장에 직접 있지 않아서 속 편한 소리를 한다고 할지도 모르겠다. 현실에는 맞지 않는 몽상이라고 말할 수도 있겠다. 하지만 푸르미르야구단 활동을 지켜보면서 나의 이런 생각은 더 공고해졌다. 학교에서 주눅 들어 있던 아이들이 공을 던지고 잡으면서 누구보다 신나 하던 모습이 아직도 눈에 선하다.

초등학교 5학년 때 이미 자신은 '서울대'를 갈 수 없을 것이라는 생각에 눈물을 흘렸다고 말하지만 누구보다 밝은 쾌남 채정이. 덩치는 프로야구 선수 급이지만 순하고 착한 유주. 묵묵히 포수 일을 하면서 기계 쪽에 관심이 있다고 수줍게 말하던 진영이. 감정에 솔직한 성격이지만 주장 일을 하면서 누구보다 팀워크를 먼저 생각했던 주장 승현이. 그 나이로는 도저히 감당하기 어려운 큰 시련을 겪었으면서도 운동장에만 오면 항상 웃음이 떠나지 않던 명광이. 자타가 공인하는 우등생이지만 공부로 차별받지 않는 세상이 유일한 꿈인 좌완 에이스 승운이….

누구 하나 특별하지 않은 아이가 없다. 특히 야구장에서는. 어떤 포지션도 중요하지 않는 포지션이 없다. 투수의 실책을 야수가 막아줘야 하고, 야수의 실책은 그다음 이닝에서 타자가 점수를 내면서 날려줘야 한다. 그러면서 아이들은 모두 내가 필요한 존재구나, 특별하구나, 하면서 자연스럽게 자기를 사랑하게 된다. 자기를 사랑하게 된 아이는 이제 여유가 생겨서 다른 아이도 사랑할 수 있게 된다.

◆ ◆ ◆

박 감독을 만나고 나자 아이들이 보고 싶어졌다. 그사이 아이들은 어떻게 바뀌었을까. 짜장면을 사준다는 핑계를 대고, 아이들에게 바쁜 시간을 내달라고 이야기했다. 장소는 어김없이 서울동대문경찰서 4층. 아이들에게 이제 경찰서는 가장 친근한 장소 중 하나였다.

"저희 셋은 다 같은 고등학교고요, 얘는 다른 데로 가요. 그런데 박 경사님은 안 계세요?"

아이들은 빈자리를 금세 알아본다. 그동안 '잔소리 대마왕'이라며 놀리던 박 경사를 가장 먼저 찾는 아이들. 어른들의 진심을 아이들은 잊지 않고 있었다. 고마운 마음이 들었다.

푸르미르야구단의 주축이던 3학년들은 이제 고등학생이 되었다. 기계를 좋아하던 진영이는 IT 특성화 고등학교에 진학했다. 채정이는 오늘도 야구하는 것이냐면서 예의 밝은 웃음을 띠고 있다. 형들을 보면서 야구를 배웠던 2학년들은 이제 중학교 최고참 3학년이 되었다.

아이들과 8개월을 동고동락하며 내부 감독직을 수행했던 '형' 박 경사는 이제 10여 년의 스쿨폴리스 활동을 접고 다른 보직으로 이동했다. 교대하면서 순찰하는 일이 아이들을 만나는 것보다 훨씬 편하다고 말은 하지만, 여전히 아이들과 그라운드에서 뒹굴던 시절을 그리워하는 것 같다. 박 경사의 빈자리는 그림자 허 경장이 맡았다. "기둥이던 박 경사님이 사라져버려서 앞으로 어떻게 해야 할지 걱정입니다"라고 말하지만 야무지게 푸르미르야구단의 살림을 챙기던 모습을 떠올리면 엄살일 것이다.

아이들이 싫다고 말하지만 속으로는 누구보다 아이들을 생각하는 푸르미르야구단의 기획자 이 경정은 이제 다른 경찰서의 여성청소년과로 자리를 옮겼다. 지금도 "저는 아이들이 싫어요. 도저히 이해가 안 돼요"라고 말하면서 자신이 아이들에게 할 수 있는 일이 무엇인지 궁리하고 있을 것이다. "합창단 같은 것을 한번 해보면 어떨까요. 애들이 음악을 접할 수 있는 기회가 많지 않잖아요." 말로는 아이들이 싫다고 하지만 행동으로 자신이 해줄 수 있는 것을 찾는 어른. 흔치않은 멋진 어른이다.

◆ ◆ ◆

올3월, 나는 레지던트 과정을 마치고 전문의가 되었다. 어떤 아이라도, 성적이 꼴찌이거나 사람들이 다 욕하는 아이일지라도 마음속에는 빛나는 별 하나가 있다는 생각. 철없다고 할지 몰라도 푸르미르야구단을 마치고 나서 이 생각은 더 강해졌다. 무력감에 빠져 있던 의사에게 아이들이 준 선물이다. 누구나 가지고 있는 밝은 에너지. 에너지를 수혈 받은 나는 어쩌면 예전의 내가 아닐지도 모른다. 푸르미르야구단을 거친 아이들이 예전의 아이들이 아닌 것처럼.

그라운드에서 만나기 전 우리는 모두 상처받은 사람들이었다. 불편한 몸으로 몇 년째 싸우고 있는 나. 공부 스트레스로 머리에 쥐가 날 지경인 아이들. 수많은 부상과 재활의 시간을 지나 은퇴한 박 감독. 그라운드에서 우리는 누구도 타인의 상처를 건드리지 않았다. 그저 그라운드에서 우리는 야구 하나로 뭉친 선수였고, 감독이었다. 한 팀이었다. 아이들에게는 해방구였고, 나에게는 에너지였다. 그리고 박 감독에게는 또 다른 세상으로 도약하기 위한 과정이었다. 헛스윙을 하고, 땅볼도 숱하게 놓치다 마침내 삼진을 잡고, 홈런을 치면서 우리의 상처는 자연스레 아물어갔다.

"선생님, 이제 아이들을 못 본다니까 시원섭섭하시죠?"

김 작가가 경찰서 문을 나서며 나에게 한마디 한다. 이제 나는 예전의 무기력한 의사가 아니다. 활기차게 응답한다.

"무슨 말씀이에요. 아직 경기는 시작도 안 했는데요. 이제 시범경기가 끝난 거예요. 시즌은 시작도 안 했다니까요."

2014년 3월 29일, 올시즌 프로야구가 시작되었다. 그라운드의 함성이 들린다. 가슴이 뛴다.

"야구를 생각하지 않는 유일한 시간은
내가 야구를 하고 있을 때뿐이다."

- 칼 야스트렘스키 -

클클문고 마음을 크게 세상을 크게

클클문고는 1318 청소년을 위한 문학 시리즈입니다. 다양한 장르의 이야기를 통해 나를 사랑하는 마음을 키우고, 더 넓은 세상을 바라보도록 돕는 청소년들의 속 깊은 친구입니다. 시공간을 넘나드는 상상력과 밤새워 읽는 재미, 뭉클한 감동과 '아하!' 깨달음을 주는 지혜로 가득한 클클문고는 우리 아이들과 함께 고민하고 함께 꿈꾸며, 두근두근 신나고 멋진 미래를 만드는 데 작은 힘이 되겠습니다.

클클문고의 책들

5·18 민주화운동 40주년 기획 소설

저수지의 아이들

정명섭 지음 | 12,000원

1980년 5월 18일, 당시 광주에서 일어난 '저수지 총격 사건'과 '미니버스 총격 사건'을 모티브로 한 책. 한 번도 다뤄지지 않았던 무고한 소년 희생자들에 주목한 저자는 생생한 고증과 묘사로 독자 스스로 자연스럽게 역사의 현장으로 다가갈 수 있도록 이끌어준다.

한국전쟁 71주년 기획 소설

1948, 두 친구

정명섭 지음 | 12,000원

해방 후 남한으로 피난을 온 희준과 일본 오사카에서 귀국한 주섭. 마음이 통하는 친구를 만난 즐거움도 잠시, 총선거를 앞두고 치열했던 이데올로기의 대립은 두 친구에게도 들이닥친다. 10대들에게 전쟁의 폭력과 평화의 필요성을 일깨워주는 책이다.

나를 즐겁게 하는 것들과 나 자신 사이의 적정 거리

자꾸만 끌려!

김이환·장아미·정명섭·정해연·조영주 지음 | 13,000원

이 책은 행복해지기 위해 시작했지만 어느새 '중독'되어 일상이 파괴되는 청소년들의 모습을 솔직하게 보여준다. 10대들의 삶에서 떼려야 뗄 수 없는 요소가 된 스마트폰과 게임, 다이어트를 비롯해 인정과 관계 중독까지, 다층적인 시선으로 청소년들의 마음 건강을 위협하는 문제들을 다룬다.

성장통 이후에 깨닫는 나다움의 의미

어느 날 문득, 내가 달라졌다

김이환·장아미·정명섭·정해연·조영주 지음 | 13,000원

모두가 한 번쯤 성장통처럼 겪는 10대의 몸에 관한 이야기를 독특하고 흥미롭게 풀어내는 단편소설집. 젊은 작가 5인은 이 작품에서 섬세한 언어로 낯설고 당황스러운 몸에 관한 10대들만의 감정을 풀어낸다.

플레이!

초판 1쇄 인쇄 2023년 8월 28일
초판 1쇄 발행 2023년 8월 31일

지은이 | 류희주

발행인 | 박재호
주간 | 김선경
편집팀 | 강혜진, 이복규, 허지희
마케팅팀 | 김용범
총무팀 | 김명숙

디자인 | 석운디자인
종이 | 세종페이퍼
인쇄·제본 | 한영문화사

발행처 | 생각학교
출판신고 | 제25100-2011-000321호
주소 | 서울시 마포구 양화로 156(동교동) LG 팰리스 814호
전화 | 02-334-7932 팩스 | 02-334-7933
전자우편 | 3347932@gmail.com

ISBN 979-11-91360-87-5 43810

• 책값은 뒤표지에 있습니다. 잘못된 책은 구입하신 곳에서 바꿔드립니다.
• 이 책은 『동대문 외인구단』이라는 제목으로 2014년 4월에 출간한 적이 있습니다.